FALLING
索命航班

T·J·紐曼——著　李麗珉——譯

T.J.NEWMAN

當那只鞋子掉到她的大腿上時，那隻腳還在鞋子裡。

她在一聲尖叫聲中，把鞋子扔向空中。那坨血淋淋的東西懸浮在無重力的空中，隨即就從飛機側面的那個大洞被吸了出去。一名空服員正從她座位旁邊的走道上爬起來，大聲要求乘客把他們的氧氣面罩戴上。

比爾從飛機後面觀察著一切。

那名把鞋子扔到空中的乘客顯然聽不到年輕的空服員在喊什麼。自從爆炸之後，她也許什麼都沒聽到了。兩條涓涓細流的鮮血正從她的雙耳裡流出來。

那名空服員的身體被爆炸的力道拋向空中，然後又掉下來，導致她留著棕色捲髮的頭重重地撞在地上。在飛機急遽俯衝之前，有一秒鐘的時間，她躺在地板上無法動彈。她沿著走道往前滑，抓住了乘客座位底下的金屬腳踏桿。她緊緊抓住一根金屬桿，雙臂發抖地試圖要在向下傾斜的飛機裡把自己往上拉。當她往側面翻身時，她的雙腿離開地面飄浮了起來。各種碎片在飛機裡亂飛；紙張、衣服、一台筆電、一只汽水罐，還有一件嬰兒的毯子。眼前的一切看起來就像一場龍捲風的內部。

比爾跟著她的視線看過去——他看到了天空。

陽光從一個大洞照射進來，灑落在他們身上，不到三十秒之前，那個大洞原本還是機翼上方的緊急出口。另一名空服員剛剛才站在那裡收拾垃圾。

比爾當時還看到那名年長的紅髮空服員帶著笑容，用戴著手套的手將空杯子丟進塑膠袋裡——然而，在爆炸的瞬間，她就不見了。那整排座位都不見了。飛機的側面不見了。當飛機從左往右偏航、彷彿無法保持直線飛行之際，比爾將站立的雙腿跨得更開了。肯定是方向舵，他心裡在想。整個機尾可能都受損了。

當頭頂上的幾個行李架突然打開時，那名深色頭髮的空服員頭頂上發出了一道爆裂聲。行李從行李架裡掉落下來，重重地在機艙裡四下翻滾。一只帶輪的大型粉紅色行李箱往前衝，直接被吸向那個巨大的破洞。行李箱在滾出機艙時撞到機體側面，扯掉了一大塊飛機的外殼。裸露的機身架構看似一幅以天空為背景的工程設計圖。在閃爍著橘黃色火花的電線後面，可以看到點綴著朵朵白雲的天空。比爾在陽光下瞇起了雙眼。

飛機的顛簸趨於和緩，地板上的那名空服員終於可以爬起身，跪在地上。比爾看著她和她自己不肯合作的身體在拉鋸。她試著要把腿往前拉，卻發現她的股骨刺穿了大腿。她對著那個血淋淋的傷口眨了幾次眼，然後又繼續開始爬行。

「面罩！」她在走道上拖著自己的身體往飛機後面爬行，同時大聲地喊叫，不過，她的聲音幾乎淹沒在了震耳欲聾的風聲裡。她看著一名企圖要抓住氧氣面罩的男子。男子抓到了一只面罩，往自己的臉上一戴，然而，一陣風卻將面罩從他的指縫之間刮走，只剩下塑膠的鬆緊帶在空中飄蕩。

碎片在機艙裡漫天飛舞，一片狼藉的機艙裡彌漫著灰蒙蒙的煙霧。一只金屬水瓶劃過空中，重重地撞在了那名正在地上爬的空服員臉上。鮮血立刻從她的鼻孔裡冒出。

「他中彈了！我丈夫！救命！」

比爾看著那個女人的拳頭不停地捶打在她丈夫沒有生命跡象的軀體上。鮮血從他額頭上的兩個小孔流到了他的眼睛，沿著他的臉頰往下滴落。那名空服員撥開散落在自己臉上的捲髮，然後撐到椅子扶手上，以便看清楚一點。

那不是子彈。而是飛機上的鉚釘。

飛機的地板在一陣劇烈的震動下開始變形。比爾可以感覺到他身體底下的一切都在移動。他不知道機體是否撐得住。他不知道他們還有多少時間。

那名空服員繼續往前爬，一隻手壓在了地毯上的一片深色污漬上，在此同時，比爾聞到了一股尿臊味。那名空服員抬起頭，看著坐在靠走道座位的那名男子。只見男子被嚇得兩眼無神，一灘水正在他的腳邊擴散開來。

「冰塊。」有人呻吟著說。

那名空服員轉過身。比爾看到走道另一邊的那名乘客將雙手伸向年輕的女空服員，手裡捧著一團肉肉的東西。那名空服員畏縮了一下。她抬起頭，看到那名乘客的下巴和脖子已經染成了一片紅褐色。

「冰塊。」那名乘客重複著同樣的話，一股鮮血在她說話的同時從她的嘴裡湧出。

她手裡的東西正是她的舌頭。

比爾回頭看著後面的牆壁，只見對講機的電線在風中晃蕩，而那名空服員正在爬向對講機。他再往機上廚房的另一端望去。第三名空服員已經癱倒在地上，一大桶打翻的柳橙汁就在她身邊。比爾側過頭，看著橘色的果汁和一灘圍住她身體的鮮紅色液體混合在了一起。

那名深色頭髮的空服員終於爬到了走道盡頭，一包包的糖和一顆顆的奶球在她的制服底下發出嘎吱嘎吱的聲響。她往前伸出一隻手，卻猛然又把手收回去。

一雙黑色的皮鞋擋住了她的去路。

那名空服員往上看。她躺在比爾的腳邊，狼狽不堪又沾滿血跡地張大了嘴，不過卻一句話也說不出來。咆哮的風把比爾的領帶吹得噗噗作響。引擎聲對著他們狂吼，似乎在期待著什麼事的發生，任何事都好。

「可是……如果你在這裡……」那名空服員結結巴巴地看著比爾說道，她的臉上露出了遭到背叛的神情。「那是誰在控制飛機，霍夫曼機長？」

比爾猛然地吸了一口氣，彷彿就要說話，但卻無法開口。

他往前看著關閉的駕駛艙門。

他應該要在艙門另一頭才對。

比爾跳過那名空服員，沿著走道往飛機前端衝去。他盡可能地加快速度，然而，他跑得越快，那扇門似乎就離他越遠。人們在他的四周哭喊，哀求他停下腳步去幫助他們。他只是繼續往前跑。而那扇門也變得越來越遠。他閉上了眼睛。

他的身體在毫無預警之下重重地撞上駕駛艙門，他的頭骨撞在了那扇門堅不可摧的表面上。他用雙手護住頭，跌跌撞撞地往後退開。在一片頭昏眼花之下，他試著要想出如何才能衝破那扇封鎖住的門，但卻什麼辦法也想不出來。他只能不停地敲門，直到他的拳頭都痲痺了。

他呼吸急促地往後踏出一步，準備要將門踢開。就在此時，他聽到了一聲喀噠。

門鎖被解開，艙門啪一聲地打開了。比爾立刻衝進駕駛艙裡。

駕駛艙裡每個控制台上的按鈕都在閃爍著紅色和琥珀色的燈光，不停地在發出警告。一道吵雜的警鈴聲持續不斷地在發出尖叫，刺耳的聲音在狹小的空間裡越來越強烈。他在自己位於左邊的機長座位上坐下來。

他努力要專注在他面前的顯示器上，雖然飛機的顛簸讓上面的數字不斷地跟著晃動。他目光所及之處全都是一片紅色。每個按鈕、每個把手、每個顯示器都在對他吼叫。

透過窗戶，他可以看到地面越來越逼近。

快點行動吧，比爾命令著自己。

他往前伸出雙手。

然而，他無法動彈。

該死，你是機長。你需要做出決定。你沒有時間了。

警報聲越來越大。一個機械式的聲音重複在命令他把飛機拉起來。

「要不要試試不對稱動力？」

比爾轉過頭。他十歲大的兒子史考特正坐在副駕駛的座位上聳肩。他身上穿著他那套太陽系的睡衣。一雙腳還搆不到地上。

「你可以試試看。」那孩子補充說道。

比爾再度看著自己的雙手。他的手指完全拒絕移動。它們只是懸浮在空中。

「那好吧。就用費力的方式來做吧。俯衝，利用速度來保持直線飛行。」

他再次轉頭，看到了他的妻子往後靠坐在椅子上。她的雙臂交叉，朝著他露出了那抹得意的笑容。當他們兩人都知道她是對的的時候，她往往就會浮現這樣的笑容。老天，她真動人。

在他努力想要採取行動之際，汗水從他的脖子上滴落下來。然而，他依然在恐懼中無法動彈。他深怕自己會做錯決定。

嘉莉把頭髮塞到一只耳朵後面，然後往前傾靠過來，將一隻手放在她丈夫的膝蓋上。

「比爾。是時候了。」

他大口喘息地從床上彈坐起來。月光從窗簾的縫隙鑽進臥室裡，灑落在那張加大尺寸的雙人床上。他環顧室內，尋找著閃爍的警示燈。他傾聽著警報的聲響，卻只聽到一隻鄰居的狗在屋外吠叫。

比爾重重地吐出一口氣，將頭埋在手裡。

「又是那個夢了？」嘉莉從床的另一邊問道。

他在黑暗中點了點頭。

1

嘉莉抖了一下羽絨被，再用一隻手撫平上面的皺摺。一陣割草的味道讓她將目光轉向敞開的窗戶。只見對街的鄰居用他的T恤下襬擦去臉上的汗水，再把裝滿碎草的垃圾桶咚的一聲蓋上。然後把垃圾桶拖到後院，朝著一輛駛過的車招招手，震天的音樂隨著那輛車的離開漸去漸遠。她身後浴室裡的蓮蓬頭也在此時關上。

嘉莉離開了房間。

「媽，我可以出去嗎？」

史考特站在樓梯底部，手裡拿著一輛遙控車。

「你──」嘉莉一邊說，一邊走下樓梯。

一個嬰兒爬進房間，嘴裡不停地發出噗哧的口水聲。伊莉絲來到她哥哥的腳邊，抓住他的短褲，借力讓自己站起來，她小小的身軀微微地晃動著，試圖要保持平衡。

「好，你把你的盤子放到水槽裡了嗎？」

「嗯。」

「那你就可以出去玩，不過只有十分鐘。你得在你爸爸離開之前回來，好嗎？」

男孩點點頭，隨即跑向門口。

「等等，」嘉莉叫住他，然後順手把伊莉絲抱起來，讓她靠坐在她的髖部上。「鞋子。」

這個「意料之外」的嬰兒在他們第一個孩子出生後十年才來報到，起初，他們確實感到不知所措。不過，在這個三口之家學習著如何變成四口之家的同時，比爾和嘉莉發現，年齡的差距意味著當哥哥的可以做點小事，例如在媽媽換衣服和整理床鋪的時候幫忙看著嬰兒。在那之後，一切就變得比較容易控制了。

當嘉莉正在把高腳椅上的地瓜和酪梨渣擦拭乾淨時，她聽到了前門打開的聲音。

「媽？」史考特大聲喊著，他的語調裡帶有一絲警戒。

她匆匆繞過轉角，只見史考特正在看著一個她不認識的男子。那個站在前廊的陌生人一臉驚訝，正要按門鈴的手凝結在半空中。

「嗨，」嘉莉把嬰兒換到另一邊的髖部上，同時巧妙地讓自己站到兒子和那名男子之間。「需要幫忙嗎？」

「我是開爾電信的，」男子說。「你打電話報修網路？」

「噢！」她驚呼一聲，立刻把門稍微打開一些。「是啊，請進。」嘉莉對自己一開始的反應感到難為情，暗自希望男子沒有注意到才好。「抱歉。我從來沒有見過維修技師準時上門的，更別說提早了。史考特！！」她大喊一聲，她兒子立刻在車道盡頭原地轉過身來。「十分鐘。」

男孩點點頭地跑走了。

「我叫嘉莉。」她說著把門關上。

那名技師把他的工具包放在走廊上，嘉莉看著他打量著客廳。挑高的天花板，通往二樓的樓梯。有品味的家具，咖啡桌上還擺了鮮花。壁爐架上陳設著歷年來的家庭照，最新的一張是在黃昏的海邊拍攝的。史考特就像迷你版的嘉莉，他們巧克力般的棕色頭髮被海風吹散，綠色的眼睛在燦爛的笑容下瞇成了一條線。幾乎比嘉莉高了一呎的比爾把當時剛出生的伊莉絲抱在臂彎裡，嬰兒的皮膚彷彿蓮花般白皙，和他那身被南加州太陽曬得黝黑的皮膚恰成對比。那名技師帶著一絲笑容地轉過身來。

「我叫山姆。」他說。

「山姆，」她回應著他的笑意。「在你開始工作之前要喝點什麼嗎？我自己剛好要泡杯茶。」

「能來杯茶會很棒。謝謝你。」

她把他帶到另一間房間，明亮的自然光灑滿廚房，開放式的廚房連接到散落著玩具的起居室。

「謝謝你在週六的時候來。」嘉莉把嬰兒放回高腳椅上。伊莉絲小小的拳頭不停擊打著桌面，咯咯的笑容底下露出了幾顆稀疏的牙齒。「這是幾週來我唯一能約到的時間。」

「是啊，我們很忙。你的網路斷線多久了？」

「前天開始的？」她把一只水壺裝滿水。「英式早餐茶還是綠茶？」

「英式早餐茶，謝謝。」

「這算正常嗎？」嘉莉看著爐子上的小火變成大火。「我們家是唯一有這個問題的用戶。我問了幾個也用開爾電信的鄰居，他們的網路都好好的。」

山姆聳聳肩。「那很正常。也許是你的路由器，也許是電線。我會檢測看看。」

一陣重重的下樓聲從前面的房間傳來。嘉莉很清楚接下來會是什麼聲音：一只行李箱和斜背包放在門口，然後是硬底皮鞋穿過走廊的聲音。他走了幾步來到了廚房，腳上的皮鞋擦得發亮，身上的長褲、西裝和領帶也熨得筆直。他胸前的口袋上方別著海岸航空公司的羽翼徽章，比爾・霍夫曼幾個字醒目地刻在那對翅膀下面。被他放在流理台上的那頂鑲著金邊的帽子正面，也別著一只同樣的徽章。他走進廚房的時候讓人感覺到一股異常的戲劇性，嘉莉留意到他散發出來的那股權威感和屋子裡其他的部分形成了強烈對比。她以前從來沒有注意到這點；因為他不是那種會穿著制服吃晚餐的人。不過，這也許只是因為房間裡還有另一個人的關係，一個不認識他、也不認識他家人的人。不過，不管原因為何，今天，這股氣氛都很明顯。

比爾把雙手插在口袋裡，禮貌地朝著那名技師點點頭，然後才把注意力放到嘉莉身上。

她抿著雙唇，雙臂交叉地回視著他。

「山姆，你介意……」

「喔，我，呃，我去準備一下。」山姆對嘉莉說完，識相地離開廚房，好讓這對夫妻獨處。

牆壁上的時鐘一秒一秒地過去。伊莉絲拍打著放在托盤裡那只沾滿口水的磨牙環，直到磨牙環從她的指縫間滑走，掉到地板上為止。比爾穿過廚房，把磨牙環撿起來，在水槽裡用水沖洗乾淨，再用抹布擦乾，然後將它遞到女兒等不及的雙手裡。嘉莉身後的茶壺開始發出低微的哨子聲。

「等我到飯店之後，我會和你Facetime，看看比賽——」

「紐約，對嗎？」嘉莉打斷他。

比爾點點頭。「今晚是紐約，明天是波特蘭——」

「比賽結束後有一場球隊的比薩派對。在三個小時的時差之下，我們到家之前，你應該已經在睡覺了。」

「好吧。那明早第一件事——」

「明天早上，我們要去找我姊姊和孩子們，」她說著聳聳肩。「所以，再說吧。」

比爾深深地吸一口氣，挺直了胸膛，他肩章上的四條金線隨著他的肩膀起伏。「你知道我必須答應。如果換成是其他任何人開口要求的話，我是絕對不會答應的。」

嘉莉盯著地板。水壺開始嗚嗚作響的時候，她伸手關掉了爐火。水滾的聲音逐漸平息下來，直到廚房裡只剩下時鐘的滴答聲。

比爾看看自己的手錶，輕輕地詛咒了一聲。他在女兒頭頂上印下一吻，然後開口說，「我要遲到了。」

「你從來都不會遲到。」嘉莉回應道。

他把帽子戴上。「我報到之後會打電話回來。史考特呢？」

「在外面玩。他隨時都會進來和你說再見。」

這是一個試驗，她知道比爾心知肚明。嘉莉從她自己畫下的那條隱形線的對面看著他。他只是注視著時鐘。

「我起飛之前，我們再聊一聊。」語畢，比爾走出了廚房。

嘉莉目送著他離開。

幾分鐘之後，前門打開又關上，屋子隨即籠罩在一片寂靜之中。嘉莉走到水槽邊，望著後院裡那棵橡樹的樹葉在微風裡輕輕地飄動。比爾的車子在遠處發動，隨即就開走了。

一陣咳嗽聲在她身後響起。她匆忙擦了擦臉頰，然後轉身。

「抱歉，」她翻了個白眼，尷尬地對山姆說道。「你說要英國早餐茶。」她撕開茶包，把茶包丟進一只馬克杯裡。蒸氣在她倒熱水的時候，從水壺裡緩緩上升。「你要牛奶或糖嗎？」

當山姆沒有回應時，她轉過身去看他。

她的反應似乎讓他嚇了一跳。他可能以為她會尖叫。或者把杯子掉到地上。開始哭泣，誰知道呢。他肯定預期會看到什麼戲劇性的反應。當一個女人在自家的廚房裡轉過身，卻發現她剛認識不到幾分鐘的男子拿著一把槍對著她時，應該會很自然地出現巨大的反應才對。嘉莉覺得自己本能地瞪大了眼睛，彷彿她的腦子需要多一點時間才能確定眼前發生的事情是真的。

他眯著眼睛，彷彿在說，真的嗎？

嘉莉的心跳在耳朵裡怦怦作響，一股冰涼的麻木感從她的脊椎一路蔓延到她的膝蓋窩。她覺得自己的身體和存在感都消失了，只剩下一股嗡鳴的感覺。

不過，這點只有她自己知道。她無視於那把槍，只管把注意力集中在他身上，不讓他看出她任何的反應。

伊莉絲皺著臉，發出咿咿呀呀的聲音，隨即在一聲尖叫下把她的磨牙環扔到地上。山姆往前走近小伊莉絲。嘉莉感到自己的鼻孔不由自主地擴張了。

「山姆，」嘉莉冷靜而緩慢地說。「我不知道你要什麼。不過，都是你的了。任何你想要的東西。我什麼都願意做。只求你……」──她的聲音破裂了──「求你不要傷害我的孩子。」

前門打開，然後又重重地關上。一陣恐慌扼住她的喉嚨，嘉莉深吸了一口氣就要叫出聲來。山姆立刻扣下扳機。

「媽，爸爸走了嗎？」史考特的聲音從另一間房裡傳來。「他的車不在這裡，我可以繼續玩嗎？」

「叫他進來這裡。」山姆說。

嘉莉咬著下唇。

「媽？」史考特重複地叫喚，聲音裡流露出孩子的不耐煩。

「到這裡來，」嘉莉閉上眼睛地說。「快點過來，史考特。」

「媽，我可以待在外面嗎？你說我可以去──」史考特看到那把槍的時候僵住了。他看著他的母親，然後又看向那把武器，最後又看著他的母親。

「史考特。」嘉莉說著對他招招手。那男孩在穿過廚房走向她的時候，目光一直都沒有離開過那把槍，當他走到她身邊時，她刻意將他拉到自己身後。

「你的孩子也許不會有事，」山姆說。「也可能會有事。不過，那不是我說了算。」

嘉莉的鼻孔再度擴張。「那誰說了算？」

山姆露出一絲笑容。

比爾可以感覺得到人們正在注視他。

那是因為這套制服的關係。它就是有這樣的效果。他看起來更挺拔了。

比爾給人很多的印象，不過，一般的共識似乎是，他人很好。在他成長過程裡教過他的老師和教練，他交往過的女孩，他朋友的父母。每個人都認為比爾是個好人。他並不介意別人這麼想。他確實是個好人。不過，當他穿上這身制服的時候，就出現了某種改變。好並非是眾人默認的形容詞。雖然，它依舊在排行榜上。不過，它已經不是排行榜上唯一的形容詞了。

當他經過洛杉磯國際機場永無盡頭的安檢隊伍時，乘客們紛紛探出頭來看著他，不過，他們只瞄了一眼他的帽子和領帶，原本的憤怒就化為了好奇。人們已經不再那麼打扮了。那身服裝讓人想起搭乘飛機還是一種稀有特權和重大事件的年代。在刻意不改變之下，這套制服讓某種老式的神秘感保留了下來。它引發了人們的敬意。信賴。它宣告著一份責任感。

一名美國運輸安全管理局的工作人員獨自坐在乘客安檢隊伍旁邊的一個小檯子後面，比爾向她走過去。機器在掃描他工作證背面的條碼時發出了嗶嗶的聲響，電腦隨即開始運作。

「早。」比爾說著，把他的護照遞給那名女子。

「現在還算早上嗎？」她審視著他照片旁邊的資訊說道。她把護照上的資訊和工作證上的信息進行了比對，然後將護照推到一道藍光底下，全息影像和隱藏的訊息立刻就出現在護照的空白處。她抬起頭，確認她眼前這張臉孔和證件上的照片吻合。

「我想，實質上來說現在並不是早上，」比爾說。「只不過對我來說還是早上。」

「今天是我的星期五。所以，這一天得過得快一點。」

比爾的工作證照片和資訊出現在電腦螢幕上。女子再三確認過三種形式的身分識別之後，才將護照還給他。

「一路平安，霍夫曼先生。」

離開機組人員的安檢站之後，他走過正在重新穿上鞋子、把液態物品和筆電收回他們手提行李箱的乘客。在他上一次的飛行裡，比爾的機組成員中有一名拒絕退休的空服員，她之所以拒絕退休，只因為她不願意放棄她身為機組成員所享有的安檢程序。她對於必須要像一般平民百姓那樣旅行感到嗤之以鼻；大排長龍、液態物品受到限制、只能帶兩件手提行李——而且每次都要被搜查，不是只有偶爾隨機抽查而已。看著一名穿著襪子的男子在接受檢查時，全身上下都被拍打了一輪，比爾不得不承認那名空服員的想法並非沒有道理。

比爾在一個沒人使用的登機口找到了一點獨處的空間，他依照承諾地打電話回家。下方的停機坪上，一輛餐車穿梭在一群穿著螢光背心、正在把貨艙上的袋子搬上搬下的工作人員。他一邊望著停機坪上忙碌的景象，一邊聽著電話那頭反覆的鈴響。一架飛機正在朝著跑道滑行，遠處，另一架飛機已經起飛了。

他和嘉莉鮮少吵架。那就是為什麼只要他們一吵架，兩人都不知道該如何處理的原因。她絕對有權利生氣。今天是史考特的少年棒球聯盟賽季揭幕賽，而比爾曾經答應過他會去看他比賽。他也確定自己在比賽當天以及比賽前兩天和後兩天都沒有安排飛行。然而，當首席飛行員親自打電話來請你幫忙飛某一趟行程的時候，你是不會拒絕的。你不能拒絕。比爾是第三資深的飛行員。當他剛受聘的時候，沒有人確定這家公司能撐多久。新成立的航空公司幾乎都會面臨嚴峻的挑戰。不過，他還是堅持了下來。如今，在幾乎過了二十五年之後，這家航空公司在乘客和股東的經營上都大獲成功。海岸航空是他的孩子。因此，當你的老闆說公司的運作需要你的時候？你得說好。拒絕甚至不是個選項。

這就是他告訴嘉莉的。但是，他沒有告訴她的是，當歐馬力問他是否有空時，他的腦子裡壓根兒就沒有想到史考特的比賽。或者，就算他有想到的話，結果也不會有所不同。

電話持續在響，最終切換到，「嗨！我是嘉莉。我現在不能……」他掛斷電話，在把手機收進口袋之前，他看到一張全家福的照片出現在他的手機螢幕上。

比爾瞄到自己在窗戶上的倒影，他凝視著自己那頭濃密的黑髮。不過，鬢邊仍有一撮白髮背叛了他。倒影裡的人有著一雙明亮的深藍色眼睛。

比爾一掌拍在咖啡桌正中央的鈴上。

「眼睛。我的眼睛。」

「最終答案？答對就贏了。」

「她說，它們就像在夜裡游泳一樣。因為在夜裡游泳，你是看不見水底的。不過，那反而讓人覺得興奮。所以，沒錯。我的眼睛。最終答案。」

嘉莉張大了嘴。

比爾往前靠。他可以聞到自己呼吸裡的啤酒味。「有一次，我不小心聽到你在電話裡對一個朋友這麼說。不過，我從來沒有告訴過你這件事。我好愛你，寶貝。」他給了嘉莉一個飛吻。

現場所有的人妻都雀躍地歡呼，所有的人夫都發出了嘲諷。

「好了，嘉莉，」派對的主持人說。「『他的眼睛。』你最喜歡你丈夫的那個部位，那是你的答案嗎？」

她的臉頰泛起一片粉紅色。她咯咯笑地舉起一張紙，上面潦草地寫著她的答案：他的臀部。

房間裡響起一陣爆笑。笑得最厲害的那個人就是比爾。

他調整了一下領帶。我是個好人，他毫不猶豫地告訴自己。他的腦海浮現出當他走出廚房時，嘉莉臉上那副失望的神情。比爾眨眨眼，挪開視線，看著一架飛機緩緩升空。

2

比爾走下空橋台階來到停機坪上，瞇著眼睛用手擋住陽光。秋天的樹葉和結霜的早晨已經覆蓋了全國大部分的地方，然而，洛杉磯卻還在永無止境的夏天統治之下。

起飛前例行檢查：每次飛行前對飛機的標準檢查。上上下下地打量機體，檢查是否有不合常規的地方，機身有無任何肉眼可視的不達標跡象或者任何機械問題。對大部分的飛行員而言，這只是美國聯邦航空管理局的另一條規定而已。然而，對比爾來說，這卻是一種儀式。他把一隻手放在引擎罩上，閉上眼睛。他的手指在緩緩的呼吸中游移，這是金屬和肉體的交流，兩者都可以感受到彼此的溫暖。

他下個月就滿十八歲了，不過，那天，在飛行學校裡，比爾知道自己迎來了一個更重要的成年儀式。

「當我們寫飛行日誌的時候，你知道我們為什麼要寫『乘載靈魂總數』，而不是『乘載人員總數』嗎？」他的老師當時問道。

比爾搖搖頭。

「我們之所以這麼說，是因為萬一我們墜機了，」他解釋道。「他們就會很清楚地知道要搜尋多少具屍體。這樣可以避免不同身分帶來的混淆，例如乘客、機組成員、嬰兒。就只是幾具屍體這麼簡單，孩子。他們只需要知道這個就好。喔！」他打了個響指。「還有，我們有時候會用貨艙運載屍體，所以，他們需要知道不要把這些屍體也算進去。好了，現在，在你記下乘載靈魂之後……」

那晚，比爾無法入眠。他躺在床上，看著天花板上的風扇不停地在旋轉，聽著他弟弟在對面房間發出微弱的打呼聲。米色的窗簾和伊利諾州夏日溫暖的微風交會在敞開的窗口，讓房間的牆壁上出現了婀娜舞動的影子。

房間依舊籠罩在黑暗之中，他換上衣服，溜出家門，踩著他的腳踏車，沿著玉米田騎向鎮上那座迷你機場。停機坪上停了兩架飛機；控制空中交通的塔台空蕩無人，靜靜地矗立在遠處。那兩架飛機都是單引擎活塞的飛機，是他正在學習駕駛的那型。終有一天，他將不再滿足於這種飛機，轉而追求更大的引擎、更多的載客量、更有分量的飛機。比爾靠在籬笆上很長一段時間，持續地凝視著它們。

或者，是它們在打量著他？當星星逐漸淡去，黎明為世界帶來粉紅和橘色的微光時，究竟是他在評估飛機，還是飛機在評估著他，局面似乎出現了改變。

他可以承擔這份重責大任嗎？他可以成為這份工作需要的那種人嗎？

一切看起來都很好。輪胎的胎紋很新，齒輪都上了油，感測器也在適當的位置，沒有任何斷裂，也沒有任何縫隙。比爾從眼角瞄到了一點動靜，隨即從飛機底下走出來。在他上方的駕駛艙裡，副駕駛班．米洛，往前傾靠地揮揮手，讓比爾知道他已經到了。當年輕的副駕駛把他那頂洋基隊的球帽貼近窗戶時，比爾立刻收起臉上的笑容。他搖搖頭，露出一臉的不屑。班依舊咧著嘴，朝著機長亮出他的中指。

檢查結束，比爾爬上空橋，途中不忘回頭看了一眼他的飛機。這架空中巴士A320的尾翼上自豪地漆著海岸航空紅白相間的識別標誌，讓比爾深深地引以為傲——他突然想起了嘉莉。他一邊按下空橋門上的安全密碼，一邊檢查著手機。

沒有未讀訊息。沒有未接來電。

當門在他身後關上時，他的眼睛本能地適應著來自日光燈的光線。一名乘客的袋子差點將他絆倒，在向那名低頭怒視他的乘客道歉之餘，比爾驚訝地笑了出來——他自己本身有六呎四吋高，而這個乘客居然還能俯視著他。那名乘客在機長繞過他身邊時上下打量著那身機長的制服，然後才勉強地露出一絲笑容。

乘客的隊伍從空橋一路蜿蜒到飛機上，比爾帶著親切的笑容穿梭在行李箱和推車之間。在終於踏進飛機之後，他透過粉紅色和紫色的燈光往飛機後面瞥了一眼，那種燈光是這家時髦的航空公司特有的標誌性夜店氛圍。

「我想，我們已經在登機了。」他對著機上廚房裡一名踮著腳尖、試圖要搆到一個架子的空服員說道。喬轉過頭，驚喜之情立刻浮上眼底，比爾很快地給了這名嬌小的中年女性一個擁抱。她蓬鬆的黑色捲髮讓他的臉頰發癢，一股熟悉的香草味從她深棕色的皮膚散發而出。

「這是我獨家的香味，」喬說。「我媽媽和我媽媽的媽媽也一樣。當一個沃金斯家的女孩滿十三歲的時候，家族裡所有的女人都會聚集在一起為她慶祝。男人是不准參加的——只有女性才可以。我們會坐在廚房裡。聊天、煮飯，單純地……感受著女性的代代相傳。」

她說話的方式就像音樂一樣。比爾喜歡她在抑揚頓挫的說話節奏和不可預測的重音下拖長母音的說話方式。他向來都喜歡問及她的童年，因為，他喜歡聽她逐漸消失的德州東部口音在述說童年時又活了過來，就像她每次提及自己過往的時候那樣。比爾喝光他的啤酒，示意酒保再給他們一輪一樣的酒。

「我永遠也不會忘記我曾祖母把那個Dr Pepper的可樂罐從我手上拿走，放到廚房流理台上的那一刻，」喬笑看著手中的酒杯，彷彿正在看著自己的記憶播放。「老天，那女人的手。她不是一個塊頭很大的女人，但是，那雙手……

「總之，她一個字都沒有說，只是把一個閃耀的金盒子遞給我，盒子上還綁了皇家藍的緞帶。我知道那是什麼，我們都知道。我還記得我的手指謹慎地拆下那只蝴蝶結，當我打開盒子時——它就在那裡。屬於我自己的一瓶『一千零一夜❶』。我聞了一下。那味道就像我母親一樣。還有她的母親。它聞起來就像我自己，就像我終將成為的那個人。」

✦

「我不知道你也在這個航班上。」喬說。

「我昨晚才接到通知的。他們沒有儲備的人力，因此，歐馬力就要求我幫忙。」

「看來，你被首席飛行員設定在手機的快捷鍵上了。」她一邊說，一邊依然對著登機的乘客

❶ Shalimar，嬌蘭於一九二五年所推出的世界第一支東方調的香水。

在微笑。

「你看？你就明白那是什麼意思。你可以解釋給嘉莉聽嗎？」

喬揚起一邊的眉毛。「嗯，那就要看情況了。你為了出現在這裡而錯過了什麼？」

「史考特的少年棒球聯盟揭幕賽。在我答應他我一定會出席之後。」

喬皺起眉頭。

「我知道，」比爾說。「可是，我要怎麼辦呢？我又不是沒有陪小孩。當我在家的時候，我就是待在家裡。我就在那裡。我只是剛好有一份職業，讓我在工作的時候得出遠門。等我回來的時候，我會補償他的。」

他等著喬給他一些認可，不過，喬只是繼續在倒著她的頭等艙飲料。過了一會兒之後，她才抬起頭來。

「喔，對不起，你還在和我說話嗎？我以為你在對你老婆解釋。或者你兒子。或者……對你自己解釋。」她端起那盤飲料。「你沒有錯，親愛的。不過，你搞錯解釋的對象了。」

喬說的對。喬永遠都是對的。

「你要咖啡嗎？」她在送飲料的途中回過頭問。

「少來了。你知道答案的。」比爾一頭鑽進了駕駛艙。

「老闆！」班叫了一聲，在比爾坐到他位於左邊的座位時，兩人握了握手。黑色和灰色的按鍵和旋鈕幾乎蓋滿了這個狹小空間所有的表面。偶爾會有一顆紅色或黃色的燈光亮起。那些閃爍的按鍵就像前來通知發生意外的使者——是一趟平靜航程中的不速之客。

「抱歉，我遲到了，」班說。「即便是週六，洛杉磯的交通還是一塌糊塗。」

「沒辦法，」比爾說著，伸手拿起放在他座位左邊話筒上的麥克風。他清了清喉嚨。「午安，各位女士、各位先生，歡迎搭乘海岸航空416航班，直飛紐約約翰·甘迺迪國際機場。我是比爾·霍夫曼，很榮幸擔任今天這個航班的機長。和我一起在駕駛艙裡的是副機長班，我們有一支很棒的團隊在客艙裡為您服務，雖然各位的安全才是他們在此的最主要目的。在客艙前面服務的是喬，麥可和凱莉負責客艙後段。今天的飛行時間是五個小時又二十四分鐘，目前看起來，這會是一段很順利的飛行。如果我們能做什麼來讓這趟旅程更加愉快的話，請隨時讓我們知道。現在，請您坐下來，享受我們的座上娛樂系統，一如既往地，感謝您選擇搭乘海岸航空。」

「你看到凱莉了嗎？那個在客艙後段的後備組員？」班問。

「沒有，為什麼這麼問？」

班正在把座標輸入到電腦的飛行管理導航系統，他停下動作，轉而做了幾個猥褻的姿勢，他的臂部明顯地傳達了他要說的訊息。比爾哼了一聲地搖搖頭。在和嘉莉交往之前，他也曾經是個花心的副駕駛，不過，那段日子似乎已經是上輩子的事了。喬端著一只冒著蒸氣的杯子進到駕駛艙，讓班突然停下了動作。

「你要咖啡嗎，親愛的？」她在詢問副駕駛的同時，把杯子遞給比爾，她不用多問，就知道比爾要的是黑咖啡。

「不了，女士，不過，等我們到紐約的酒吧時，我會喝上一杯的。」

「很好，」她點點頭，伸出一根手指。「我們都沒問題了，只是在等最後兩名乘客登機。在我們把手邊的工作忙完之際，你們介意見見一名訪客嗎？」

比爾轉過頭，只見一個小男孩從喬的腿後面探出頭來。

「沒問題，請進。」比爾在喬離開的時候說道，同時在座位上挪動了一下，招手示意男孩往前走。男孩的父親蹲在他後面，小聲地在他耳畔鼓勵著他。

「他有點害羞，」男子說。「不過，他很喜歡飛機。我們常常把車停在機場旁邊，看著飛機起起降降。」

「跑道北邊外面靠近漢堡店的那片空地嗎？我兒子在他這個年紀的時候，我們也經常這麼做。現在偶爾也還會。」比爾在腦子裡提醒自己，等這趟飛行結束之後，他應該要帶史考特再去看飛機起降。「你想要知道這些按鈕是做什麼的嗎？」在開始導覽之前，比爾問著那個孩子。

幾分鐘之後，喬把頭探進駕駛艙，最後的兩名乘客也在她身後登機了。「一切就緒了，比爾。」說著，她把最後的文件遞給他。

「好，我想，我們最好開始工作吧。謝謝你們過來。你想要一對翅膀嗎？」比爾把手伸進他座位左邊的斜背包裡，拿出一對塑膠的小翅膀。他煞有其事地撕掉翅膀後面的貼紙，然後將翅膀貼在那孩子的T恤上。小男孩低頭看著那個閃閃發亮的翅膀，不出一會兒，他仰頭發出響亮的笑聲，然後才把臉埋入他父親的腿上。比爾帶著一股懷舊的傷感泛出一絲微笑，他想起了史考特只有這麼大的時候，現在感覺起來，那似乎是很久以前的事了。當那對父子離開駕駛艙，準備回到自己的座位時，那個父親用嘴形向比爾道了一聲謝謝。

乘載靈魂總數，比爾一邊提醒自己，一邊重複檢查著負載表。簽名之後，他把負載表遞回給喬，後者又把它交給等在機艙口的登機工作人員。幾分鐘之後，飛機的艙門在沉悶的聲響下關上，乘客們也紛紛掛斷電話，在座位上安頓下來。

「『起飛前核對表』，比爾？」班問。

比爾的手機螢幕亮了。他期待那是嘉莉發來的簡訊，不過，在發現那是他健身房的促銷郵件之後，他不禁皺起眉頭。

喬在他們身後把駕駛艙門從磁扣栓鎖上拉開，準備將敞開的艙門關上。

「客艙準備好後推了。」說完，她等待著比爾的反應。比爾在他的座位上轉身，點點頭，豎起大拇指。於是，她把駕駛艙門關上，獨留正副機長在駕駛艙裡。

比爾把自己的手機調整到飛行模式，將嘉莉阻擋在通話的考量之外。她知道他的時間有限；她知道一旦他們起飛之後，在班坐在他旁邊的情況下，他是無法真正通話的。他覺得自己這樣惱怒實在很孩子氣。但是，他就是覺得惱火。如果她希望他道歉的話，她就應該在他還沒起飛之前回電給他。等到他們的飛行進入平穩狀態之後，他就會發簡訊給她，不過，在他們降落紐約之前，她所能收到的也只有簡訊了。

「好。『起飛前核對表』，請開始。」比爾說。

班抽出那張包覆著薄膜的檢查清單。「飛航日誌、離場許可、機尾編號……」

比爾舉起手，關掉扣緊安全帶的指示燈。飛機已經平飛了，現在，他們正在朝東飛行，一大群人都在一片未知之中。

「海岸416，聯繫洛杉磯中心129.50。」航管員刺耳的聲音充斥在駕駛艙裡。

「海岸416，」比爾表明身分地說。「洛杉磯129.50。你好。」

班伸出手，在左下方一個控制台的儀表板上按下一個旋鈕。然後將旋鈕逆時鐘旋轉，黃色的數字隨即降至新的頻率。通話線另一頭的航管員將會引導他們飛過他的管轄區，直到把這架飛機交給下一段飛行路線的航管員為止。在橫越全美的航程中，這架飛機和地面的溝通，就會按照這樣的模式，彷彿接力棒一樣地一棒傳給一棒。

等到班在129.50停下來的時候，比爾才按下傳送的按鈕。「午安，洛杉磯中心，」他對著麥克風說道，同時審視著儀表板上所顯示的高度、方向和飛行速度。「海岸416的飛航空層為350。」

「午安，海岸。保持在350。」那名航管員回覆道。比爾把麥克風放回原位，按下他面前控制台上的一個按鈕。一個綠燈在「AP1」的標示上方亮起，確認自動駕駛已經啟動。比爾鬆開他身上五點式安全帶的肩帶，將座椅靠背往後調整，讓自己進入飛行的最佳狀態。

「先生？」喬說。「先生？」

那名男子盯著自己面前椅背上的電視螢幕。喬在螢幕前面動了動手指，男子往上移動視線，匆忙把耳機摘下來，接過她遞上來的一杯酒。

「抱歉。」男子致歉後，再度將注意力轉回螢幕上。

「是場大賽嗎？」喬一邊問，一邊從托盤上拿了一杯沒有加冰塊的蘇打水，遞給頭等艙裡坐在那名男子旁邊看似大學生的女孩。

「你在開玩笑嗎？」男子帶著一口濃濃的紐約腔說道。「世界大賽的第七場？是啊，是場大賽。」

「我想你是支持洋基隊的吧？」喬說。

「從我出生那天起。」男子在回答的同時，把耳機重新戴上，好聽清楚賽前的報導。他旁邊的那個女孩正在發簡訊給她的男友。我們會在十點半降落。你能來接我嗎？她看著螢幕上的三個小黑點不停地在動，顯示對方正在輸入，當對方的回覆傳來時，女孩臉上浮現了笑容。

四排座位之後的經濟艙裡，一名男子把手裡的書翻到另一頁。他頭頂上的燈光讓隔壁那名坐在中間位置、企圖要睡覺的男子很不舒服。走道另一邊，一名女子在她的筆電上按下「發送」，那封電子郵件在幾秒鐘之後就抵達了她老闆位於洛杉磯的收件箱裡。坐在靠窗位置的男子在座位上蠕動著，不知道自己在開口要求整排乘客起身好讓他去洗手間之前，還能忍耐多久。坐在他後面的一名「大號乘客」歪著脖子，張大了嘴，發出轟隆的打呼聲，稍早登機的時候，他還曾經向空服員要了一條加長的安全帶。一個學步的小孩在走道上搖搖晃晃地經過他們所有人身邊。他的母親拉著他高舉的雙手，讓孩子在飛機輕微的晃動中保持平衡。

在駕駛艙門的另一邊，飛行員正在和飛航管制中心通話，並且在航管員的指引下，調整著飛機的高度或速度。他們不時查看著最新的天氣預報，勘查著他們眼前開闊寬廣的天空、無垠的沙漠和白雪皚皚的山頂，美國西部綿延不斷、令人驚嘆的景觀就在他們眼前。不過，隨著飛機平穩的飛行，大部分的時候，他們打發時間的方式也和他們的乘客一樣。班在他的平板電腦上閱讀著一本書，偶爾發發簡訊。比爾則嚼著一根穀物棒，研究著培訓計畫中與電腦相關的部分，這場每半年一次的例行培訓幾週之後就要舉行了。

比爾的筆電發出收到電郵的聲音。是嘉莉發來的——可是，郵件既沒有主題，也沒有內容說明，只有一張附件照片。奇怪，他點擊著附件，默默地在心裡想著。雖然，她也會發給他孩子的照片，或者他因為不在家而錯過的活動。然而，在經過今早那樣的告別之後，她現在這麼做看起來似乎很違和。

比爾研擬著那張照片，眨了幾次眼睛，越看越覺得困惑。他認得背景的那張沙發和電視，也很熟悉那些書和相框。昨天晚上他和史考特看完道奇隊輸掉第六場比賽之後，被他留在起居室裡的那個啤酒罐也還在那裡，他甚至可以想像得到後院那棵高大的橡樹，在他灑滿陽光的起居室地板上投下了樹影。

這些東西看起來都很合理。

但站在房間中央的那兩個身影就很不合理了。

赤裸的腳、赤裸的腿，他們的手臂交叉地往上伸出；怯生生的雙手朝著天空打開，彷彿沉默地在傳達著無助。他知道他們長什麼模樣，但是，在那些黑色的兜帽覆蓋下，他無法看到他們的臉孔。他無須看到他妻子塗成粉紅色的腳指甲，才能確認其中一個正是她，另一雙皮包骨的腿他也不需要確認，就能夠知道那是他兒子。

比爾往前靠，試著要弄清嘉莉身上穿的是什麼。綁在她身上的是一種奇怪的背心。背心前後都佈滿了口袋，色彩鮮豔的電線從口袋裡的小方塊凸出來。他曾經在模糊的新聞影像中看過自殺炸彈客穿著類似的背心，發表著他們的殉道宣言。然而，此刻，他的腦子無法理解他所看到的畫面，他妻子的身上為什麼綁著如此異常的東西。

他覺得口乾舌燥。他把一隻手扶在小桌板上保持穩定，他的頭在旋轉。他把眼睛閉上幾秒鐘，希望當他再度睜開眼睛時，那張照片已經不見了。或者，他會醒來，發現這只是一場夢。也許，他可以重新開始。或者只是——消失。

他睜開眼睛，覺得自己可能就要吐了。

他妻子穿著爆炸式自殺背心，和他們的兒子一起站在他們起居室裡的那張照片，依然在那裡。

收件箱又收到了另一封郵件。

把你的耳機戴上。

下一秒，一通FaceTime的來電在電腦螢幕上跳了出來。

3

比爾在他的斜背包裡摸索著耳機。然後將金屬那頭插進電腦前面的小孔，他試了兩次才把其中一個白色的小耳塞塞進他的左耳；戴在左邊就不會被班看到了。他的手指在顫抖中按下了接聽鍵，螢幕上的游標在他慌亂的碰觸下不知道應該要往哪裡去。在終於按下綠色的接聽鍵之後，他看到自己的臉在連線的那一刻，從滿屏的畫面上縮到了螢幕左下方的角落。

出現在螢幕上的那名瘦削的男子有著濃密的眉毛和厚重的深色頭髮。淺褐色的皮膚，雙唇抿成了一條線。比爾猜測，男子大約三十幾歲——看起來好像在哪裡見過，不過，比爾說不上來為什麼會有這樣的感覺。男子笑著挺直背脊，露出一口白牙。

男子的身上綁著另一件自殺式炸彈背心。

「霍夫曼機長，午安。」

在比爾沉默以對的同時，飛航管制中心發出了一道刺耳的指令。

「海岸416，收到，丹佛中心，」班一邊回答，一邊往前傾，改變著飛機的高度。「爬升到370。」語畢，他旋轉了中間那個儀表板上的一只旋鈕，直到高度表上的數字顯示37,000，他才拉起那只旋鈕，確認了指令，飛機也跟著緩緩爬升。他掃視著地平線，過了一會兒之後才憋住呵欠地將視線轉回到他的手機上。

那名不速之客在電腦上露出得意的笑容，伊莉絲嚎啕的哭聲在畫面的背景響起。「駕駛艙裡不止你一個人。可想而知。那麼這樣吧。當你有話要說的時候，你就發電子郵件過來。我會大聲地回覆你。還有，你的斜背包前面有一個螢幕防窺片，是給你的電腦用的。去拿過來。」

斜背包。

今早，他曾經把那個斜背包放在那個技術人員的裝備旁邊。

是他。

比爾咬牙切齒地翻著他的袋子裡面。那就是他怎麼進到屋子裡、怎麼把東西弄到飛機上的方法。當比爾走進廚房的時候，他就離開廚房了，他就是在那個時候把東西放進了比爾的袋子裡。他叫什麼名字？嘉莉在那時候曾經提到過。比爾不記得他是否有自我介紹過。

在找到一片輕薄透明的薄片之後，比爾把它夾在螢幕前面。他開始打字，他不確定自己還有什麼不知道的，這讓他感到暈眩。螢幕另一頭發出了一聲「呯」。比爾盯著那名不速之客的視線，看著他閱讀那封剛收到的郵件：

我家人在哪裡？

「他們很好，」那名不速之客回答。「現在……」

比爾無視於他還在講話，繼續以他最快的速度打字。

我可以看看我的家人嗎？拜託你。

「拜託！真有禮貌。不過，不行。我們先來一場男人的對話。」

在我看到我家人之前，我們沒什麼好談的。

那名男子看完郵件之後翻了個白眼。「你這種固執很惹人厭。」

他往前靠，朝著廚房招招手，比爾可以看到他的手裡很明顯地握著一只引爆器。那是無線的，引爆器頂部的紅色按鈕上罩著一個大小適中的塑膠防護裝置，那根本不是一個手工製作的簡陋裝置。

看到嘉莉和孩子們出現在螢幕上，比爾差點就嗆到了。那個黑色的兜帽已經被拿掉了，不過，他的妻子和兒子嘴巴都被塞住，他們的手也被綁了起來。伊莉絲已經停止哭泣，嘉莉困難地把嬰兒抵在自己的髖部上，那些繩子和爆炸背心讓她的母愛顯得很笨手笨腳。那名男子從廚房的餐桌旁邊將一張椅子拉到起居室的桌子前面，示意嘉莉和她手中的嬰兒坐到椅子上。他在她旁邊的椅子上重新坐下來，至於史考特則站在他母親身邊。

「現在，」男子把雙肘靠在桌面上，身體往前靠向鏡頭。「你是個聰明人，霍夫曼機長。或者，我可以叫你比爾？」

比爾只是瞪著螢幕。

那名不速之客笑著說，「你瞧，比爾，你也許已經懂了。接下來是我剛才沒說完的話。你要讓你的飛機墜毀，或者讓我殺了你的家人。」

嘉莉被堵住的嘴發出了驚恐的聲音，聽起來像是介於呻吟和倒吸一口氣之間。

「如果你告訴任何人的話，」男子繼續說道。「你的家人就死定了。如果你找人到你家的話，你的家人也會沒命。」他把引爆器換到另一隻手上，重申地說，「很簡單。墜機，或者我殺了你家人。你來選擇。」

一股冰冷、空洞的痛楚在比爾的尾椎湧起。他原本希望對方要的是錢，然而，他知道事情不可能那麼簡單。在他看到那張照片的瞬間，他就知道他的駕駛艙已經不再安全了。在某種程度上，他知道這架飛機陷入了危險。他的手在鍵盤上挪動，但是，比爾卻感覺不到自己的手。

我不會讓飛機墜毀，你也不會殺了我的家人。

「錯了，」那名男子在讀過比爾的郵件之後說，「這其中一件事是會發生的。你來選擇是哪一件。」

我重複一次，年輕人。我不會讓飛機墜毀，你也不會殺了我的家人。就這樣。

螢幕上的那張臉對他刻意的無禮展露出怒意。「我叫做薩曼·卡尼。叫我山姆。今早，我曾經向你自我介紹過，但是，你根本沒把網路技師看在眼裡。」

「芝加哥中心呼叫海岸416，在你前進方向的西北方三十哩處，有一架Delta2044重型飛機報告說有輕度到中度的亂流。」

飛航管制中心的通知讓比爾嚇得跳起來，他驚訝地發現這個世界依然正常地在運作。

「睡著了，老傢伙？」班笑著滑動他的顯示器，直到氣象雷達出現為止。「海岸416，收到，芝加哥中心。」他對著他的手持麥克風說，「目前一切平穩，不過，我們會保持建議的飛行方向。如果需要尋找更平順的氣流，我們會讓你知道的。」

「我，呃……我以為那個氣流強度現在應該已經減弱了，」比爾企圖要讓自己看起來很正常。「它應該要轉向的。朝北邊……」他指著雷達上的一個點，沒有繼續往下說。

「是啊，」班在比爾轉向他自己的電腦時說道，「嘿，你介意我們通知後面暫時休息一下嗎？」

「啊？」比爾說。

班側著頭。「我可以去尿尿嗎？天啊，你還好嗎？」

「喔，當然可以。我沒事，」他瞄了一眼他的筆電說道。「事實上，你可以等一下嗎？我正在處理一件事。」

「當然可以，如果我忍不住的話，我會用瓶子的。」

山姆的笑聲充斥在比爾的耳機裡。「這種歡樂的氣氛真是太詭異了，」說著，他把一隻手搭在嘉莉的肩上，讓嘉莉畏縮了一下。一封郵件進來了，山姆開啟郵件，大聲地唸出來，「『我想，我的副駕駛會反對我把飛機墜毀的……』是啊。我想他會的。所以，你才需要先把他給殺了。」

那就像是突如其來的一拳。

班和他只一起飛過幾次，不過，他喜歡這個年輕人。他是一名可靠的飛行員。聰明，能夠適時補位。他的自信幾近狂妄，不過，在駕駛艙裡，那種自信實際上卻是一種優勢。他們曾經為球隊爭吵過。比爾也曾經驚訝地發現他是個素食主義者。這個年輕人還沒結婚，但可以確定的是，他一定擁有喜歡他那種輕鬆幽默的家人和朋友。女朋友？也許他正在和哪個空服員交往吧。

比爾應該要殺了他。要先殺了他。讓他不要礙事，這樣，他才能把飛機上其他人都殺掉。他感覺到一陣反胃。

山姆無視於正在打字的比爾，逕自說道，「我相信你一定在想，你要怎麼殺他？」

比爾停下正在打字的手指。

「我是說，就和你最終要殺了其他所有人一樣。你讓飛機墜毀。不過，他是真的可以試著阻止你。所以，在你的袋子裡——就在那個大口袋的底部——有一個裝滿白色粉末的瓶子。在你降落之前最後一次的休息時間裡，你把那些粉末倒進他的咖啡或茶，或者任何他會喝的東西裡。只要幾口，你就可以獨自飛那架飛機了。」

那些白色的粉末是什麼？

山姆看著郵件，刻意忽視他的問題。

「喔！」他說著舉起一根手指。「在袋子後面的另一個口袋裡，你會發現一個金屬的圓罐。在你的副駕駛死了之後──但是，很顯然得在你墜機之前，」──他笑了笑──「你就晃動那個圓罐，然後打開你身後的駕駛艙門。轉開那個罐子，把它丟進客艙。再關上門，讓飛機墜毀，結束。」

比爾在打字回覆之前，麻木地對著螢幕眨眼。

那個金屬罐裡是什麼？

「你問的問題太多了，不過，那些問題全都不重要。」山姆笑著說。「我不會告訴你要給副駕駛吞下的白色粉末是什麼。我也不會告訴你那個金屬罐裡是什麼。你瞧，我們都還沒談到精采的部分，因為你問的問題都太無趣了。例如，你可以問：『山姆，你要我把飛機撞到什麼上面？』」

我不會問的。我不會讓飛機墜毀。

「噢！那是你的選擇？」山姆說著，舉起那個引爆器。「你選擇了飛機。」

嘉莉把伊莉絲抓得更緊了。比爾感覺到脖子後面一陣刺痛。

我還沒做出任何選擇。

山姆哼地一聲繼續讀著郵件。「在這個情況下，如果你不做出選擇，你就會繼續按照計畫地飛。那就表示這架飛機會降落在甘迺迪國際機場。那就是一個選擇。所以……」他調整了一下背心，把引爆器換到另一隻手上。「如果那是你——」

比爾開始憤怒地打字。

好。你要我把飛機撞在什麼上面？

山姆讀著郵件，一抹笑意在他的臉上擴散開來。他把雙臂交叉在桌上，靠近鏡頭。「我現在不會告訴你的。」

看著那個人在大笑聲中靠向椅背，比爾可以感覺到自己的指甲幾乎就要穿透他拳頭內側的皮膚了。

「天哪，這真有趣，」山姆說。「聽著，現在，你就繼續按照你原本的飛行路徑飛吧。畢竟，我們不想要引起懷疑。除了我們之外，沒有人知道發生了什麼事——記得嗎？當你需要更多細節的時候，我會再提供給你。至於現在，不用擔心目標是什麼。你只要知道，到了某個時候，這架飛機將會偏離它的航道。」

比爾以最快的速度在打字。

這不像開車。我不能改變飛行路線而不引發任何問題。特別是如果你不想讓任何人知道發生了什麼事情的話。我沒有時間解釋航空導航的具體細節。你得相信我。我需要知道我們要去哪裡。

他看著對方讀著郵件，暗自祈禱那傢伙不會也是個飛行員。他在郵件裡寫的不完全是謊話——不過，也絕對不是百分之百的真話。如果這傢伙是個飛行員的話，他會說這是在胡扯。

山姆眨了幾次眼睛，他的眉毛一度糾結在了一起，他重新看著鏡頭，然後清了清喉嚨，顯然在拖延時間。

「我不會告訴你目標，但我可以告訴你是哪個區域。」山姆終於回答他。

比爾看著山姆從鏡頭裡打量著駕駛艙裡圍繞著機長的成排按鈕和旋鈕。他太常在起飛前為完全不懂飛行的乘客導覽飛機，因此，他知道這些裝置讓眼前這個男子驚呆了。山姆微微吸了一口氣，停頓下來。

「華盛頓特區。」

比爾的頭垂了下來。當然了。這很合理。華盛頓特區距離紐約夠近，因此，在最後一分鐘偏離航道會讓人幾乎難以及時做出反應。他無須被告知確切的目標。也許是白宮。或者國會大廈。

「我現在還不會告訴你確切的地點，不過，我會給你一個提示。我的意思是，我確實需要你活著。因此，當你扭開那個金屬罐，把它丟進客艙之前？我會確保你有戴上你的氧氣面罩。」

那一定是有毒氣體。比爾望著窗外一層層流動的薄雲從飛機底下穿過。他想像著客艙裡彌漫著一團類似的……什麼？他被要求——不，是被告知——要用毒氣攻擊他自己的飛機、他自己的乘客。

如果我拒絕丟那個金屬罐呢？

山姆看著那封郵件，歪著頭考慮著他的問題。然後看了看比爾的家人。

「那我們就試試看吧。我需要他們活到飛行結束。不過……」一撮頭髮散在嘉莉的臉上。山姆將它塞到她的耳朵後面。「也許我不需要他們全都活著？或者完好無損？」

比爾靠在小桌板上的指關節變成了白色。他不知道、他不了解的事情太多了。他想要停止這一切；他想要尖叫。他可以感覺到血液衝到自己的臉上。一道汗水覆蓋住他的上唇。他用手臂將汗水拭去。

「比爾。放輕鬆，」山姆嘲諷地欣賞著比爾顯而易見的憤怒。「你太努力想要找出解決辦法了，事實上——劇透一下——根本就沒有解決的辦法。你可以把那股英雄主義扔了。你會做出選擇的。你的家人，還是這架飛機。如果犧牲的是飛機，那麼，把那個金屬罐丟出去就是這個選擇的一部分。就這樣。」山姆往前靠，把他交叉的手指放在桌上，那個引爆器依然緊握在他的手裡。「還有，比爾？順便讓你知道一下？我不是笨蛋。飛機上絕對還有一個後備方案。不管怎樣，你都會做出選擇。」

比爾覺得自己的臉色在發白。

飛機上有個備案。

飛機上那些無辜的靈魂。

其中有誰不是無辜的？

是誰在監視他和其他機組成員，然後回報給那個瘋子？他們有武器嗎？客艙裡已經有一個充滿毒氣的金屬罐了嗎？他們會打開那個罐子嗎？他們會殺了機組成員，然後再衝進駕駛艙——親自殺了班——再強迫比爾做出他的選擇嗎？這些變態的情節一個接著一個出現在他的腦子裡，比爾完全跟不上它們冒出來的速度。

你想要什麼？

山姆看完郵件後攤開雙手。「你是什麼意思？我剛才告訴過你了。」

你只是把情況告訴了我。但是，你要的是什麼？

他大笑著說，「比爾，你沒搞懂嗎？我什麼也不要。我不要錢。我不要交換囚犯。我不要政治的影響力。現在不是一九六八年，老兄。這不是『帶我去古巴❷』。這不是在披薩店裡尋找兒童的匿名者Q❸，或者你的白人至上主義所相信的什麼狗屁事件。這也不是上天堂之後可以得到七十二名處女的瘋狂聖戰❹。這和那些都扯不上關係。」

他靠近螢幕。

「我只是想要看到一個好人——一個美國的好人——在雙輸的情況下會怎麼做。一個像你這樣的人在必須做出選擇的時候會怎麼做。一架載滿陌生人的飛機？或者你的家人？你瞧，比爾，這真的就只是選擇。你。選擇誰能活下來。那就是我想要的。」

比爾沒有做出任何動作。螢幕上的男子大笑。

❷在一九六〇年代，民航商務飛機經常遇到被迫飛往古巴的劫機事件，大部分的劫機者都是因為政治因素或者單純想要回到古巴卻沒錢買機票的古巴人。根據英國泰晤士報的報導，光是一九六八年一整年裡，就有超過三十起這樣的劫機事件。

❸匿名者Q（QAnon）誕生於二〇一七年，是一種極右翼的陰謀論，由支持川普的瘋狂粉絲組成。「Q」字取自美國最高機密級別，因為許多成員堅信美國政府內部存在一個深層政府，並抨擊美國政壇中的民主黨高層、好萊塢名人和宗教領袖為撒旦信徒、戀童癖和虐童菁英圈的一員。匿名者Q會採取激烈暴戾的行動「制裁」敵人，FBI已將其列為發動國內恐怖主義的潛在威脅。

❹許多極端主義的伊斯蘭恐怖分子團體相信，因為聖戰而犧牲的殉道者死後可以在天堂中得到回報，其中包括七十二名處女。根據許多學者的研究，可蘭經從來沒有提到七十二名處女一事。因此，這個說法至今依然成謎。

「我太享受你被嚇死的樣子了！什麼也買不動我。什麼也無法讓我妥協。除了正在發生的這件事之外，這個世界上我什麼也不想要，知道這樣的事實讓你嚇壞了吧。」

語畢，兩人面面相覷。比爾舉起手，鍵入他的問題。他的手在發抖。

為什麼？你為什麼要這麼做？

比爾按下刪除鍵，直到句子完全被刪掉。比爾知道，就算這傢伙會回答這個問題，那也完全看他高興怎麼回答就怎麼回答。他鍵入另一個問題，不過，又再度刪除。他的手指瘋狂地在移動。他想要了解自己面對的是什麼，這樣，他才能想出解決的辦法。

伊莉絲開始嗚咽。他抬起頭看著自己的女兒。

比爾知道，如果他繼續這樣刪刪寫寫下去的話，他什麼也做不了，只是在浪費時間而已，他需要採取行動。

他重新鍵入問題，這回，他按下了「發送」。

你怎麼知道我會飛這個航班？

「你的意思是，我是怎麼確定你會駕駛這個航班嗎？」山姆說。「你的首席飛行員瓦特・歐馬力竟然是個小變態。他完全可以保證你會飛這個航班——只要他硬碟裡的那些小男孩照片不會被公開的話。」

遭到背叛的感覺讓比爾的心燃起怒火。他的老闆，他的同事。他的朋友。他們在一起共事了二十三年。情況糟糕到連首席飛行員都牽扯其中。

各種念頭傾巢而出，他的思緒失控，沒有什麼可以讓它們停下來。他在他自己的駕駛艙裡束手無策。不管身為一個男人，還是家人的保護者，他都感到無助。他的家受到了威脅，他的飛機也是。他很擔心自己是否還有更多事情遭到了欺騙。

比爾閉上眼睛，他覺得自己也許就要吐了。他深深地吸了一口氣，張開手，再握拳，就這樣重複著同樣的動作，同時專注地想像著血液在他的雙手流竄。慢慢地，他的脈搏和緩了下來。

你為什麼選擇我？

山姆在讀完郵件之後停下來，將視線對準連接著他們的鏡頭。「你這個自大的蠢貨。你以為這是針對個人嗎？你只是一種手段而已。」

對於你想要殺害的飛機上那一百四十九條無辜的靈魂來說，這感覺起來就是很個人。

「那是當然的。死亡向來都是很個人的。比爾。死亡感覺起來當然很他媽的個人。不過，你知道關於死亡最瘋狂的是什麼嗎？它非關個人。每個人都會死。沒有人逃得過死亡。它是這個世界上唯一公平的事情。有時候是年輕人，有時候是老人，有時候是活該，有時候則命不該死。但是，那又怎樣呢？死亡不會只發生在『壞』人身上，死亡才不在乎這些。」他搖搖頭，自言自語著。「什麼無辜的靈魂，去他的……」

他的目光落在史考特身上。「看著你兒子，比爾。」

比爾拒絕聽從他的指示。時間一秒一秒地過去。

山姆的拳頭重重落在桌上。凱莉不禁啜泣地將伊莉絲抱緊。

「看著你兒子。」

史考特直視著鏡頭。無聲的眼淚沿著他的臉頰流下，他緊握著的指關節都發白了。他很努力、很努力地想要勇敢。這孩子長大成人之後所要肩負的重擔，已經在此刻岌岌可危地壓在了他年幼而顫抖的雙腿上。父與子，男人和蛻變中的男人，透過一個小鏡頭凝視著彼此。

「霍夫曼機長，」山姆若有所思地說。「你的兒子乖嗎？他值得受到這樣的對待嗎？」山姆悲傷地搖搖頭。「你提到無辜的時候，彷彿它在這個世界上具有什麼意義一樣。然而，我們都只是別人達成目的的手段而已。」

山姆往後靠，雙臂交叉在那件爆炸式的自殺背心上面。

「選擇在你手上。我已經做出我的選擇了。」

比爾聽到客艙裡有人關上洗手間的聲音。他想起喬和其他客艙組員都在忙著他們的工作。他想起飛機上的乘客只是想要到達他們需要去的地方。他想像著華盛頓特區的人們；參議員和國會議員在他們的助理把文件遞給他們時，熱絡地討論著立法的問題。安全警衛低頭對著參加戶外教學的學童們露出微笑。一個個家庭在雕像和畫作前面讀著牌匾上的說明。他們全都是過著平靜生活的一般百姓。他想到自己的女兒伊莉絲，她連人生的第一步都還沒有踏出。還有他那只想著要玩的兒子史考特。

這是他第一次讓自己真正地注視著嘉莉。

「我以為你討厭貓。」嘉莉說。

「我是討厭貓。」比爾說。

嘉莉笑著看他按摩著她那隻不斷發出咕嚕聲的貓咪瑞格里。她伸長了夾滿泰式炒麵的筷子，沙發上的比爾隨即靠過來吞進嘴裡，她赤裸的腿橫跨在他的腿上，一小塊雞肉掉落在了她的腿上。當亨弗萊・鮑嘉黑白的影像從電視螢幕上走過時，比爾拾起那塊雞肉扔進嘴裡。

在公寓另一頭的門邊，他的公司識別證躺在地板上，旁邊是他尚未打開的行李箱。一落黑色的東西——鞋子、襪子、長褲、皮帶——面對牆壁層層堆疊，最頂上則是一件紅色的蕾絲內褲。在他制服的外套底下，尚未打成績的論文散落在地板上，她的紅筆被留在了廚房的桌上，直到明天某個時候，等他離開了，那支筆才會再度被拾起。矗立在窗外遠處的席爾斯大樓似乎在眨眼表示認同。比爾抓住每一個飛往芝加哥奧黑爾國際機場的機會。芝加哥變成了他最喜歡的轉機城市。

「你相信一見鍾情嗎？」嘉莉看著電影問。

「相信。」

他很快地回答，她的臉也跟著泛起一片粉紅。奧黛麗・赫本輕啜著義大利濃縮咖啡，聊著下雨天的巴黎。「喔？」凱莉往嘴裡送了一口食物。「怎麼說？」

他困惑地轉過頭。「你啊。」

她咀嚼到一半，把口中的食物吞下肚。「喔？」

「當我第一次在烤肉會上遇見你的時候。在你走進院子裡的那一刻。對。」

「對……什麼？」她說。愛是他們一直未曾討論過的話題。

「對，我知道我想要和你上床。」

她往他的手臂捶了一拳。

「不是啦，」比爾說著，在沙發上調整姿勢，面對著她。鮑嘉和赫本並肩而坐，沿著道路往前駛去。「我是說，對，不過……」

嘉莉揚起眉毛。

「聽著，我第一次看到你的時候，我知道我想要你。不過，我不只是想要你。我想要擁有你。那是……動物性的反應。」

「繼續說。」

「好吧，」他說著嘆了一口氣。「人類的本能就只有一件事，對嗎？生存。那是我們最主要的動能。在潛意識和本能的層次上，能讓我們具有最大生存機會的事物總是能吸引我們，並且讓我們渴望能擁有它們。對嗎？所以，當我第一次見到你的時候，我會說，我的身體在細胞的層次上吶喊著就是她。那就對了。一見鍾情。我不是說我只是一個想要上床的男人。我是說……」他看著螢幕，試著想出要怎麼說明。「天啊，嘉莉。我現在在這裡摸著貓咪。接下討厭的芝加哥行程。我還考慮搬到這裡來，如果你想要我這麼做的話。但是，奇怪的是，我想要做這些事。

「嘉莉，我在走出那扇門的剎那就開始想念你了。我盡可能地飛快一點，這樣，我就能早點抵達飯店，早點打電話給你。我是說，公司早晚會知道我浪費了多少油料。我喜歡你左眼裡的小雀斑。我喜歡你說你有濫用花生醬的問題。我喜歡知道——只有老天知道為什麼——你相信巴茲．艾德林應該是第一個登上月球表面的人，但是，尼爾．阿姆斯壯卻在最後一秒把他推開。還有你緊張的時候會大量出汗，但是你覺得熱的時候卻完全不會流汗？我很喜歡這點。這很奇怪，但是，我就是喜歡。」

她笑到流淚。他拭去那滴淚水，然後舔了舔自己的手指。

「我的身體知道。就是你，嘉莉。所以，對的，我相信一見鍾情。」

她的下巴在顫抖，極力地想要控制自己的情緒。

「我用你的枕頭，」她笑著說，同時用衣袖擦著臉。「在你離開之後的那個晚上。我睡在你用過的那顆枕頭上。那顆枕頭太蓬鬆，讓我的脖子很不舒服。但是，它有你的味道。」

他把她手上的盤子拿開，放在咖啡桌上。他躺在她身邊，手臂環著她的腰，呼吸著她身上那股椰子洗髮精的味道。他穿著他的四角褲，她則穿著她的運動衫，兩人默默地躺在沙發上很長一段時間，聽著他們身後繼續在播放的電影。

「比爾？」

「嗯？」

「我以為你討厭依偎。」

嘉莉透過鏡頭看著比爾。一道淚水滑下她的臉頰，瞬間被她嘴裡的那團布吸收了。

你不會殺我的家人。而我也不會讓這架飛機墜毀。

他在郵件上按下「發送」，隨即把電腦螢幕拉下一半。

「好了，」比爾對他的副駕駛說道。「我也要出去。你介意讓我先出去嗎？」

「當然可以，年齡優先、容貌居次。」班說話的同時，比爾按下一個按鈕，駕駛艙門的另一邊立刻響起一聲叮咚的輕響。

「你比我快了一步，」喬的聲音從駕駛艙的喇叭傳出來。「我正打算打給你們。休息時間到了嗎？」

「是的，女士。」比爾說著，把自己的座位往後調。

「好，你準備好就好了。」對講機喀噠一聲地掛斷了。

「你來接管？」比爾說。

「我來接管。」班回答。

比爾在解開安全帶的時候，雙手微微地在顫抖。他站起身。離開駕駛艙感覺就像另一種層次的離棄。他試過——但失敗了——將他家人的影像阻絕在電腦螢幕的另一邊。雙手被綁。嘴被堵塞。無助。等待著他做點什麼。

他調整了他的制服，閉上一隻眼睛，從駕駛艙門上的貓眼往外看，確認喬正在把關。她就站在那裡，雙臂交叉，面對著客艙，雙腳穩穩地固定在地上。如果有人打算在飛行員為了上洗手間而進出駕駛艙的時候闖入的話，他們就得先經過她這一關。五呎的身高和四十六年的人生經歷。在執行這項九一一事件後所衍生的安全程序時，大部分的空服員都不免有些不以為然。如果一名恐怖分子真的要衝進打開的駕駛艙門，一個矮小的空服員是阻止不了他的。不過，喬可是很認真的。幾年前，一名同機的副駕駛開玩笑地稱呼她為「一百磅重的恐怖分子減速帶」。結果，他發現那個囉嗦的綽號是一個大錯。喬很清楚當她站在那扇門前面時，就無異於在宣告：除非我死，否則別想過去。

而比爾知道她是認真的。

當駕駛艙門在她身後關上時，她匆忙轉身，一看到比爾的神情，她臉上的笑容立刻消失了。

當他沒有開口時，她說話了。

「怎麼了？」

「什麼？」他回答。

她抿著嘴唇，雙臂交叉，把身體的重量集中到一側。

「什麼？」他重複地說。同時透過她的肩膀，眉頭緊蹙地掃視著她身後的客艙。

如果你告訴任何人的話，你的家人就死定了。如果你找人到你家的話，你的家人也會沒命。

他不能冒這個險。他不能告訴喬。

然而，他得找人去救他的家人，他得找人去他家。他不能在駕駛艙裡安排這一切，因為，他在駕駛艙裡的每一秒都受到了監視。此外，客艙裡除了喬和其他客艙組員之外，還存在著一個不知名的威脅。他怎麼能不警告他們？還有毒氣。如果真的受到攻擊的話，客艙也需要有所準備。

比爾知道他不會讓飛機墜毀——但是，他可能需要假裝他會。丟出那個毒氣罐就是其中一部分。如果他拒絕丟出毒氣罐的話，山姆就會假設他的選擇是拯救這架飛機。他的家人也必死無疑。

一股恐懼感從他的內心裡滲出，填滿了他的身體。除非地面上有人可以救出他的家人，否則，他將得在客艙裡釋出毒氣。那就意味著客艙組員需要有所準備。他們需要保護乘客……免於受到他的傷害。

「比爾？」喬的聲音聽起來彷彿在一哩之外。

如果你告訴任何人的話，你的家人就死定了。

比爾看著飛機的其他部分，看著坐在乘客座位上的一百四十四名陌生人。一百四十四個潛在的威脅。憤怒在他的體內燃燒，和恐懼糾纏在了一起。還有什麼他不知道的？

喬那雙寫滿擔心的眼睛死盯著他。「比爾？」她的聲音裡帶著些許的催促。

如果你告訴任何人的話，你的家人就死定了。

他怎麼能回到駕駛艙，讓他的組員暴露在威脅和傷害之下？

喬輕輕地把一隻手放在他的前臂上捏了一下。她溫暖的撫觸彷彿一陣電擊般地把他的一口氣給吸了出來。

他需要幫助。他的家人需要幫助。他無法獨自處理這件事。

「喬，」他低聲地說。「我們有麻煩了。」

4

喬一手扶在機上廚房的櫃台上，好讓自己保持穩定。

比爾小心翼翼地陪她走進機上廚房，試圖要讓他們看起來像是在休息期間進行正常的聊天。一旦離開了乘客的視線範圍，他立刻清了清喉嚨，把一切都告訴了她。

喬仰頭看著他，嘴巴大開。她緩緩地搖著頭，不過那並不是在否定他。那是一種覺醒，從現在開始，一切都不同了。

「把你剛才說的全部再重說一遍。」

「不，」比爾說。「我們沒時間了。聽著，我的駕駛艙，我的聯絡工具——全都被那通FaceTime的電話監控了。我戴著耳機，所以，班聽不到發生了什麼事，可是，當……」

機長的聲音在逐漸消退，每個字都越來越小聲，越來越遠。喬看著她剛才為坐在2C的那位老太太所倒的咖啡正在櫥櫃檯面上變涼。這杯咖啡現在感覺起來彷彿是上輩子倒的。在比爾告訴她他們有麻煩之前的那個人生。

蒸氣優雅地在空中飄動，細小的泡沫不斷地浮上咖啡表面，反射著他們頭頂上紫色的日光燈所散發出來的光暈。她覺得一切都變得好抽象；優雅的蒸氣、遙遠的說話聲、漂浮的光影。她正在夢境般的狀態裡看著現實的一切，雖然，喬不會夢遊，不過，她懷疑夢遊的感覺是否就像此刻一樣。

「我必須冒這個風險，」比爾說。「他說，如果我告訴別人的話，他就會殺了他們。但是，你和客艙組員必須要……」

比爾不知道在說著什麼。一個家庭？什麼家庭？她的家庭嗎？不，邁可和他們的兒子都在家。很安全。她看著那些細微的泡泡，想像著她自己就在其中的一個氣泡裡。她會在她的同事和其他乘客不注意之下，靜悄悄地溜進氣泡裡，那顆氣泡會像繭一樣地把她完全包覆在裡面。沒有什麼東西能進得去，也沒有什麼能出得來。她會坐下來，把膝蓋抱在胸口，單純地看著每個人在沒有她的情況下繼續他們的節奏。當她浮上咖啡表面時，她可以感覺到氣泡裡的寂靜，可以感覺到她的身體失去了重量。也許，她可以被倒進排水管，微不足道又隱祕地偷偷潛逃。她會和咖啡一起被沖走，既無法掌握方向，也不想要掌握。她的嘴角露出一絲違和的笑容。她無法自已。變得如此渺小讓人感覺到如釋重負。

「你剛才說什麼？」喬突如其來的問題打斷了比爾。

比爾一臉困惑，彷彿他也不知道自己剛才說了什麼。

「我……我說，我不知道要怎麼找人去我家。我不能打給FBI。」

「對，你不能，」喬說。「但是我能。」

FBI探員提奧．鮑德溫把他桌子底下發黃的盆栽扔進垃圾桶，他不知道這顆植物已經變黃多久了。

「那種東西需要水，提奧。」詹金斯探員一邊走向休息室，一邊說道。

「知道了。」提奧一邊回應，一邊打開一疊檔案最上面的那份。

在他把椅子滑進桌子底下時，他的手機螢幕因為收到一則簡訊而亮起來。他看了一下發送簡訊的是誰，隨即按下手機側面的按鈕，螢幕立刻又變暗了。

在辦公室另一頭那間毫無隱私的房間裡，他的新老闆耳朵上壓著電話筒，正在她的辦公桌後面踱步，房間的門是關著的，不過，提奧無須聽到電話的內容，就知道對電話線另一端的人來說，這不是一次愉快的對話。當她發現他在看著她時，他很快地移開了自己的視線。

提奧喜歡在星期六到辦公室來。週六的辦公室很安靜。他可以很快地把無聊的文書檔案解決掉，然後就可以專注在更有趣的案子上。在看完第一頁之後，他把檔案翻到第二頁，不過，在發現自己連一個字都沒有看進去之後，他很快地又回到第一頁。

他把手中的筆扔到那疊無聊、低層次的案件檔案上，揉了揉眼睛。

他在騙誰？根本沒有什麼更有趣的案子等著他去處理。在星期六來辦公室工作，只是想要博得老闆好印象的委婉作法而已。不，根本談不上如此。這只是為了贖罪而做的可悲行為。他加入FBI已經將近三年，不過，這一點點微薄的資歷再也不重要了。六個月前，一切都回到了原點。

那不應該是什麼了不起的大事。那只是一次標準的掃毒行動。他們的情報很縝密：他們知道在屋子裡的都是些什麼人，那些人都在什麼位置上，他們都做了什麼，他們會被用什麼罪名起訴。掃毒行動在展開之前，幾乎就已經結束了。

然而，在那晚結束之前，那棟毒窟被子彈掃成了馬蜂窩，而提奧身為局裡明日之星的美名也中槍了。他只試著為自己違反規則的行為進行了一次辯解。在那之後，他很聰明地閉上了嘴，垂下了頭，讓自己保持低調。憑「直覺」行動就像是在對別人說，有一個綠色的仙子在他耳邊低語一樣。五次的懲戒會議、留職停薪兩週，加上一場不可靠的專業預測，意味著提奧唯一能做的就是打卡上下班、謹守規定，並且希望假以時日，一切都會被原諒。

他啜飲了一口咖啡，加倍努力地處理那些文書報告。

「我們應該要擔心嗎？」詹金斯帶著一包薯片，從休息室走出來。「擔心我們是唯一在週六閒著沒事幹的混蛋？」

提奧的手機又亮了。不過，他並沒有看到。

「我想，」提奧往後靠在他的椅背上。「我們是唯一努力在做自己工作的混蛋。」

「而且，我覺得我們應該找個砲友，」詹金斯嘴裡塞滿薯片地說。「我們去喝一杯吧，告訴那些辣妹我們是FBI探員。」

提奧的電話再度亮了。他拿起手機，發現有七則來自他喬阿姨的未讀訊息。他的胃瞬間往下掉落，最壞的情況立刻閃進他的腦子裡。他母親，喬的姊姊。出事了。或者，也許是喬阿姨的兒子，與其說是表兄弟，他們更像是親兄弟。

「怎麼樣？要去嗎？」詹金斯靠在他的小隔屏上問道。

提奧盯著他的手機。這實在太難以置信了，他不得不再讀一次。如果這些簡訊是別人發來的，他一定會有所懷疑。

但是，提奧很了解他的喬阿姨。

他抓起他的識別證，把椅子往後推開，無視於倒下來的檔案，任憑還未處理完的文件飄落到地上。

比爾安靜地把門關上，將門鎖滑到右邊，洗手間的日光燈在他鎖門的瞬間亮了。他在原地站了一會兒，無法動彈，彷彿忘記自己為什麼要到洗手間來。當他把前額抵在門上時，那扇薄薄的塑膠門發出了刺耳的抗議聲。他的領帶也從脖子往前傾。

這是他從來沒有想到的劇情。這不是他曾經考慮過、曾經和他的同事討論過的威脅。飛航手冊裡沒有資料可以參考，沒有規則可以依循，沒有確認清單可以檢查。此刻，他所受過的訓練似乎天真到令人難堪。防護措施和備援物品都是為了因應駕駛艙受到真正的攻擊而設計的。

比爾轉向鏡子，看著自己的倒影。他覺得自己像是一個打扮成飛行員的人。這身裝扮在他身上看起來再也不合適了。他看著他襯衫正面那對金色的翅膀，內心裡出現了他從來不曾有過的懷疑：他值得穿上這身制服嗎？他曾經值得嗎？

他上完廁所，按下沖水按鈕，飛機裡的沖水噪音讓他蹙緊眉頭。洗手槽也充滿了惡意，冰涼的水正在攻擊著他那雙顫抖的手，那是一雙再也擰不出選擇的手。

這會是他唯一可以獨處的時候。這是他需要想出辦法的時候。想出如何解決這個問題的辦法。他把臉靠近鏡子，彷彿想要從鏡子的那一邊找到答案一樣。

他什麼也沒找到。

他抓了幾張紙巾，腦子裡浮現一個惱人的念頭：需要上廁所真的是一種厚顏無恥的舉動。在這種時候，他的身體難道就不能破例嗎？他的身體不知道現在沒有時間可以浪費在不需要的事情上嗎？

水龍頭在漏水。水一滴滴地落入水槽裡。一滴接著一滴，彷彿打鼓般地充滿了節奏感。暫停。然後滴下。又一滴。似乎沒有固定的模式可循。

比爾看著水從水龍頭裡滴落，當他腦子裡凌亂的想法逐漸匯聚在一起時，他的瞳孔慢慢地擴張了。他的手停止了顫抖。他的呼吸緩慢了下來。他挺起了背脊。

這是一個孤注一擲的想法。不過，總還是一個想法。

比爾把門鎖推到左邊，他得回去工作了。

提奧的老闆看著他的手機，良久，才把手機扔到她的桌上。手機掉在她的名牌旁邊，副局長蜜雪兒・劉幾個字在手機螢幕的光暈底下發亮。她用雙手撫過頭頂，將那頭濃密的黑髮綁成一束馬尾。用力紮緊馬尾之後，她垂下雙臂，抱著自己的身體。

「你是認真的。」她說。

他點點頭。「很不幸，是的。」

她開始在她的辦公桌後面踱步。劉加入洛杉磯辦事處已經有三個月了，不過，過去三個月一直都很平靜，提奧也一直沒有機會親眼看到她在火線下的表現。他知道她在FBI已經有十二年之久，也知道她火爆的脾氣讓她聲名遠播。不過，他不知道的是，她對他呈報上來的情況似乎感到生氣，為什麼？或者她只是對他不爽？他不知道她究竟是在對事、還是對人生氣。

「你知道這不只牽涉到我們，」她說。「還有國土安全部、國防部、警視廳、美國聯邦航空管理局、美國運輸安全管理局、北美防空司令部、白宮。」她暫停了一下。「提奧，如果我們採取行動的話——總統將會坐鎮到戰情室裡。」

他可以感覺到自己的心跳就在耳邊。「我會說讓我們採取行動吧。」他說。

她譏諷地哼了一聲。

「你要我，」她眯起眼睛。「拉響恐怖分子即將攻擊華盛頓特區的警報。你要我在光天化日之下，派出人質救援隊到洛杉磯郊區的一個社區。這些行動全都基於你個人從一則簡訊裡得到的情報。你阿姨發來的簡訊。」

提奧沒有回覆，不過，他也沒有移開目光。看著劉咬著她自己的臉頰內側，他覺得他的臉漲紅了。他知道她正在評估他。

他的測驗成績出奇的好，同時也擁有雄心大志——但是，劉肯定已經被告知掃毒行動那天晚上發生的一切。一名「直覺優先、情報第二」的探員是個麻煩，而不是一個資產。那是他不小心聽到她對另一名探員說的話，雖然他不確定，不過，他發誓，她在說完那句話之後瞄了他一眼。

讓他埋首在文書工作底下，直到她對他有進一步的了解為止，這似乎就是她目前的策略。

但是，現在卻發生了這種事。

也許，那就是她為何看似很不高興的原因。

「聽著，」他說。「我知道這個狀況……很瘋狂。我要求你首先要相信，然後再核實。這句話從我口中說出來，確實是一個很大的要求。但是，我了解我阿姨。我相信她。」

「她？我又不認識她。」

「很公平。可是，她為什麼要假造這種事？這會讓她失去一切。她的工作，她的名聲。劉。這是真的。」

「如果不是呢？」

「如果是呢？」他說得有點太激烈，因而很快地又補充說，「長官，不管你選擇怎麼做都有風險。但是，其中只有一個選擇會造成有人死亡。」

她持續在踱步。提奧看著牆上的時鐘。

「長官，恕我直言——那架飛機正在飛行途中。飛行員和乘客都沒有時間了。他的家人也是。」

劉閉上眼睛，深深吸了一口氣，吐氣時發出一聲詛咒。

「發布行動代碼，」她說。「FBI反恐特警組立刻行動，我們會在途中諮詢聯邦調查局人質救援隊。召集所有人。還有，提奧？」她在他即將離開辦公室的時候叫住了他。「別忘了。你的處境非常不利，再一個好球你就出局了。」

喬翻閱著旅客名單，快速瀏覽著機上每個人的簡介。就在她翻過最後一頁時，比爾從洗手間裡出來了。

「有什麼消息嗎？」他問。

她拿起她的電話，看看提奧是否回覆了。「還沒有。還有，沒有乘客是海岸的員工。」她打開咖啡壺底下的抽屜，把那份旅客名單放在她的唇膏和書上面，再關上抽屜，抽屜闔上時發出了金屬的喀噠聲。比爾剛才要她檢查機上是否有任何人以公司的名義搭乘這個航班。也許，他們有另一名內奸也在這個航班上？也許那就是所謂的後備方案？但是，現在看起來這個猜測顯然無法成立。

喬知道在這種情況下做假設是很危險的。比爾雙臂交叉地注視著昏暗的客艙，他瞇起眼睛，看著客艙後段的機上廚房區。

「你信任其他的空服員嗎？」他說。

「絕對信任。我的意思是，我們的第三空服員凱莉是個新手。我們才剛認識。她是從後備名單裡被指派加入這個航班的。不過，我的直覺說可以相信她。」

比爾點點頭。「好。那就這樣吧。」

「你信任班嗎？」

「無庸置疑。不過，那是我的直覺。」

喬點點頭。「那就這樣吧。」

「等到休息結束之後，再告訴另外兩名空服員。還有，班出來的時候，不要對他提起這件事。」

「我以為你信任他？」

「我是信任他。但是，他要怎麼幫我？」

「而且——我們不知道他對你的感覺如何。」

「沒錯。如果他認為我會殺了他的話……」比爾沒有說完，改而清了清喉嚨。「聽著，我不能冒險讓他擅自處理這件事。我不能那樣賭上我的家人。」他瞄了一眼駕駛艙門。「該死，我得要進去了。」

「好，不過，等一下。那乘客呢？」喬問。

比爾和喬同時往外看，掃視著客艙裡的人頭。每個人都在看書、睡覺，或者看電視。沒有什麼不正常，也沒有什麼不對勁。沒有人在看他們，似乎沒有人在乎他們在做什麼。

他們很清楚應該要怎麼做。

「乘客不能知道，喬。我們不能告訴機上任何人，以確定我要做什麼選擇。我是說，他們將會知道發生了不尋常的事，因為你們將會想出保護他們的方法。但是，他們不能知道完整的情況。華盛頓特區？不。他們也不能知道關於我家人的事。他們不能知道關於我必須做出選擇的事。他們會假設我一定會選擇我的家人。他們絕對不會相信我們。」

她沒有說話。

「你知道我不會讓飛機墜機的，不是嗎？」

他們第一次一起轉機停留是二十多年前在西雅圖的時候。在市區酒吧的減價時段結束之後，整個機組成員在走回旅館的路上遇到了一個醉漢，那個人在行經他們的時候低聲地說了幾句種族歧視的話。身為機組成員中唯一的黑人，喬知道那是針對她而來的侮辱，但她並沒有吭聲。不過，比爾卻讓那名男子清楚地知道了他的態度。隔天，副駕駛必須全程負責飛行，因為比爾的手指斷了，無法完整握住駕駛桿。

航班延誤、機械問題、不講理的乘客。她為他遞過無數頭等艙剩下的餐點，幫他倒過一杯又一杯的咖啡。在九一一那天，她是第一批和他一起報到的人之一。當他父親過世的時候，她送去了鮮花。他們的家人每年都交換聖誕卡。在超過二十年的飛行之後，比爾不只是一個同事。他是一個朋友，他是家人。喬了解比爾。

「是的，」她回答。「我知道你不會讓這班飛機墜毀的。」

然而，在喬這麼說的時候，她的內心深處卻在攪動。

她的手機在金屬的櫃面上震動。她讀著上面的簡訊，臉上泛起一絲微笑。

「FBI已經在前往你家的途中了。」

比爾抓住她的肩膀，在她的額頭落下一吻，寬慰的淚水盈溢在他的眼眶裡。

他拿起對講機話筒準備和駕駛艙通話，不過卻在按下按鈕之前停了下來。「FBI會營救我的家人，我們會保護這架飛機。我會試著溝通，但是我不能保證。你們在客艙裡也許要靠你們自己了。不過，千萬小心。你知道你不是獨自奮戰的。」

喬點點頭。

「我很可能需要假裝順從。我會竭盡所能，不把那只毒氣罐丟出來。但是，我可能會沒有選擇。除非FBI先救出我的家人，不然的話，你們要假設會遭到毒氣攻擊。如果他認為我選擇了這架飛機，他就會殺了我家人。」

「好。」

「客艙需要準備好，可以嗎？」

「會的，機長。」

「喬，該死！我也許是機長，不過，一旦那扇門關上之後，你就只能靠自己了。你明白嗎？這是你的客艙。」他的眼裡燃燒著迫切感，在他的注視下，她的信心提升了。「你相信我，我不會讓這架飛機墜毀的。但是，我還沒有想出要怎樣才能做到。至於客艙這邊，你們也得自己想出如何讓客艙在攻擊發生的時候已經做好了準備。明白嗎？」

喬沉默地點點頭，比爾這才按鈴通知駕駛艙裡的班開門，讓他回到駕駛艙。她轉過身，擋住通往駕駛艙的路徑。機長和空服員背對背而站，一個面對客艙，一個則面對著駕駛艙的入口。

「我信任你，喬。這架飛機的掌控權在我們手裡。」

駕駛艙門打開，隨即又在她身後關上，留下了喬自己一個人。獨自在她的客艙裡。

5

「沒有變更？」比爾說。

「沒有變更。」班回答。

「我來接管。」

「你來接管。」

班把他的座椅往後調整，解開完全帶。他蹲下身，跨過中控台。在調整好褲子，並且把襯衫塞進褲腰之後，他閉上一隻眼睛，透過駕駛艙門上的貓眼看出去，確保喬仍然在外面阻擋任何人進入駕駛艙。他身後的比爾調整著自己的座位，繫上安全帶，飛機的控制從副駕駛重新回到機長手中。

比爾知道，他只有不到五秒鐘的時機。

在電腦螢幕依然處於休眠狀態，山姆無法看到他的五秒鐘之內。在這五秒鐘內，班分散了注意力，不會問比爾他在做什麼。他有五秒鐘的時間按下和鬆開正確的收訊旋鈕。五秒鐘的時間啟動無線電的備用頻率。五秒鐘的時間把班的耳機音量調到最低，讓他無法聽到次要頻道。中控台上一排帶有白色條紋的灰色旋鈕，整齊地排列在他的膝蓋旁邊，等待著他的指令。

在整段的航行中，這五秒是他唯一的機會，可以用來執行他所能想到的那件事，也許有助於他脫離這個地獄般的困境。

「開門。」班說完之後，駕駛艙門打開，並且在片刻之後重重地關上。結束了。他甚至不需要完整的五秒鐘。

不過，他的計畫需要再等等。

比爾打開他的電腦。

嘉莉緩緩地晃動伊莉絲，她的臉頰輕輕地貼在已經睡著的嬰兒頭上。史考特站在她身邊，眼裡的淚水已經乾了。母子兩人都沒有看著鏡頭。

「歡迎回來，」山姆對他打招呼。「收件吧。」

一封電子郵件傳送到了比爾的收件箱。

「哈囉，親愛的，」喬帶著逼真的笑容，在駕駛艙門發出關上和鎖上的聲音時轉過身來。

「一切都好嗎？」

「每天都是一樣的鳥事，只是換一天而已。就像活在夢裡。」班說著走進洗手間。

「你要吃點或喝點什麼嗎？」喬在他來得及關上洗手間的門之前問道。

「咖啡就好了，謝謝。」

「你都喝什麼樣的咖啡？」

「兩顆奶球、一包糖。」

語畢，洗手間的門關上也鎖上了。喬立刻抓起一整壺剛煮好的咖啡，偷偷地倒進垃圾桶裡。然後丟進一袋新的咖啡，她會等到馬桶的沖水聲響起才按下煮咖啡的按鍵。她要盡可能地幫比爾多爭取一點時間。

✦

「這是什麼？」比爾讀著郵件問道。駕駛艙裡只有他一個人，他可以不戴耳機大聲說話，也不需要用郵件來溝通，不過，他知道這只是暫時的，而且時間非常短暫，他的動作得要快一點。

「這是一份聲明，你要唸這份聲明，並且把它錄下來。」山姆回答。

比爾往下讀，頻頻搖頭。「可是……你要拿這段影像做什麼？」

「我會把它發給新聞網。晚一點的時候。在飛機墜毀之後。」山姆說。

比爾的高中歷史老師曾經在課堂上播放過畫質粗糙的黑白影片，那是美國在越南的戰俘遭到劫持者毆打和虐待之後，被迫宣讀懺悔書的影像。那天晚上，比爾被他瞪大眼睛的弟弟搖醒時，他發現自己的床單都濕透了，聲音也嘶啞了，因為那些戰俘空洞的眼神跟隨他進入了他的夢裡。

「我不會唸這個的。」比爾說。

山姆注視著鏡頭。「嘉莉，」說著，他看了一眼他的馬克杯裡面。「我的茶冷了。你可以幫我泡杯新的嗎？」

嘉莉的眼神在山姆和鏡頭之間來來回回，試著要弄清這是否是個陷阱。她把椅子往後推，透過塞在口中的那坨布，咕噥地對史考特說著什麼。他似乎也聽懂了，只見他笨拙地想要把他正在睡覺的妹妹小心翼翼地抱進懷裡。他和他母親的動作都很緩慢，深怕拉扯到她身上的那些爆炸物。嘉莉走向位在電腦後面的廚房，走出了比爾的視線。看到他的孩子獨自和他們的劫持者同處一室，比爾不禁感到恐慌。

他想要大聲喊叫，叫史考特快跑。帶著他的妹妹跑到鄰居家求救。離開這個傢伙，離開那些爆炸物——就在他準備開口之際，山姆從他的背心底下掏出了一把槍。他隨意地把槍指向孩子。史考特不由自主地把伊莉絲抱得更緊了。

「比爾，」山姆說。「你聽過老虎和烏鴉的故事嗎？」

喬在機上廚房的隔簾後面低頭看著她發亮的手機螢幕，火速地發送簡訊給她的外甥，情況緊急，她連校對文字的時間都沒有。

不，副駕駛不知道，我們也不打算告訴乘客

其他的機組成員還不知道，休息之後會告訴他們

不知道怎麼處理毒氣的問題。我們會想出辦法的。

不知道那是什麼。我猜應該是很糟的那種。很糟很糟。

讓防化小組到甘迺迪機場和飛機會合

洗手間裡響起沖水聲。喬按下咖啡壺上的按扭。她知道那代表至少還要四分鐘，不過，她已經延長過時間了。

我有空的時候再簡訊你，不過，情況會越來越忙。你那邊也是。

我愛你，提奧。

「那不是一個反問句，」山姆說。「你曾經聽過——」

「沒有。」比爾說。

山姆笑著往後靠在椅背上。「很久以前有一隻老虎，牠是叢林之王。有一天，一隻烏鴉在牠頭頂上盤旋，降落在一根樹枝上。『老虎啊，』牠說。『請告訴我，你那叢林之王的眼睛所看到的一切。』那隻老虎揮揮手，趕走了烏鴉，牠強而有力的虎掌差點就扯掉了烏鴉的一只翅膀。『滾開！』牠說。『我是叢林之王。你太蠢了，不會明白我看到的東西。』因此，烏鴉傷心地離開了。

「隔天，那隻烏鴉又在老虎頭頭頂上盤旋，牠說，『求求你，老虎。你一定有看到令人驚嘆的景象。請告訴我，你叢林之王的眼睛看到了什麼。』但是，老虎只是大笑，朝著那隻可憐的小鳥鼓起胸膛地說，『你為什麼要看到我這叢林之王的眼睛所看到的？你太渺小了。滾開！』」

「可惡，我們在浪費——」比爾咬牙切齒地說。他突然停下來，在收縮和伸展著拳頭之際吸了一口氣。當他再度開口時，他換上了比較冷靜的語氣。「聽著。我們很快地談一下——」

「隔天，」山姆繼續說道。「那隻老虎悠哉地躺在一根樹枝上。突然之間，樹枝斷了，叢林之王也因此掉到洶湧的河水裡。牠無助地浮沉在往下游流去的河水裡。此時，那隻烏鴉出現在牠的頭上。『救命！』老虎對著烏鴉叫道。『救我！』烏鴉低頭看著在水中掙扎的老虎。『我怎麼幫得了你呢，叢林之王？我又蠢又渺小。』然後——」

當嘉莉端著冒著蒸氣的馬克杯出現時，山姆停了下來。她把杯子放在山姆面前的桌上，掛在杯子一側的茶包袋標籤隨著她的動作旋轉了一下。她又重新在她的位子上坐下。

「然後！」山姆帶著興高采烈的笑容繼續說道，同時把那把槍塞進他的背心裡。「那隻烏鴉俯衝而下，把老虎的眼睛啄出了牠的腦袋。叢林之王在河水淹上牠的頭頂時毫無招架之力。『現在，』烏鴉飛走的時候說，『我能看到叢林之王看到的景象了。』」

房間裡和駕駛艙內一片沉默。

「如果你認為——」比爾說。

山姆用力地把嘉莉的手臂拉過桌面，他的椅子在往後退的時候撞倒在地。伊莉絲在驚嚇中醒來，發出了一聲尖叫。

「你沒聽懂這個故事裡的寓意，比爾，」山姆說。嘉莉畏縮了一下。比爾可以看到山姆的手指緊緊地掐住她的皮膚。「這個故事的寓意是，我將會得到我想要的。在這個過程中，要犧牲什麼就是你的選擇了。錄下那段聲明。」

說完，他抓起那只馬克杯，直接倒在嘉莉柔軟的肌膚上，她被堵住的叫聲和她女兒的哭聲全都混合在了一起。

電腦螢幕在山姆切斷通訊的瞬間變成了一片漆黑。

比爾抓著電腦兩邊，喘息地瞪著什麼也沒有的螢幕。他不知道自己就這樣坐了多久，空洞地看著前方。客艙裡洗手間的門打開又關上的聲音從他身後傳來，打破了他發呆的狀態。

班很快就會回來了。

✦

當班走出洗手間的時候，喬正在打開一顆小奶球，她黑色的手指蒙上了一層奶油水霧，這是加壓的客艙在高空中無可避免的現實。她用紙巾擦擦手，攪拌著奶油和糖，然後指著咖啡機。

「咖啡涼了，所以，我煮了一壺新的。快好了。」

副駕駛看了一眼駕駛艙門。

美國聯邦航空管理局和公司都規定進出駕駛艙必須要快速，不過，聯邦航空管理局今天並沒有在機上監視。喬能否成功地拖延時間，完全就看眼前這名年輕自負的飛行員，是不是個偏向叛逆而非固守成規的駕駛員，令她寬慰的是，他真的隨性地靠在機上廚房的櫃台上。

「你今晚要下樓嗎？」他問。

「不了，」喬說。「明天在波特蘭就會。不過，第一晚我會鎖上房門補眠。你知道嗎，我已經結婚十九年了？你一定會以為，即便他打呼再大聲，我都能睡得著。」

「這就是我為什麼單身的另一個原因。」

「喔—喔。原來如此。」喬看著班的視線在尋找客艙後面那名年輕的空服員。

「你通勤嗎？」她問。

「沒有，我住在長灘。」

「喔，我剛搬到洛杉磯的時候就住在那裡。你到海岸之前，在哪一家工作？你加入海岸多久……」

「到一月就滿三年了，」班說。「我原本是在水牛城一間地區性的公司。」他看著咖啡壺發亮的按鈕顯示著烹沸中。

「快好了，」她眨眨眼，一手插在臀邊，一手握著咖啡壺把。「告訴我——」

喬聽到她的手機在身後的櫃台上發出了震動的聲響。

比爾的腳不受控制地輕踏著地面。他望著窗外，眼睛直盯著底下成排的玉米田，幾乎有一分鐘的時間，他的眼睛連眨都沒有眨一下。嘉莉被滾燙的熱水燙傷的尖叫聲依然在他的腦子裡揮之不去。他的孩子可能會發生什麼事的可怕念頭不由自主地冒出來。

「可惡。」他自言自語地重新打開山姆的郵件。

他拿出手機，將螢幕往左滑，打開相機。再把相機切換到錄影功能，然後旋轉鏡頭，讓自己的臉出現在螢幕上。他把手機拿到電腦旁邊，這樣，他才能像看著讀稿機一樣地唸出那段聲明。他的影像不停地在螢幕上晃動。比爾做了幾個深呼吸，好讓自己的手保持穩定，然後按下錄影鍵。

喬把咖啡倒進馬克杯，看著黑色的咖啡和白色的奶油一起旋轉成了深褐色。這樣的例行工作為她帶來了一絲慰藉，讓她差點就沒看到班伸手去拿機艙內部的對講機，準備打給比爾，回到駕駛艙。

她來不及思考就付諸了行動，當咖啡灑在她的手上時，喬發出了一聲尖叫。馬克杯從她手中滑落，掉在了金屬檯面上，杯子裡的咖啡全灑了出來。她往後跳開，以免被噴到。

「哇！」班立刻把對講機掛回機座上。「你沒事吧？」

喬做了個鬼臉笑著說，「除了丟臉之外？我想應該沒事。」她甩甩手，在燈光底下檢查自己的手。「你的咖啡既新鮮又滾燙的，這點無庸置疑。親愛的，能幫我拿幾張紙巾過來嗎？」

當班在洗手間裡忙著抽紙巾時，她很快地低頭瞄著她的手機。那是提奧發來的簡訊。快到他們家了。喬把手機丟進口袋裡，咬著嘴唇，掩飾著一絲笑意。

「啊，謝謝你。」她說著接過紙巾。「讓我快快地把這裡擦乾淨。」

比爾看著正在錄製的影片上顯示出時間一秒一秒地在過去。他清了清喉嚨。

「我是機長比爾．霍夫曼，我有罪，」他對著鏡頭說。「虐待、操控和剝削的罪。我有罪，因為我鎮壓了一整個社區的人，這些人僅有的願望就是想要主權和尊嚴。我有罪，因為在我親密的盟友應我的要求而犧牲一萬一千名士兵擊敗ISIS之後，我卻拋棄和背叛了他們。我有罪，因為當化學戰被用來攻擊無辜的人民時，我卻故意視而不見。」

一滴汗水沿著他的側臉流下。他很快地將汗水拭去。

「416航班的墜毀，以及它所帶來的混亂和死亡，相較於庫德族的人們因為我的關係而承受到的不公平痛苦和折磨，這只不過是微不足道的一瞥。今天，毒氣會充滿你們的肺部，在你窒息的時候，在你渴望著呼吸到永遠不會來臨的新鮮空氣時，痛苦將會蓋過你所有的知覺。當你們那嬌貴的美國皮膚腐爛潰敗成白骨的時候，肉體腐敗的味道將會彌漫在你的鼻子裡。發燙和充滿血絲的眼睛將會從你們的頭顱爆出，當你看到你的罪行被展示在你自己的身體前面時，恐懼會讓你瞪大雙眼。你會畏縮在你的特權所許下的空泛承諾裡，然後了解到你並不特別。了解到你也會死。然後，在你充滿恐懼的最後一刻裡，你將會記得成千上萬無辜的庫德族男人、女人和孩子都比你早一步離開了這個世界，在同樣的虐待下死去——而這一切都因為你。你和你的無知。你的漠不關心。你不想因為關懷別人而帶給自己麻煩。因此，現在，你和我將要付出代價。

「這種可憐的補償行為距離庫德族人應得的正義還差得很遠，但是，這是我最大的能耐了。所以，我代表——」

他的聲音開始顫抖。

「代表美國……代表我的家人……我帶著沾滿庫德族人民鮮血的雙手來到你們面前，透過我的犧牲和416航班的犧牲，請求庫德族人民的原諒。」

對講機的嗡鳴聲在駕駛艙裡響起，他立刻按下紅色按鈕，停止錄音。比爾看著自己凝結在螢幕上的那張臉。他在中控台上按下一個按鈕。

「嗯。」他的聲音毫無情緒。

「我是班，」副駕駛的聲音傳來。「準備進來了。」

「等一下，」比爾說，「飛航管制正在通話。」

他打開手機裡的電子郵件，在一封新訊息上附上那段影片，鍵入嘉莉的郵箱地址，然後按下「發送」。他把手機放在他的電腦旁邊，拉低電腦螢幕，這樣就可以讓班進來了——但他停下了動作。

他想了想，重新打開電腦，來到他的郵箱。他在「發件箱」上點擊了一下，想要確定那封郵件已經發出去了。然而，他卻發現最後一封郵件是在將近二十分鐘之前發出的，也就是在他去洗手間之前。那封附上影片的郵件並沒有被發送出去。

「可惡。」他自言自語地刷新了頁面。

什麼也沒有。

喬輕輕地敲擊著自己的手腕，從不會被看到的角度往外看著客艙。她可以感覺到比爾正在拖延時間。

客艙後面的凱莉穿過了機上廚房。

「我想，她也是單身。」喬回頭說道。

她的話讓正在發送簡訊的班抬起頭來，顯然不知道喬在說誰。「蛤？」

喬朝著客艙後方點點頭。

「喔！她是嗎？」

「喔—喔。想要多待一下，讓我把她叫過來嗎？」喬提議地問，暗自希望她的語氣聽起來很自然。

比爾知道班正站在門的另一邊等待，喬也繼續在執行擋住駕駛艙門的任務。這段休息時間已經拖很久了——他猜，喬已經盡她所能地拖住班了——如果他再不快點開門的話，就會讓情況開始變得可疑。對班和其他正在看著他們的人來說都是如此。他再次刷新了頁面。「發件箱」依然沒有出現變化。

喬看著凱莉嫣然一笑地把頭髮撥到另一邊。她拿起一本雜誌，走向另一名空服員，那套合身制服底下的曼妙身材，即便隔著一整個客艙，也讓人眼睛為之一亮。

班看了一眼駕駛艙門，目光隨即又轉回到那名金髮空服員身上。

「我不知道，我出來休息很久——喔。嘿，比爾。是啊，我準備好了。」

他掛斷對講機，在凱莉消失在視線範圍之際，再度往走道盡頭瞄了一眼。

「下次休息的時候肯定要叫她過來，紅娘小姐。」他朝著喬眨眨眼，隨即消失在打開的駕駛艙門內。

「你迷路了嗎？」比爾說。

「喬真的很能聊。」

比爾打開他的電腦。那封附上影片的郵件已經在他的「發件箱」裡了。

喬聽到駕駛艙門在她身後關上、鎖上的聲音。她吐出一大口氣地轉過身，很快地拿起對講機，望著客艙後面的機上廚房。

每個乘客都在他們的座位上，除了一名剛從洗手間出來、正在走道上的女孩。女孩就座之後，瞬間融合在了群眾裡；黑壓壓的人頭偶爾隨著飛機的擺動也跟著一致晃動，彷彿擠在卡車車廂裡的羊群一樣。喬看著這群陌生人，不知道是什麼樣的因緣際會讓他們此刻都來到了這裡。除非必要，否則，人們不會花錢離開他們的舒適區。飛機上的每個人都有他們在這裡的原因。她在想，誰要去拜訪朋友。誰要去參加婚禮。葬禮，出差，度假。回家。

劫機。

然而，機上一百四十四名乘客裡，當然不是所有人都是個威脅。在知道這架飛機面臨著什麼樣的困境之下，不讓無辜的人知道真相真的公平嗎？如果她告訴他們的話，肯定就會將比爾的家人置於險境。然而，飛機上的這些家庭難道就不值得擁有更多嗎？

又來了。她內心裡那個微弱的聲音。起初，她並沒有理會，但是，這次，那個聲音更強烈了，讓她無法逃避。

喬知道比爾不會讓這架飛機墜毀。她對他的信任無須懷疑。不，那不是問題。

問題是，她擔心他無法信任她。

如果他們告訴乘客的話，那個恐怖分子就會殺了他的家人。這點無庸置疑。

但是，空服員怎麼可以不告訴乘客呢？他們怎麼能不把每一個有利的條件都提供給這些無辜的人，好讓他們能夠保護自己免於危險？不讓他們知道、幫他們做選擇、剝奪他們的自主權。這麼做是不對的。這麼做似乎並不公平。

不要再想了。

喬用力把對講機的話筒抓下來，阻斷自己的思路。他們會保護乘客，他們會想出辦法。但是，他們會在不告訴乘客的情況下這麼做。她不能就那樣背叛比爾。

她看著另外兩名空服員在客艙後段的機上廚房裡。凱莉正端著一盤飲料。在走出機上廚房遞送飲料之前，她同事說的一個笑話讓她笑開了。他們一無所知的模樣讓喬好生羨慕。

當她按下一個按鈕時，一顆綠燈伴隨著一聲叮咚響，在客艙後面亮起。喬看著她的同事穿過機上廚房，拿起對講機的話筒。

「客房服務。」

「嘿，老爹，」喬說。「聽著，我們——」

她停下來。不能在對講機裡說。她需要面對面告訴他們。

「叫凱莉一起過來。我們需要聊一下。」

6

嘉莉小心翼翼地把手臂靠近臉孔，深怕碰到自殺背心。

她的皮膚濕了，但並沒有受傷。

那個舊茶包，也就是山姆第一杯茶的那個茶包，正浸在桌上的那灘水裡。至於茶杯裡原本已經變涼的舊茶則吸附在嘉莉的襯衫正面和她的長褲上。她驚恐的尖叫聲還迴盪在她的腦子裡，但是現在回想起來，她根本不需要尖叫。

當山姆抓住她的手臂時，她的手裡依舊殘留著她前一刻端給他的那只熱馬克杯的餘溫。她知道杯子裡的水有多麼滾燙。她預期那杯茶會帶給她無法想像的疼痛。因此，當杯子裡的液體潑灑在她的肌膚上時，她體內的溫度感受器就失控了，所以才會將激烈的反應傳送到她全身的每一根神經。雖然只是很短暫的一瞬間，不過，她的大腦在那一瞬間裡意識到她的皮膚感受到的溫度是冷的，而非熱的。當她發現到山姆的詭計之後，他們和比爾的連線已經被切斷了。他最後看到的畫面是他的妻子遭到了虐待。或者在他看來是這樣的。

千萬別做任何傻事，比爾。我沒事。你要堅強。不要放棄。他沒有傷害我。寶貝，拜託你了。不要放棄。

這算不上是在祈禱。更像是一個懇求，她希望他多少可以感應到這個懇求。

她家裡的電腦發出了一個聲響。

「他照做了嗎？」山姆的聲音從廚房傳來。嘉莉望向螢幕。她的收件箱裡有一封附件檔案很大的新郵件。她點點頭。

「聰明的傢伙，」山姆說著走回他們一家人。「來點樂子如何？」他打開郵件，開始播放附件裡的那段影片。她丈夫的臉出現在螢幕上，他的聲音填滿了他們家裡的沉寂。嘉莉聽到他的聲音，但是，她無法看著他。

她只是看著山姆。

山姆啜了一口嘉莉剛才新泡的熱茶，他皺皺眉，把馬克杯上的熱氣吹走。他把那個舊茶包扔進已經空了的馬克杯裡，帶進廚房，放在水槽裡，宛如一名謙恭有禮的客人。

山姆回來的時候帶了一條抹布，什麼也沒有說地開始擦拭著桌子，然後才拾起她蒼白纖細的手臂。他一手拿著抹布，幫她把手臂擦乾，另一手依然握著那個引爆器。他低頭看了一眼她已經濕透的牛仔褲。隨即眨眨眼，轉過身，把抹布放在她被綁住的手裡。在那之後，他消失在樓下的洗手間裡，不過，幾分鐘之後，又帶著一張衛生紙回來了。史考特正輕輕晃動著他妹妹，那孩子終於在哭到筋疲力盡之後安靜了下來。鼻涕從史考特的臉流到他嘴裡的那塊布上。當山姆抓住他母親的手臂時，他哭得幾乎就和伊莉絲一樣大聲。

山姆走向史考特，把衛生紙蓋在他的鼻子上。

「擤鼻涕。」他說。在史考特擤完後，他把衛生紙對摺，再用對摺的衛生紙擦了擦那孩子的上唇。

比爾激動的聲音讓人無法忽視。嘉莉轉過頭。

「代表美國……代表我的家人……我帶著沾滿庫德族人民鮮血的雙手來到你們面前，透過我的犧牲和416航班的犧牲，請求庫德族人民的原諒。」

那段影片停止了，嘉莉注視著她丈夫凝結在螢幕上的臉孔很長一段時間。當她將視線挪開時，她發現山姆正在看著她。

她迎向他的目光。當他們企圖要看出對方的想法時，一股緊張的能量彌漫在他們之間的空氣裡。嘉莉可以看得出來，她的反應，或者說她的缺乏反應，是他所沒有料到的。不過，她無法看出的是，這樣是好還是不好。他對她和孩子似乎都沒有生氣，也沒有敵意。不，他似乎……很好奇。她只能猜到這麼多了。他似乎把她視為一幅拼圖，彷彿在逐步地弄清楚哪一片拼圖應該要放在哪裡。

「當我告訴你丈夫說這不是針對個人的時候，我是認真的。」

她緊緊地含著那塊布，沒有動作。

山姆在廚房裡漫步，他似乎帶著一種冷漠的距離感在打量這個空間。他打開收放銀器的抽屜，然後關上，接著又重複同樣的動作，打開另一個收放烹飪器具的抽屜，他在冰箱前面停下腳步，把頭歪向一側，看著照片和孩子的創作。他審視著史考特的成績報告單，帶著讚許的眼神回頭看了一眼，然後往前傾身查看他們的家庭行事曆。他指著今天的日期。

「『網路維修。上午11:30』所以，我來了，」他笑道。「對了，你的網路沒有問題。前幾天晚上，我在你屋子旁邊放了一個干擾器。我顯然已經把它關掉了。噢，我也是和你約定維修日期的那個人。前幾天和你講電話的人就是我。你的約定從來都沒有正式出現在維修登記簿上。另外，我今天不用上班。開爾電信以為我的名字叫做拉傑。」他笑了笑，顯然對自己感到很滿意。「我想說的是——沒有什麼可疑的地方。沒有人會來幫你。」

嘉莉沒有回應。她只是聽著，然後微微地點頭，表示她明白了。他的笑容緩緩地消失。她不禁懷疑他希望她出現什麼樣的反應。

他繼續在廚房裡走動，並且在快要走到水槽時望著窗外，過了好一會兒才轉身靠在流理臺上，把雙臂交叉。

「嘉莉，」他說。「你知道義大利在哪裡嗎？」

起初，她並沒有上鉤。不過，隨即猶豫地點點頭。

「那澳洲呢？」

她勉強地點點頭。他也點點頭，然後低頭看著地板。有很長一段時間，他什麼也沒有說。最後，他抬起頭來。

「我發誓，我會放了你和你的家人，」他說。「嘉莉，我會從前門走出去，永遠不再回來——如果你能在地圖上指出庫德斯坦在哪裡的話。」

在他不動聲色的神態下，嘉莉可以感受到一股隱隱的希望。不過，她坐在那裡沉默地越久，那股希望就變得越微弱。他搖搖頭，發出嘖嘖的聲音，用手中的引爆器輕拍著自己的手臂。

她試著要說話，但她的話被口中的布堵住，聽起來只是一串模糊的聲音。山姆思考了一會兒，然後走上前，彎下身，讓自己和她面對面。

「我不會給你第二次機會的。明白嗎？」他說。

他鬆開她口中的布塊，那坨覆蓋著口水的布團瞬間掉到她的大腿上。她立刻伸展著下巴。

「幾個，」她終於開口問道。隨即清了清喉嚨，聲音沙啞地問，「你有幾個孩子？」

山姆注視著她。「什麼？」

嘉莉用下巴指向史考特。「沒有人會那樣擦一個小孩的鼻子，除非他們曾經這麼做過。」

一絲笑容短暫地掠過山姆的臉孔。他打量著她，許久，才回到被他放在水槽上的那杯茶旁邊，看著窗外。

有好一段時間，沒有人開口。山姆最終放棄了沉默，小心翼翼地選擇了他的用詞。

「我沒有孩子。我有手足。我是六個孩子裡最大的那個。我十八歲的時候，最小的一個出生了。當時，我計畫在那不久之後就要離開家。我原本應該要——」山姆阻止自己往下說。「計畫。我原本都計畫好了。」

他喝了一口茶。伊莉絲發出幾聲呢喃，讓他淒涼地看著那個嬰兒。

「在我計畫好要離家的前四天，我父親死了。我母親身障，雖然大部分的事情她都做得來，但是，她還是需要幫助。五個年幼的孩子，阿瑪德只有四個月大——」他停下來，搖了搖頭。

阿瑪德。嘉莉在腦子裡記下這個名字。年紀最小的弟弟。最深沉的傷痛。

「我無法離開。我知道我不能。」山姆聳聳肩。「所以，我就沒有離開。我留下來了。我照顧了我母親十七年，幫忙把我的兄弟姐妹養大，就像是我自己的孩子一樣。年紀小一點的對我父親幾乎沒有什麼印象，如果他們還記得他的話。我就是他們的父親。」

山姆凝視著他的茶，彷彿在看著另一個世界。嘉莉沒有打斷他；她只是等著他自己回到這個世界來。當他回來的時候，他的聲音既輕柔又悲傷。

「然後，我離開了。」說完，他就再也沒說什麼了。

「發生——允許我冒昧地問——」嘉莉謹慎地說。「他們發生了什麼事？」

山姆把頭轉向一側。

「你提到他們的時候用了過去式，」嘉莉說。「你離開之後，你家人發生了什麼事？」

不管他們發生了什麼事，不管它讓他想起了什麼記憶或者畫面，它都強烈地擊中了山姆，以至於他真的往後退了一步。他看著嘉莉，眼裡充滿淚水。

嘉莉目瞪口呆、結結巴巴地說，「我——我很抱歉。我……我不是故意要……」

她越線了。她看著史考特和伊莉絲，很擔心萬一山姆發怒的話會對孩子做出什麼事。

山姆將雙臂交叉在胸口，看起來似乎心生戒備，幾乎像是受到了傷害。在任何其他的情況之下，她也許會感到一股想要安慰他的母性衝動。他看起來似乎有些脆弱，但是，那怎麼可能。

「我——」他微弱地開口。

一陣刺耳的煞車聲從屋子前面傳來。山姆抓起流理台上的槍，直指走廊的入口。他瞪大雙眼，透過嘴巴在呼吸。嘉莉前一秒才瞥見的那絲溫和和脆弱，此刻已經完全消失了。

山姆走到廚房另一頭，面對著坐在起居室電腦前面的嘉莉而站。「你可以從前面的窗戶看出去嗎？」他問。

「如果我站到那裡的話。」她用被綁住的雙手指著起居室的盡頭。他做了一個手勢，示意她走過去。

當她穿過起居室時，她聽到一陣引擎發動的聲音。她走到另一頭的牆邊，探出頭，看著起居室那片觀景窗的左邊。高大的灌木叢掩蓋住他們的前院，不過，當那輛UPS的卡車駛離她鄰居家、穿過街道時，她依然可以瞄到那輛棕色卡車的車頂。

「是一輛快遞卡車。」她說著，轉身面對山姆。他的雙眉緊蹙，看起來似乎並不相信。他想了一會兒，然後用槍指著孩子。嘉莉的呼吸瞬間卡在了喉頭。

「把窗簾拉上，」他指著起居室。「快點。」

嘉莉跑進起居室的時候，她的心臟在狂奔。她緊緊地拉上窗簾，然後匆忙地穿過光線黯淡的起居室走回廚房。她只不過離開了幾秒鐘，然而，在發現孩子們依舊毫髮無傷地在原來的地方時，她不禁大大地鬆了一口氣。

不過，她把自己的情緒完全隱藏了起來。她提醒自己，山姆從她身上得不到什麼暗示的。他看著她冷靜地走回她在電腦前的座位，原本緊蹙的眉頭鎖得更深了。他看起來似乎很困惑。他又看了她好一會兒才開口，這回，他的聲音聽起來很清晰。那把槍依舊指著孩子。

「我不確定我喜歡你這麼冷靜地面對這一切。」

7

喬穩定住自己，等待著另外兩名空服員走到前面來。當她用對講機通知他們的時候，她試著讓自己聽起來若無其事的樣子。可憐的傢伙完全不知道有什麼事正在等著他們。

「幹麼？我們要祈禱嗎？有什麼事嗎？」超級老爹無聲無息地走到喬身後，讓她嚇了一跳。他的識別證上寫的也許是「麥可．羅登堡」，不過，海岸航空的每個人都稱呼他為超級老爹——海岸航空的每個人也都認識超級老爹。五呎三吋高，體重不到一百一十五磅；他曾經是這家航空公司第一批空服員訓練班的成員，也是員工號碼只有三位數、卻仍在飛行的少數幾名空服員之一。自從他在很久很久以前展開他的飛行生涯以來，海岸航空是他服務過的第三家航空公司（他從來都不曾確切透露過他的職業生涯始於哪一年）。他是空服員故事永無止境的來源，而那些故事的真實性從來沒有人膽敢質疑。乘客和機組成員若非喜愛他，就是完全不知道應該拿他怎麼辦。不過，不管怎樣，超級老爹就算殺了人也可以脫身。

「凱莉呢？」喬說。

「馬上就到。」

「很好。聽著。情況即將會……很有趣。好嗎？等她到了之後，我就會說明，不過，你和我才是經驗老到的人。我們得要撐住，因為我不知道凱莉會有什麼反應。」

「反應什麼？」凱莉從機上廚房的布簾後面悄悄地出現。

「聽著，小妹妹，」超級老爹拍著手說。「訓練結束了。狗屁倒灶的事真的要發生了。不過，不管喬要說什麼，你只要記住：即便只有一個引擎，飛機也可以飛——沒有問題，還有，如果這架飛機上至少有百分之七十五的人可以活著走下飛機的話？我認為那就稱得上成功。」

「你說這些沒有幫助，」喬揚起眉毛地說。「好了，聽著。我們現在面臨了某種……我……聽著，我們將會需要……」她嘆了一口氣。「兩位，這是一個新的狀況。」

無視於他們的表情，她繼續往下說，長痛不如短痛地儘快、而且盡可能清楚地說完，就像比爾稍早告訴她的時候那樣。她面前的兩人靜靜地聽著他們所面臨的狀況，誰也沒有動一下，或者出現任何肉眼看得出來的反應。

當喬說完的時候，凱莉瞪大眼睛，目光在她和超級老爹之間來來回回，彷彿在看一場網球賽一樣，時間一秒一秒地過去，那兩名資深空服員只是瞪著彼此，挑著眉毛，雙唇緊閉。在他們的行前簡報中，喬曾經問過凱莉她有多少實際的飛行經驗。凱莉告訴她一個月又多一點點。喬理解到這個可憐的女孩也許連空中醫療事件都沒有碰到過，更遑論使用氧氣面罩的經驗了。

「我會負責乘客服務的部分，你們不用擔心。」凱莉主動表示。

另外兩人聞言，只是瞪著她看。

「你……的意思是？」喬問。

「就是說，當你們在處理危機之類的時候。我會負責乘客需要的食物和飲料。」

喬和超級老爹彼此互看了一眼。喬輕聲地說，「親愛的，聽著。那些平常的事務？飲料、食物和微笑？你知道那不是我們之所以在這裡的原因，對嗎？」

「當然，可是，那些事還是得做，」凱莉說。「所以，我的意思是，我會負責這些事，這樣一來，你們就可以專注在，呃，其他的事情上。」

喬看著眼前這名年輕的空服員戴上塑膠手套，抖動著一個垃圾袋。

「我會收垃圾，還有，你知道的，幫乘客服務之類的，」凱莉說。「反正，我最好不要插手。我還是個菜鳥，我……我確定我只會礙手礙腳。」

喬一把握住眼前這名年輕女子的前臂，在她企圖要離開時將她拉回來。一顆淚珠滑下凱莉的臉龐，掉落在她紅色制服上的那對翅膀上。

「凱莉，」喬說。「那不是我們的工作。服務只是我們順帶提供的。」

距離喬最初的訓練已經好幾十年了，不過，那不重要。那五週的訓練此刻鮮明地回到了她的腦海裡，彷彿上個月她才剛和凱莉一起受過訓一樣。唸不完的書和寫不完的考試。急救和自衛。一次又一次的演練，將上百個人從燃燒的飛機上或迫降在水面的飛機上撤離。她和她的同學氣喘吁吁、滿頭大汗地高聲指揮著，直到他們聲嘶力竭，在演練的事件中生存下來為止。他們學習到不同種類的火災，以及不同的應對方法。危險物品、心臟病發、劫機。聯邦法規和聯邦空警。亂流。恐怖分子。全都發生在一個處於三萬八千呎的高空、以時速六百哩飛行的加壓金屬容器裡。在五個星期的訓練中，只有一天在學習食物、飲料和熱情的服務。喬看著這個資歷尚淺的空服員努力地在平息呼吸，她知道，此刻正是凱莉清楚了解到自己真正的工作是什麼的時候。

凱莉望著機艙後方。她的頭忽左忽右地轉動。她看著每一個出口。然後，她調整了一下重心，從喬的手指底下抽回自己的手臂。

「甜心，」喬說。「你要去哪裡？」

凱莉只是看著飛機後方，沒有回答。

超級老爹清了清喉嚨。閉上眼睛，鼻孔在他深深吸了一口氣之下擴張。「好，」他說著睜開眼睛。「我這麼說吧。當這件事結束的時候，當我們在甘迺迪機場走下飛機時，有人得幫我拉我的行李，因為我得要把那個大傢伙」——他用手指戳著那個裝滿酒的推車——「推下飛機，直接推到我的飯店房間。」

喬帶著你怎麼說？的神情轉向凱莉，等待著她的回答。

「我還沒準備好要面對這麼大的危機事件，」凱莉低聲地說。「我甚至還在試用期。」

喬試著不要笑出來。在這種時候，這個可憐的女孩還在擔心因為經驗不足、表現不好而被自己的長官找麻煩。「我知道，親愛的，這感覺並不公平，是嗎？」她搖搖頭，「不過，事情就是這樣。」

他們三人沉默地站了一會兒，各自思考著他們所面臨的狀況。凱莉拭去眼淚，接過超級老爹遞給她的紙巾。她擤了擤鼻涕，揉揉嘴唇，然後清了清喉嚨，企圖要擠出一絲笑容。其他兩人對她顫抖的下巴則禮貌性地假裝沒有看見。

「我喜歡威士忌，」凱莉年輕的語調讓她所做的聲明絕大部分聽起來反而都像是在問問題。

「所以，我有權要求要幾瓶威士忌薑酒。」

「好吧，那麼，」喬點點頭以示同意。「威士忌薑酒給你，一整瓶頭等艙的夏多內給我，我想，推車裡其他的就全歸老爹了。」

「就這麼說定了。」老爹確認道。

「不過，在此同時？」喬說。「我們得為這架飛機和機上的一百四十四名乘客做好面對空中化學攻擊和緊急降落的準備。好嗎？現在，我有一個想法——」

「不好意思？」他們身後突然響起一個聲音，讓他們跳了起來。是一名坐在客艙左邊第二排靠窗的男子。「我在想有什麼零食——」

「沒有，」老爹說。「我們很忙。你半個小時前才吃完你的雞肉，你的血糖現在很正常。」老爹說著，把機上廚房的隔簾在那名錯愕的男子眼前拉上，然後轉身重新面對其他兩人。「怎樣？」他看著喬的表情問道。然後翻翻白眼，把頭探到客艙裡。

「哈囉。開玩笑的。」他靦腆地說。「喬有爆米花、薯片、杏仁、小熊軟糖和小塊的巧克力。」

那名乘客帶著薯片和薑汁汽水，懷疑地看著三名空服員，然後才回到他自己的座位上。超級老爹這才又把布簾在身後拉上。

「好了，」他說。「這種無聊的事到此結束。整架飛機停止供應任何食物。喬，你剛才提到的想法是什麼？」

喬考量著他們面臨的所有問題。毒氣攻擊、華盛頓特區、比爾的家人、飛機上那個不明的內奸。太多太多的問題，不過，絕大部分的問題都是他們無法控制的。他們承擔不起把時間和精力浪費在擔心這些問題上。

「好。」喬說。「問題很多，不過，我們需要專注在客艙遭受攻擊的問題上。我們完全不知道那會是什麼，所以，我們就假設會發生最糟糕的情況，然後，在這個基礎上來計畫。」

「沙林神經毒氣，」老爹細數道，「蓖麻毒蛋白、神經毒劑、炭疽病、氰化物。我的天哪，萬一是肉毒桿菌呢？」

「算了吧，」喬說。「那是化武程度的東西。這些人不可能拿得到那種東西。」

「嗯，他們在一個911事件之後的世界，劫持了一架國內商業航班。我覺得，我們不應該排除任何可能性。」

「如果是其中一種的話，」凱莉說。「我們要期待會發生什麼事？我是說，我們會發生什麼事？如果我們吸入的話。」

「我的意思是，」老爹開始揮動他的手。「我們現在是在談論呼吸急促？肌肉痲痺？肚子痛、嘔吐和腹瀉？失去意識？口吐白沫？還有，呃。死亡。」

喬捏了捏自己的鼻樑。「我的答案很簡短：我們不想吸入。所以，」喬交叉著雙臂。「我的想法是，乘客將會需要乾淨的氧氣——」

「乘客服務單元❺。」凱莉說。

「沒錯！」喬說。「正是。在飛機上，每個人頭頂上方都有氧氣。我們只需要把氧氣面罩放下來就好。」

她打開空服椅下方的隔間，拿出貼在裡面的一小片金屬條。這個釋放氧氣罩的手動工具，本質上就是一個被拗成直線的昂貴版迴紋針。她把它舉高，那個在任何一架飛機上都隸屬於最小、最微不足道的緊急設備，頓時吸引住他們的目光。它唯一的功能就是釋放座椅上方的氧氣面罩——手動地、一排一排地——在自動落下的功能失效的情況下，不過這種情況幾乎不太可能發生。他們從來都沒有使用過它，也從來都沒有想過會用到它。

「我們必須假設毒氣攻擊會發生在我們落地之前，就在飛機最後下降之前。」喬說。「不過，我們需要提早準備好。說真的，越快越好。我們不知道來自乘客的阻力會有多大，而且，就算一切順利的話，也需要花上不少時間。這意味著我們很快就需要開始釋放氧氣面罩了。」

「那麼，你在宣布這件事的時候要怎麼說呢？」凱莉說。

「宣布？」喬說。

凱莉攤開雙手。「怎麼了，難道我們打算，嗯，就那樣讓氧氣面罩掉落下來？然後……希望他們不會注意到？」

❺ 乘客服務單元（Pessenger Service Unit，簡稱PSU）是指客艙乘客座椅上方每排頭頂面板上的飛機組件，包括閱讀燈、廣播揚聲器、提醒繫好安全帶的發光標誌、呼叫空服員的按鈕、空調通風口、氧氣面罩等。

「你瞧，這就是我們需要計畫和想出辦法的原因。因為，很明顯地，我們不能告訴他們發生了什麼事。」

另外兩人看著她。老爹舉起一隻手。

「喬瑟芬娜——很快地問一下。到底怎麼回事？」

「我們不能告訴他們任何事。如果我們說出來的話，恐怖分子會殺了比爾的家人。」

「那真的很可怕，我感到很遺憾。可是，這些人怎麼辦？我們很清楚地知道即將發生什麼事情，但卻要讓他們完全被蒙在鼓裡嗎？」

喬搖搖頭。「不只是比爾的家人。還有一個後備方案，記得嗎？就在客艙裡。和我們在一起。」她的語氣隨著她的焦慮提升。她做了個深呼吸，環視著布簾，看著客艙裡面。有兩個人正在客艙後面等著使用洗手間。一名男子站在走道上搖晃著他襁褓中的嬰兒。沒有什麼反常的現象。

「聽著，」她說。「我們需要控制住這件事。我們不能讓任何人知道有什麼事正在發生。」

「好吧，」凱莉說。「重複一次。我們會讓氧氣面罩落下來，並且保持微笑，同時點點頭？彷彿那是我們平常會在飛機上做的例行公事一樣嗎？」

喬嘆了一口氣，垂下頭。「我知道，我知道。聽著。我沒辦法對每件事都給出一個答案。我唯一能肯定的一件事是，我們需要釋放那些面罩，就這樣。我們一定要給這些人他們需要生存下來的工具。讓我們從這點開始，好嗎？」

老爹舉起雙手投降，凱莉也點點頭。飛機的引擎嗡嗡作響，客艙後面有一個嬰兒正在哭泣，頭等艙裡有人關上了頭頂上的行李架。在四周此起彼落的噪音中，三名空服員全都低頭盯著地面。

老爹微微地倒吸了一口氣，蓋住自己的嘴巴，他的眼底閃爍著「我想到了！」的光芒。

「美國聯邦航空法規！」他說。「我們怎麼會忘了聯邦航空法規第4.2.7條？它很明顯地陳述了當駕駛艙內的氧氣面罩釋放系統發生失誤時，空服員需要手動放下客艙內所有的氧氣面罩，如此一來，萬一發生失壓的情況，雖然這不太可能發生，乘客就可以獲得氧氣。」

凱莉眨眨眼。「我不知道有這條聯邦航空法規。我是說，如果那是我們應該要做的事，那麼，很顯然地——」

「他自己瞎編的。」喬說。

超級老爹行了個屈膝禮。

「你想要騙他們？」凱莉說。

「我經常這麼做，」老爹說。「我猜，公司在初始訓練時，還是沒有教空服員這招。」

「不，他是對的，」喬說。「連你都上當了，他們也會上當。我想他們會相信的。我們只需要讓面罩掉下來就好。我們先把這關給過了，然後，我們會想出接下來要怎麼做。」

「好，就這樣。讓我們把這件事搞定吧，」凱莉說。「不過，我不會負責廣播通知的。說話的部分就交給二位。」

「我們都會口頭告知的，」喬說。「沒有人需要進行廣播通知。」

「什麼？」老爹說。

「我們試著要秘密行事，記得嗎？比爾還在視訊電話上，而副駕駛也不知道有事情正在發生。他不能知道正在發生的任何事。」

「飛行員可以聽到我們的廣播通知嗎？」凱莉問。

「多多少少。我們在廣播的時候，他們一直都可以聽得到，只是聽不清楚。不過，如果他們想要聽清楚的話，他們只要切換聲音的頻道就可以聽到了。只是他們通常不會這麼做。所以，我們引發的注意力越少就越好。我們必須讓這樣的操作看起來不像一個事件。這不只是為了在客艙裡的我們，也是為了比爾的家人。」

喬想到了嘉莉。這麼多年來累積的公司野餐和聖誕派對，已經讓兩個家庭建立了私交。兩名女主人雖然並非彼此的閨蜜，不過，偶爾的聚會也讓她們一直都維持著聯繫。當史考特出生的時候，喬把她兒子的一堆舊衣服送給了嘉莉，而收到史考特穿著那些舊衣服的照片，也讓喬倍感開心。

喬甩開湧入腦海的畫面，重新集中精神。

提奧會營救比爾的家人。

比爾會保護這架飛機。

他們需要照顧機上的乘客。

8

提奧握著手機輕輕拍打著自己的腿，同時看著405號公路上的車輛分流開來，讓他們的隊伍可以通過。三輛沒有標示的SUV和一輛無窗的行動指揮中心是FBI所能安排的最低調的車隊了。

「一旦下了高速公路，車燈和警笛全都關掉，」劉對著司機說道。「女生們、先生們，我們的嫌犯不知道我們就要過去了。那是我們的優勢，也是唯一的優勢。這是霍夫曼一家。」

劉轉身舉起一只平板，展示著從社群媒體上找到的一張照片，為了看清照片，反恐特警組的戰鬥頭盔紛紛掀起又落下。「母親的名字叫做嘉莉，孩子叫做史考特和伊莉絲，分別是十歲和十個月大。媽媽身上被綁上自殺背心。無線引爆器握在嫌犯手中，嫌犯同樣也穿了一件背心。關於嫌犯，我們知道些什麼？男性，大約三十出頭。在一家網路公司工作，他的全名第一個字母是S，不過，他自稱為山姆。」

提奧感覺到劉正在看著他。他立刻檢查了一下手機，看看他的喬阿姨是否有發來任何新的、或者更有幫助的訊息。什麼也沒有。

「這只是一場勘探的任務，明白嗎？」她繼續說道。「我們要設定範圍，並且進行偵查。我們所有的情報都已經發給了人質救援隊，在我們諮詢人質救援隊的同時，他們也在準備部署。如果有必要動員特遣部隊的話，我們就等到他們抵達，除非我們別無選擇。」

提奧調整了一下身上的防彈背心。他已經覺得有些格格不入了，不過，一旦人質救援隊抵達，這股格格不入的感覺將會更強烈。提奧只是一名特工。他不是反恐特警組，更不是人質救援隊的一員，眾所周知，人質救援隊是FBI訓練來處理極度高風險狀況的菁英特種單位。他之所以參加這個任務唯一的原因是，他是飛機和地面之間的情報聯絡人。劉確保他明白了這點。

下了高速公路之後，車子的警笛和警燈全都關閉了。突如其來的安靜只是提高了提奧和其他探員的期待感。

「請告知位置。」劉對著她的通訊裝備說道，她的通訊裝備可以連接到所有的單位。廂型車裡的某個人發送了一張電子地圖到她的平板上，她一邊研擬，一邊露出不滿意的神情。

「這個地點對我們來說很糟糕，」一個聲音在他們的耳機裡響起。「它是緊鄰曼徹斯特雷伊海灘的一個郊外住宅區。那棟屋子位於一條三向道的頂端，三邊都有房子圍繞著。後院和側院沒有太大的腹地供我們部署。」

「屋子前面沒有什麼遮蔽物。我們不能全都出動，」劉說。「阿爾法小隊從正面接近，直接到八十三街。布拉佛和查理小隊，我要你們把車停在八十二街後面，哈斯汀街的東面。通訊指揮中心，提供八十三街和薩朗街交會的地圖。一旦你們就位後就向我通報，然後等待我的命令再徒步前進。大家都聽到了嗎？」

各小隊隊長確認的聲音透過每一副耳機，從四輛車裡響起。在其他車輛分頭準備就位的同時，劉、提奧和阿爾法小隊的探員繼續沿著林肯街行駛，在紅燈亮起時暫停在街上的車流後面，等待著轉到曼徹斯特。

提奧看著車窗外一個正從餐廳裡走出來的家庭。褪色的招牌上寫著餐廳的名字海洋莊園。一名青少年撐開身後的門，他的母親手裡拿著一個外帶容器，跟在他後面走出了餐廳。那名父親正拿著一根牙籤在剔牙，最小的妹妹則跟在一家人後面，蹦蹦跳跳地走出了餐廳。交通號誌轉為綠燈，車流開始往前進，那一家人的畫面也被拋在他們車後。提奧不禁在想，霍夫曼家是否也曾經在那裡用餐。畢竟，那家餐廳和他們家就在同一條街上。也許，他們昨天還像剛才那家人一樣高高興興地離開餐廳，完全不知道即將會發生什麼事。

「布拉佛小隊就位。」幾分鐘之後，一個聲音響起。很快地，查理小隊和指揮中心也同樣回報了。

「阿爾法小隊正在轉往牧羊人街。隨時待命。」劉說完之後，SUV減緩車速，在街道右邊停了下來。

劉喃喃自語地說了一句髒話。提奧伸長脖子往外看，立刻就明白了為什麼。

「我們什麼也看不到，」劉說。「我們得要往前靠近，這比我們原先設想的還要再接近。前院有幾棵樹和灌木叢。只夠掩護兩個探員，也許三個。」

「隨時待命，布拉佛可能要暫停在原地。」他們聽到一個聲音在通報。

布拉佛小隊在房子後面的八十二街上，如果他們穿過霍夫曼鄰居的後院，就可以進入到霍夫曼家的後院。霍夫曼家的後院有幾棵大樹和一幢類似棚舍或者工作間的小建築物可以用來做為掩護。

「很好，」劉說。「可以掩護多少名探員？」

「四名，也許五名。」

劉兀自地點點頭。「布拉佛小隊，行動。」

「確認。出動。」一個聲音回應道。

「查理，」劉說。「你那邊什麼情況？」

耳機裡傳來一陣氣喘吁吁的聲音。「我們在後面，徒步朝西前進，長官。沒有平民百姓。一旦就位之後會評估側院的狀況。」

在劉的確認之下，布拉佛和查理小隊各自準備就位，接下來的幾分鐘裡，沒有任何人出聲。

透過灌木叢，提奧可以看到屋子前窗的頂部，不過，在陽光之下，他無法確定窗簾是否被拉上了。如果窗簾是打開的話，他們就絕對無法從前面接近而不被清楚地看到，那就意味著直接進入了火線。殺戮區。

「布拉佛小隊就位，」他們耳裡響起一個壓低的聲音。「不過，我們什麼也看不到。後面的每扇窗都被遮住了。」

「收到，」劉回應道。「留在原地。查理小隊。我要——」

「通報阿爾法小隊，」一個聲音打岔進來。「我們遇到問題了。一個平民路人正朝著東邊走去，看來是單獨一人，似乎打算挨家挨戶敲門。」

提奧往前靠，看向他的左邊。一名拿著剪貼簿的男子出現在他的視線裡，朝著霍夫曼家隔壁兩戶的鄰居前門走去。在他敲門之後，那扇門打開了，一名矮小的老婦人似乎對他的出現感到困惑。她搖搖頭，直接就要把門關上，在大門即將於男子面前闔上之前，男子及時塞了一張傳單到老婦手裡。男子走回車道，停下腳步在他的手機上按了幾下，調高藍牙耳機的音量，然後開始一段神采奕奕的對話。他的剪貼簿底下和他的背包側面都印著紅藍相間的文字，傳達著同樣令人討厭的訊息：「**坎貝爾前進國會！**」那名男子很快地往下一棟房子前進，也就是霍夫曼家的隔壁。

「他媽的，」劉說。「我們得阻止他。」

在下令要求查理小隊留在原地之後，她轉向阿爾法小隊。提奧發現除了自己以外，其他探員都全副武裝，他們的背後都印著鮮黃色的幾個大字**FBI反恐特警組**。

「羅素。」劉說。

「長官？」

「立刻卸下你的裝備。你去攔截。」

羅素探員對著指揮官眨著眼。要卸下他這身裝備得花上幾分鐘的時間。他慌張地開始撕開他的防護衣，同時留意著那名參選人的動向。那名男子已經敲過隔壁鄰居的大門，但是沒有人前來應門。他彎下身，將一張傳單塞進信箱。

「我們得阻止他，」提奧雙手按壓在車窗玻璃上說道。「他不能到那裡去，太危險了。」

「我有五名探員已經在警戒圈內部了。我們不知道我們面對的是什麼狀況。你想要讓我們的身分曝光嗎？」劉說。「羅素！我們走！」

提奧看著那名還在和背帶與扣環纏鬥的探員。他絕無可能及時阻止得了那名男子。不可能。

提奧環顧著廂型車內，只見其他探員袖手旁觀地看著他們的同事企圖脫下裝備。提奧簡直不敢相信。在羅素脫下一半的裝備之前，那名參選人就會按下霍夫曼家的門鈴了，而這些探員似乎沒有人意識到這個事實。

他們若非沒有意識到——就是「留在原地」的指令讓他們對眼前的緊急狀態視而不見。

提奧低頭看著自己的裝備，他身上只有一件防彈背心。

他撕開魔鬼氈，脫下背心，在跳下車的同時將背心丟在座位上。劉拍打著玻璃，一連串的髒話瞬間飆出，然而，提奧無視於她的反應，飛快地衝向了霍夫曼家。

9

喬把那根手動釋放氧氣面罩的工具尾端插進小孔，往上一勾。天花板上的鑲板隨即掉落下來，懸吊在一條鉸鏈上，四個氧氣面罩也跟著落下，彷彿整人玩偶盒裡彈跳出來的娃娃，在空中不停地晃動，只不過彈出來的方向剛好相反。

「為什麼需要這麼做，你能再說一遍嗎？」一名座位靠走道的女子問空服員。坐在她旁邊靠窗座位的男子雙臂交叉，毫不掩飾他的懷疑，他的薑汁汽水和薯片已經完全吃光了。

「親愛的，規則不是我訂的。我只是根據規定行事而已。」喬說。「前面的感應器通知飛行員說，氧氣面罩的自動掉落系統可能故障了。當這種事發生的時候，美國聯邦航空管理局要求……」

喬從頭等艙的第一排開始釋放氧氣面罩，老爹從機翼的位置開始，凱莉則從第十八排著手。他們一排一排地告知乘客這個規定，然後釋放面罩，回答問題，再迅速地換到後面一排，重複著同樣的過程。

保持冷靜，保持自信，在他們行動之前，喬對他們這麼說。機組成員可以為場面定調。如果這對他們來說不算什麼大事的話，那麼，對整個客艙而言也就不是什麼大事。本質上，他們並非在操弄乘客，他們只是巧妙地在執行最有利於這架飛機的作法。

身為一名職業空服員和兩個孩子的母親，喬知道這兩個角色之間並沒有太大的差別。

讓面罩落下。那是第一步——也是最重要的一步。讓面罩落下可以使用，如此一來，當事情發生的時候，乘客就可以保護他們自己。

第二步：處理不可避免的困惑和抗拒。

第三步：處理任何可能在第一步和第二步之後發生的「後備方案」。

第四步：抵抗實際的攻擊，並且生存下來。

第五步：飛機在甘迺迪國際機場降落之後，立刻撤離乘客。

客艙組員決定先專注在第一步上，比起其他事情，這一步感覺上比較容易做到。

在三名空服員穩定地進行之下，不停晃動的黃色面罩開始充斥在客艙裡。每當完成一排之後，在移往下一排乘客之前，喬一定會很快地掃視一下客艙內部。她不知道自己在尋找什麼；畢竟，不會有人戴著滑雪面罩突然跳出來，要她把雙手舉高。不過，她依然假設會出現不尋常的狀況。然而，一切看起來都很正常。她已經覺得夠焦慮了，而那股虛假的正常感更加深了她的緊張。

當天花板上的隔艙打開時，每個人都還是嚇了一跳，雖然他們都已經有了心理準備。乘客們在面罩掉下來之後對喬表達謝意，彷彿她剛把熱騰騰的雞肉前菜端到他們面前一樣。他們雖然感到困惑和緊張，卻還是能夠體諒。

最終，他們也順從地接受了。

喬原本以為情況就會這樣進行下去。畢竟，一個航班只不過是隨機取樣的普羅大眾，一個典型的鐘形曲線。會有幾個混蛋，也會有一些模範榜樣，不過，大部分的人就像一群羊一樣。

在飛機起飛的時候，喬通常會坐在她的空服椅上，評估著聚集在那個航班上的乘客。她會判斷在緊急情況下，誰會是願意提供協助的身健者——身強體健的人。她會尋找她的熱點對象，也就是那些已經出現不配合傾向的乘客。不過，她也會猜想這樣的問題，好吧，*如果真的發生什麼事的話，誰會是丑角？誰會小題大作？誰會是叛亂者？誰會是英雄？誰會是懦夫？*

「我就知道。」喬看到一名女子衝上走道，不禁默默地對自己說道。女子的丈夫抱著一名蠕動的嬰兒坐在後面。

「我帶著孩子。」那名女子以一種指控的態度對著喬說。

喬看了女子身後一眼。「他很可愛。恭喜。」

「這不好笑，」女子生氣地低聲說道。「這些正在對我的孩子造成情緒創傷，這些——*鬼東西*——無處不在」——女子指著那些面罩——「那會讓他一輩子都害怕。」

喬試著不要低頭去看另一對抱著他們自己孩子的年輕夫妻，那孩子看起來大概和女子的孩子年齡相仿。「女士，這讓你覺得很沮喪，我們感到很抱歉。很不幸地，政策規定——」

「我不在乎什麼政策。」

「但是美國聯邦航空管理局在乎。這是為了你孩子的安全。」

「我會決定什麼對我的孩子是安全的，」那名女子靠過來看著喬的名牌。「喬什麼？」

「抱歉？」

「你姓什麼，喬？我會投訴你。」

喬調整了一下重心。「我想確定一下我明白你的意思，女士。你打算投書到航空公司，告知他們這名機組成員不僅知道美國聯邦航空管理局和公司的政策，同時也有按照政策執行嗎？」她暫停了一下。「瓦金斯。瓦－金－斯。你也要我上級的電子郵箱嗎？我可以把這些都寫下來給你，如果那樣對你有幫助的話。我真心希望這個訊息可以傳達到對的人那裡。」

那名女子撇了撇嘴。「你居然敢——」

「哎呀，閉嘴，女士，」坐在那對年輕夫妻旁邊靠窗座位的男子說。「她只是在做她的工作而已。」

「用不著你來告訴我——」

「你的小孩拉屎都還拉在褲子上呢。他甚至連自己的鼻子在哪裡都不知道。」

「我的小孩——」

「女士，」超級老爹擠到那名女子和那排座位之間。「你親愛的小寶貝正在後面，不知道他媽媽為什麼要對別人大吼大叫。請你回到自己的座位，告訴他這個好消息——海岸航空將會致贈給你一堆免費的哩程，因為你遭受到了別人都沒有遭受到的恐怖的個人創傷。」

「我會——」

「啊，」老爹說著揚起一隻手掌。「再多說一個字，有關當局在飛機降落時就會要召見我們了。」

「可是——」

「凱倫，我發誓。」他說。

「我叫做珍妮絲。」

老爹皺了皺鼻頭。「哦，是嗎？」

那名女子瞇起眼睛，氣沖沖地轉身離去，在她丈夫滿臉驚恐之下重新坐回位子上。

「別擔心，」超級老爹對著還能聽到他聲音的那幾排乘客小聲地說，「我不會獎勵那種行為的。她只會因此而得到一個失調的青少年。喬，飛機後面已經符合美國聯邦航空管理局的規定了。」語畢，他行了個禮。

「太好了。謝謝你，」說完，喬往前靠近，壓低了聲音。「有可疑的人嗎？」

「也許有一個，」老爹的聲音彷彿耳語。「我後面兩排的走道座位，在客艙右邊。理平頭的傢伙。」

喬若無其事地變換站姿，目光越過超級老爹。她很快地瞄了一眼那名男子。

「那個高個兒？」

「高？」老爹說。「他進洗手間的時候得要彎腰才進得去呢。」

「他有什麼可疑的？」

超級老爹搖搖頭。「只是直覺而已。在這一切開始之前，凱莉和我就已經覺得他怪怪的了。」

喬點點頭。「我們會持續留意他。叫凱莉過來。我會檢查一下乘客名單，讓她可以上網搜尋一下這個人，看看能發現什麼。」

老爹往客艙後面走去，讓喬繼續完成最後幾排的工作。當凱莉來到她身後時，她剛好釋放掉最後一組面罩。

「我不知道里克・萊恩坐在你的頭等艙裡。」凱莉的眼睛瞄向飛機前方。

喬回頭看著原本坐在第二排靠窗座位的那個孩子，他此刻正靠在洗手間的門上滑著手機。他不算是個孩子。也許二十來歲左右吧。不過，那頂毛線帽、連帽衫和刺青，都給人一種發育停滯的感覺。喬猜測那些懂得潮流和時尚的人應該認為他很潮吧。

「我應該要知道他是誰嗎？」喬問。

「他的IG有一千萬個關注者。」凱莉說。

「為什麼？」

凱莉聳聳肩。

「他為什麼有名？他是做什麼的？」

「其實我也不知道。他就是有名？」

男孩發現她們正在看他，於是揮手要她們過去。

「你千萬不要要求他簽名，」喬在走過去的時候小聲地交代凱莉。「萊恩先生，你需要什麼嗎？」

「是啊，」他說。「你們要解釋一下這個嗎？」他舉起他的手機，兩名女子在光線黯淡的客艙裡瞇起眼睛看著發亮的螢幕。那是一張他戴著氧氣面罩的自拍照。凱莉往前靠近，讀著上面的資訊。一千兩百個讚，兩百四十三則留言。他在六分鐘之前剛剛上傳了那張照片。

「該死。」凱莉屏住呼吸低聲地說。

「解釋什麼？」喬問。「抱歉，孩子，我不明白。」

「我把這個發到IG上。告訴大家發生了什麼事。結果。現在每個人都在說，老兄，那不是真的。」

喬看著他。「什麼不是真的？」

「這個聯邦航空法規的東西，」他說。「大家都在說那是假的。航空界的人說的。」

喬的胃直接掉到了谷底。她看著凱莉，後者看起來一副無話可說的樣子。

「萊恩先生，」喬不確定自己接下來會說什麼。突然之間，客艙內發出一聲叮咚響；第十排有人按了呼叫鈴。

「很抱歉，萊恩先生。我們得先過去，不過，我們很快會回來解釋的。」

「我們要怎麼辦？」當她們離開時，凱莉小聲地問道。「該死、該死、該死。」

「冷靜一點，」喬小聲地回她。「反正，我們得要對他們說些什麼。我們只需要想出要說的是什麼，然後先把說法順一下。不會有事的，我們只是需要一點時間。」喬聽起來彷彿她已經掌控了一切，然而，當她走到第十排把呼叫燈按熄時，她看到自己的手在發抖。「什麼事，先生？」她對著坐在中間位子的男子說。

「嗯，」男子指著他面前椅背後面的電視說，「我想知道這是什麼？」

喬把頭探到她可以看到螢幕的角度。男子正在看新聞，而螢幕上出現的是里克・萊恩——顯然是他——正在迅速擴散的網路照片。她抬起頭，看到那張戴著氧氣面罩的臉孔出現在許多螢幕上，在乘客紛紛轉換頻道之下，那張臉出現在越來越多的螢幕上。剎那之間，他的臉幾乎無所不在。越來越多的懷疑和異議彌漫在客艙裡，讓客艙裡的氛圍發生了變化。

「怎麼回事？」那名男子指著電視問道。「你們有什麼事沒有告訴我們？到底發生了什麼事？」

四周跟著響起了認同的聲音。

喬轉頭看著凱莉，凱莉只是怔怔地回看著她，突然之間，她們兩人很清楚地明白，她們完全搞砸了。

喬張開嘴就要說話。不過，這並不是因為她知道要說什麼，而是因為她必須說點什麼。

一陣吵雜的叮咚聲在客艙裡響起，打斷了她。喬和凱莉倏地轉頭看向後方，只見客艙左邊洗手間上方的黃燈不停地在閃爍。

煙霧警報。洗手間失火了。

10

在提奧來得及跑到交叉路口之前，那名參選人已經走到霍夫曼家車道的一半了。提奧吹了一聲口哨，不過，那名男子正在對著他的耳機講話，完全專注在他自己的世界裡。

提奧知道自己不能突然衝到他身後。那名男子勢必會措手不及，隨之而來的必然會是一場喧鬧。此外，如果前門突然打開，屋裡的人看到提奧正在跑向屋子的話，這次的行動就會受到波及。

那名參選人走出了他的視線範圍，消失在前院高大的灌木叢後面。提奧衝過街道，跑到霍夫曼家右邊那幢房子的草坪上。一道白色的矮圍籬穿過院子，他很輕鬆地就跨過了那道柵欄，那是他自從高中田徑訓練之後就沒有再做過的事了。他在屋前的庭院裡落地，看到前面窗戶裡的窗簾大開。提奧暗自祈禱房子裡沒有人在家。

當提奧從露台上的家具裡抓來一把椅子、拖到兩家院子之間的那道圍籬邊時，那名參選人正在敲霍夫曼家的前門。提奧站在椅子上，頭和肩膀剛好超過圍籬。

那名男子低著頭，背對著提奧，也許正在看著他的手機。提奧揮了揮雙臂，不過一點用都沒有。提奧轉而看向屋子，想要窺視屋內的動靜，不過，窗戶全都被遮起來了。

「好吧，晚點再聊。」那名參選人對著他的耳機說完，轉而重新面對著前門。站在他視線外圍的提奧開始更加誇張地揮舞著雙臂。在如此靠近屋子的情況下，他不想發出任何聲音，然而，那名男子依然沒有注意到他。那名參選人把手伸進他的袋子裡，那本剪貼簿勾到一條帶子，導致一整疊的傳單都散落在地上。

提奧在椅子上原地轉身，掃視著院子。他左邊的圍籬下方有一籃泳池玩具。一根粉紅色的螢光浮力棒就插在最頂端。太好了。提奧跑過去一把抓住那個玩具。

他跳回椅子上，開始朝著霍夫曼家的院子擺動著那根顏色鮮豔的浮力棒。那名參選人已經把傳單撿好，正在打開信箱的蓋子，信箱蓋的高度剛好和他蹲下來的視線在同一個水平面上。他視線外圍那道晃動的顏色吸引了他的注意力，他猛然向右轉頭，在看到圍籬另一邊的提奧時愣在了原地。

提奧舉起他的識別證，指著證件，嘴唇不停重複著**F-B-I**幾個字，直到男子緩緩地點頭。男子依然蹲著不動，那張傳單開始在他的手裡顫抖。提奧把一根手指放在自己的嘴唇上。男子見狀，闔上張開的嘴。提奧用手指比畫著，示意男子走上車道、離開那棟房子，彷彿在演啞劇一樣，然後再度把一根手指放到嘴唇前面，暗自祈禱男子看懂了他的意思。只見男子點點頭，表示他明白了。

那名男子慢慢地從蹲姿站起來，讓那張傳單掉進屋子裡。他鬆開撐住信箱蓋的手，那片金屬板在闔上的瞬間發出了一聲響亮的啪噠聲。

一陣爆破的衝擊力把提奧震得往後倒。一團衝上雲霄的橘色火球是他在翻覆時所看到的最後一個景象。他猛烈地撞在霍夫曼鄰居家的房子側面，隨即癱倒在地上。

11

管他什麼氧氣面罩、管他什麼化學攻擊。如果飛機上發生火災的話，無論如何，飛機一定會墜毀的。

無視於每一隻伸出來的手和每一張疑惑的表情，喬朝著客艙後面走去。在今天之前，她從來都沒有如此害怕過一場無法控制的火災。她突然想到一件事：*這就是那個恐怖分子的後備方案*。

她加快了腳步。

洗手間外面的標示亮著綠燈，意味著裡面沒有人，或者至少沒有上鎖。喬在接近洗手間時掃視著那扇門，她在昏暗的客艙裡瞇起眼睛，尋找著煙霧從門底的縫隙或者靠近門底的通風口飄散出來的跡象。什麼也沒有。她透過鼻子深深吸了一口氣，準備好迎接撲面而來的燒焦味——不過，什麼味道也沒有。

在即將抵達洗手間的最後幾步路中，喬在腦子裡回顧著緊急設備所在的位置。主要的海龍滅火器和防火手套：在左二的空服椅底下，就在洗手間旁邊。第二個滅火器：位於右二的空服椅底下，在飛機右邊。

如果他們不只需要兩個滅火器的話，那就只能祈求上帝的幫助了。

喬微微地靠向洗手間的門，傾聽著裡面的動靜。一片靜默。她伸出非慣用的那隻手臂，小心翼翼地將左手背貼在門的表面。涼的。她把手移到接近門底的位置，同樣也是涼的。在門最上方做了第三次的觸摸之後，她確認整扇門的表面都是涼的。

親眼看到門的另一邊正在發生什麼事，將會是最後一道防線。

喬深吸了一口氣，眨了幾次眼睛，下定決心面對最壞的情況。

她轉動門把，將門推開一個小縫，試圖盡量減少流進去的氧氣。她不敢過分接近，只能盡自己所能地靠上前，往洗手間裡面看去。

她推開洗手間的門。裡面什麼也沒有。除了散落在地上的幾張衛生紙之外，沒有什麼不對勁的地方。她打開垃圾桶的蓋子，往裡查看，然後用力嗅了一下，正當她打算對馬桶重複同樣的步驟時，她聽到有人在叫她的名字。

她轉過身，發現凱莉和超級老爹擋住了乘客好奇的目光。凱莉看起來有點惱火。手中正在搖晃著一個罐子的老爹，在喬走出洗手間的時候，把罐子遞給了她。

「不用謝我，拜託你不要打我。」他說。

喬從他手中奪過那瓶頭髮乾洗噴霧。

「是你把火警警報弄響的？」

「我想，我所做的是將你們兩個從那群憤怒的暴民中拯救出來。」

「老爹，我發誓——」

一道叮咚聲響起，他們頭頂上方的紅燈也跟著亮了。喬從牆上拿起對講機的話筒。儘管她的目光已經燒穿了超級老爹，不過，當她和飛行員通話時，她的聲音聽起來卻依然輕鬆愉快。

「虛驚一場，孩子們。」

鬆了一口氣讓比爾的血液往下回流到身體裡，也讓他的頭皮因此感到一陣刺痛。當持續不斷的煙霧警報聲在駕駛艙裡響起，紅色的按鈕和標示著煙霧/洗手間/煙霧的儀表板全都在閃爍時，兩名飛行員猛然挺直了身體，進入防禦狀態，還差點就扭傷了頸椎。班的晚餐此刻依然還散落在他的腳下。

比爾原以為那是恐怖分子的緊急計畫。他假定客艙裡發生了襲擊。事實上，他已經解開了安全帶，彷彿就要離開座位，衝進客艙去幫忙。他的反應讓班流露出一絲疑惑的神情，不過還是繼續核對著緊急狀況的檢查表和應變程序。而那原本應該是比爾的職責。

「警報為什麼會響？」比爾對著麥克風問道，他清了清喉嚨，企圖要掩飾他聲音裡的顫抖。

「有個女人噴了頭髮乾洗噴霧。」喬告訴飛行員。班翻了個白眼，將頭埋入雙手裡。

「你可以讓她知道，我們兩個現在都完全清醒了。」

「我們也是，」喬說。「抱歉讓你們受驚了。你們需要什麼嗎？」

比爾看向班，後者搖了搖頭。「不用了。謝謝，喬。呃，你們需要什麼嗎？」

「不了，我們很好。這裡沒什麼新的狀況。」她意有所指地說，不過，除了比爾之外，沒有人聽出她的弦外之音。

比爾咬著嘴唇。他想要對著麥克風大吼，要求她外甥提供最新的狀況。自從山姆結束通話之後，他就再也沒有收到來自他家裡的聯繫了，在缺乏資訊之下，各種嚇人的可能性都湧入了他的腦海。

比爾向他的首席空服員致謝之後，結束了通話。他聽到自己對他的副駕駛說，「由我來控制和溝通，執行電子集中監控系統。」他看著自己的手在面前的儀表板上按下正確的按鈕，直到閃爍的警示燈在每一個步驟下一一熄滅，控制台再度回歸正常為止。他的某些條件反射本能開始發揮支配作用。他的身體進入到慣性的狀態——不過依然在他的控制之下。

雖然很勉強。

「不要再支吾其詞了。」喬把另外兩名空服員拉到機上廚房，遠離乘客。他們粉飾事實，編了一些小謊，還啟動了該死的煙霧警報器。現在，他們需要一個真正的計畫。

「面罩都掉下來了，」喬說。「但是，光靠這種自作聰明的作法，我們是無法活下來的。我們需要決定——現在——我們要怎麼處理這件事，還有，我們要告訴他們的是什麼。」

「同意，」老爹說。「我的建議是：說實話。」

「絕對不可以。」喬的腦子裡痛苦地浮現還是嬰兒的史考特穿著她兒子舊衣服的畫面。

老爹雙手合十地放在他的下巴下方，彷彿在祈禱一樣。或者，他是在壓抑自己不要揍她，因為他看起來就是一副想要打她的模樣。

「喬琳，」他咬緊下巴地說。「告訴我你腦子裡看到了什麼。因為，一百四十四個人在不明就理的情況下遭到來自駕駛艙的攻擊，從我此刻所能想像得到的畫面裡是不會有好結局的。我看到的是一群憤怒的暴民。我看到的是一群把矛頭指向我們的暴民。我看到的是他們想要自己掌控狀況。我看到的是他們企圖要衝進駕駛艙。」

喬指著飛機前面那扇上了鎖、卡夫拉纖維強化材質、防彈的駕駛艙門。

「你知道沒有人闖得進去的。」喬說。

「你和我知道，」老爹說。「但是，他們不知道，就算知道，他們也會試著闖進去的。如果我們不讓這些人知情，而他們又遭到什麼攻擊的話，那麼，對我們任何人來說真的就不可能有好收場了。」

「可是，飛機上潛伏了一個後備人員。如果他知道我們知道了的話——」

「如果他知道我們知道了？」老爹提高嗓門地重複她的話。「喬。這架飛機上現在吊滿了面罩。我們一直在拒絕回答問題。網路上到處在流傳那張照片。我想，他已經知道了。」

「可是，比爾的家人——」

老爹一掌拍在機上廚房的檯面上，把兩個女人都嚇得跳起來。「你以為我們現在飛的是什麼？貨機嗎？飛機上載的是人啊，喬。而且，他們每個人也都是別人的家人。你不能說他們的性命不比比爾家人的性命重要。」

在老爹發怒之後，機上廚房裡瀰漫著一股錯愕的沉默，喬的嘴唇也在顫抖。她知道他是對的。她一直都知道。那份恐懼一直都在她內心裡輕推著她。她知道這一步終將來臨，勢必如此。然而，這就變成了她的責任。如果他們告訴乘客真相的話，那她就彷彿幫比爾做出了選擇。彷彿她選擇了飛機，而沒有選擇他的家人。她不只背叛了比爾，也背叛了嘉莉和孩子們，這樣的重擔幾乎要把她壓碎了。她的餘生都將會籠罩在他們的死是她造成的陰影之下。哽在她喉嚨裡的那團腫塊讓喬難以呼吸。

「喬，你想想看。比爾告訴了你，」老爹說。「他告訴了我們。他原本不應該那麼做的，可是，他知道他必須要那麼做。他知道我們必須要知道。這是一個風險，一個精算過的風險。把事情告訴乘客同樣也是在冒險。但是，我們必須告訴他們。沒有其他的辦法。比爾的職責是保護這架飛機。而我們的職責是照顧好乘客。」

比爾的話浮現在她的腦海裡：這是你的客艙。

「這是我們的客艙。」她輕聲地說。

老爹點點頭。

在接下來的幾分鐘裡，沒有人開口，沉默之中，喬知道他們已經達成了無言的共識。

喬把臉埋進手裡，連續吸了幾口氣。她做了最後一個深呼吸。

「他們不需要知道關於特區的事。」

老爹把一隻手放在她的肩膀，輕輕地捏了一下。「同意。」

「我不知道我這麼說是否錯了，」凱莉終於加入對話。「我們是不是也不應該告訴他們氧氣只能維持十二分鐘？」

喬和超級老爹都用力地點頭。

「我建議，我們不要告訴他們任何他們完全無法控制的事，」老爹說。「不要提起任何關於華盛頓特區和氧氣不足的事。」

喬的腦子裡突然靈光一閃。「那就是真相，老爹。正是如此。你剛才提到他們無法控制的事。那就是他們需要知道的。他們需要知道他們真的無能為力。」

引擎的嗡嗡聲似乎在強調著她的論點，穩定地、持續地提醒著他們現在他們身在何處，以及當下真正的情況是什麼。當乘客登機的時候，他們就已經把他們的性命直接交到了比爾手上。當這架飛機升空之後，這就變成了一個他們無法回頭的選擇。比爾會決定這架飛機的命運。這是他們都認同的。因此，乘客現在唯一能做的事，就是相信機長會把持住他的立場，並且讓飛機毫髮無傷地降落。

「那麼，他們會想要衝進駕駛艙嗎？」喬說。「就算他們闖得進去，那又怎樣？沒有人懂得如何駕駛這架飛機。」

她等著他們反駁。

「拿下那個恐怖分子？你知道嗎。他根本不在這裡！」喬擦了擦嘴，她完全了解到他們的掌控權少得可憐。「我們要在這次事件中存活下來最大的機率就是信任比爾。乘客必須了解到這點。去他的，全世界都得要明白這點。因為你說得沒錯，老爹。這已經不只關乎我們了。多虧了網路上的那張照片，現在，知道此事的人已經不限於那個恐怖分子和他那個知道現在是什麼狀況的同夥了。全世界都知道了。所以，每個人都需要明白，信任比爾是這個航班能度過此劫唯一的方法。」

超級老爹和凱莉同意地點點頭。他們三人已經達成了協議。他們知道他們將要說什麼。他們不能公開宣布。可是，這麼大的一架飛機讓他們無法站在客艙中間用喊的。如果他們一排一排地說明，這種沒有條理的溝通方式所帶來的困惑和錯誤的資訊，勢必會引發一股恐慌。如果他們期望乘客能達成一致的反應，那麼，他們所傳達的訊息就必須清楚而簡潔。然而，喬不知道要如何才能做得到。

凱莉倒抽一口氣，發出了一道奇怪的吱吱聲。當她什麼都沒有說的時候，超級老爹在她面前打了個響指。「小傢伙。你有話要說嗎？」

凱莉凝視著地板。然後抬起頭看著老爹，一股困惑的、孩子般的驚喜在她的臉上綻放開來。她敞開笑容地說，「我確實有話要說。各位，我知道我們要怎麼告訴他們了。」

12

提奧腦子裡的那股噪音就像一陣刺耳的喇叭聲，忽高忽低。隨著越來越吵的聲音，他渾身的疼痛也越加劇烈。喇叭聲不停地響起。他的眼睛後面抽痛地如此強烈，以至於疼痛的感覺變成了顏色。

一股潮濕的泥土味讓他感到困惑，也讓他意識到自己的臉正貼在地面上。當他張開嘴時，冰涼的草拂過他的嘴唇，讓他感到一陣搔癢。他幾乎無法呼吸。因此，他只能張大了嘴，希望藉此可以得到足夠的氧氣。

他為什麼如此疼痛，而他又在哪裡？不管他現在在何處，他怎麼會在這裡？他有滿心的疑問，不過，那些問題似乎都不重要。他不能就這樣躺著不動嗎？在那些問題消失之前，就讓他淹沒在這片疼痛的感覺裡吧——沒錯——那似乎是他應該要做的。

提奧。

他聽到有人叫著這幾個字，他想知道那聲音來自何處。提奧。那是什麼意思？他聽到那個人重複了一遍，這回，聲音更近了。這讓他想起了些什麼。他覺得他應該知道答案。

他睜開眼睛，不過很快地又閉上。迎面湧入的光線彷彿要把他從自己體內撕裂開來一樣。他的眼前一片黑暗，他躺在那裡，檢視著那片黑暗裡有著什麼，那是他剛才睜開眼睛的那一瞬間裡所看到的略影。有人朝他跑來。一輛伸長了水管的消防車。一個鞦韆，懸掛在一棵燃燒的樹上。

那個噪音是警笛。那輛消防車是為了那棟房子來的。那場爆炸。那名參選人。那家人。喬阿姨。一切同時都湧了上來。

他的疼痛消失了，彷彿從來都不曾存在過一樣。

「不要動，」一名反恐特警組的探員對他說。不過，提奧依然轉過身側躺。雖然，他無法把自己撐起來。他根本無法移動他的手臂。

「你的傷勢不輕，老兄。讓護理人員幫你檢查一下吧。老天。」那名探員看到他的左臂時自言自語地說道，只見他的左手臂以一種不自然的角度垂掛著，毫無疑問是脫臼了。

「我沒事。發生了什麼事？那些探員，他們——」

「在你跑進來之後，劉要他們全都按兵不動，」那名探員說。「他們沒事。」

「那個傢伙呢，他逃出來了嗎？」

那名探員緩緩地搖了搖頭，這告訴了他他所需要知道的一切。

提奧把頭埋在那隻完好的手臂裡。他從來沒有失去過誰。嫌犯、無辜的旁觀者、他的探員夥伴——從來都沒有。光是那名參選人就已經夠讓他震撼的了。如果劉沒有下令其他探員退後的話呢？如果他們都為了支援他而跟進，結果發生了爆炸呢？這是他的工作第一次出現悲劇的轉變，而情況有可能比現在更糟。

提奧大受打擊。在受訓的時候，他們曾經針對這種反應警告過探員，教導探員要如何和現實保持脫離和區隔，不要和他們的任務產生情緒的連結。彷彿有一個開關，可以讓他們輕易地關掉人性的部分。

「我們已經儘快趕到這裡了，」另一名探員說。「為了要救他和這家人，你做的比我們任何人都多。這不是你的錯。好嗎？提奧？提奧。」

提奧抬頭看著他，點點頭。他並非同意這個說法，而只是為了讓他們可以放下、可以往前看。「幫忙我站起來吧。」

提奧坐在救護車後面，聽著護理人員絮絮叨叨地叮囑，不過，他並沒有在聽。他看著消防員企圖要撲滅吞噬霍夫曼家的大火，他們一家曾經在那棟房子裡一起吃晚餐、一起看電影。那個嬰兒曾經在那裡小睡。

「這會很痛喔。你確定你不要麻醉劑？」

提奧點點頭。

不給糖就搗蛋的鄰居會在比爾家的前門拿到糖果。毫無疑問地，比爾會在聖誕節的時候掛上聖誕燈飾。

「好了，數到三吧。一、二——」疼痛讓提奧咬緊了下巴，不過，當那名護理人員把他的手臂推回肩窩時，他連哼都沒有哼一聲。他睜著眼睛，看著那棟房子在烈焰中熊熊燃燒。

那不是一棟房子。那是一座墳墓。他們死了。嘉莉、史考特、伊莉絲，還有一個只是在錯誤的時間來到錯誤地點的無辜男子。全都死了。

他原本應該要救他們的。他失敗了。

劉走近救護車，提奧發誓，他在她的臉上看到了一絲擔憂，雖然那抹憂慮消失的速度就和它出現的時候一樣迅速。

「你能活下來還真是幸運，」她上下打量著他。然後轉向那名護理人員問道，「他會沒事吧？」

那名護理人員點點頭。「也許有腦震盪，還有，他的手臂需要照X光。除此之外，都是外傷。」

「很好。你能給我們一分鐘嗎？」她問那名護理人員。那名男子點點頭，匆忙地走開了。

「你是對的，」劉的聲音聽起來既冰冷又沒有情緒。「不過，你把我們所有人——以及這個任務——都置於危險之中。」

提奧迎向她的目光，不過並沒有回應她。

「回家吧。」

提奧立刻站起身。「不。我知道我不——」

「想都別想，」劉叱喝著他，同時往前踏出一步，讓他不得不往後坐下。「你從一開始就在冒險。你和這個案子的關係太密切了，以至於你不能再繼續參與。你的情緒受到了影響，那讓你變得莽撞、沒有考慮到後果。讓你處於危險之中。到醫院去，然後回家。你的任務結束了。」

提奧不知道她指的是這個案子還是他的職業生涯。不管是哪一個，他都沒有吭聲。

一名探員向他們走來，劉狠狠地給了他一個惱怒的表情。他舉起他的手機。劉立刻往前傾身。

「我的老天爺，」說著，她從他手中奪過手機，仔細再看一次。「它的破壞力有多大？」

「這是網路影片。所有的新聞電台都有這段影像。」那名探員回答。

「它有提到這家人嗎？」

很顯然地，社群媒體上很多人在討論美國聯邦航空管理局的規定，以及推測氧氣面罩被放下來的真正原因。不過，沒有人提到華盛頓特區、霍夫曼一家，或者客艙裡發生了毒氣攻擊事件。

劉把手機轉向提奧。他在強光底下瞇起眼睛，他受到撞擊的頭依然覺得昏沉。手機螢幕上是那個偽名人里克．萊恩戴著機上氧氣面罩的照片。

「這是你阿姨搞的鬼嗎？」劉說。

「這個我會問她，不過，我現在已經被這個案子除名了。」

劉的眼睛瞇成了一條直線。「你要這樣玩嗎？」

提奧直視著她，眼睛連眨都不眨一下。以他阿姨為手段來讓他自己留在這個案子裡，這樣的交換條件對他的職業生涯來說是一種冒險。不過，提奧知道，反正他在局裡可能已經完蛋了，而且，眼前的他什麼也不在乎了。幫助他的喬阿姨是他唯一在乎的事。

兩人面面相覷，彼此對視。劉緩緩地貼近他，直到她的臉和他之間只剩下一吋的距離。「如果你有一隻腳越線的話，如果你違抗任何命令的話，」她低聲地說，「等這件事結束的時候，你的徽章就由我來保管。我向你保證，提奧。你將永遠不能再執法。」她緩緩地歪著頭問，「明白嗎？」

他側著頭回答。「是的，長官。」

劉揉揉眼睛，開始踱步。看到幾名探員走過來，提奧舉起一根手指示意他們不要靠近。不過，劉對他們完全不加理會，只是吐出一大口氣地轉向那棟燃燒中的房子，將交叉的十指貼在自己的頭頂上。

「我們需要弄清那個機長是否知道他家人已經死了。」劉終於說道。「因為那將會改變一切。」

她很快地轉身，直接對著那些探員開口。

「媒體在這裡嗎？」

「是的，長官，」一名探員說。「還沒有人和媒體說過什麼。」

「很好。官方說法是：還在進行調查，不過，爆炸是因為瓦斯外洩。」探員們紛紛點點頭。

「海岸航空是否針對那張氧氣面罩的照片發佈了聲明？他們是否承認那個航班出現了問題？」

「沒有。」

FBI已經把情況通知了海岸航空公司、美國聯邦航空管理局和飛航管制中心——不過也要求他們先不要關閉領空、停飛航班和關閉機場。民眾對這種威脅將會產生巨大的恐慌反應，如果FBI保住了霍夫曼家人的安全，這樣的恐慌就可以避免。只要一接獲通知，所有的單位——包括華盛頓當地的官員——隨時都可以執行疏散和防禦規定，但是，他們一致認為，最明智的選擇是給洛杉磯的FBI時間，讓他們先去找這家人。

「然而，」劉說。「我們沒能保住那家人。所以，現在，我們有的是已經死掉的一家人，以及一個遭到威脅的飛行員，而他的精神狀態如何，我們只能全憑猜測。外加一個死掉的普通老百姓，而他和這件事完全無關。我們辨別出他的身分、聯繫他家人了嗎？」

一名探員表示他會處理，然後大步地走開。劉嘆了一口氣，一隻手無奈地撫著臉頰。

「提奧，和你阿姨聯絡。我要知道飛機上發生了什麼事。我需要知道那名飛行員是否知道關於他家人的事。還有，我需要知道，他現在有什麼打算。」

提奧點點頭，拿出他的手機。

「我要布拉佛、查理和指揮中心都離開這裡，」她繼續往下說。「我們待在這裡看起來會很可疑，如果可能的話，我想盡量避免引人質疑。我們到別的地方集合，不要距離這裡太遠，我們也許需要採取行動。不過，我希望我們不要被攝影機拍到。」

她停了一下，看著那棟房子。

「現在，那家人死了，我們不知道我們面對的是什麼。這個案子也許更適合交由美國聯邦航空管理局、國土安全局、飛航管制中心和東岸的FBI來處理。不過，我們有很多問題需要弄清楚，而我們什麼也不知道。」

劉拿出她的手機，提奧透過眼角看著她的舉動。她按下電話按鍵的樣子似乎有些猶豫，他知道，她是要打給東岸。讓他們知道她沒有達成任務。那家人死了，而那個威脅卻尚未平息。他知道，在這通電話結束之後，這個國家最重要、最具象徵意義的機構將會開始大規模的撤離行動。那些握有權力的人士將會受到庇護，無辜的百姓將會被迫逃離。這個國家的首都將會籠罩在極大的騷動和恐懼之下，而她就是必須做出決定的那個人。

提奧現在明白，為什麼她稍早在辦公室的時候看起來很生氣。不管這個情況如何發展，她都需要承擔責任。

消防隊長走上前來，讓劉停止了撥打電話。在她把手機塞進口袋之後，肩膀似乎稍微放鬆了一點。

那名消防員摘下他的帽子，用手臂擦拭著眉毛。汗水瞬間就從他的臉上掉落到他的消防服上。

「火勢應該在一個小時內就可以撲滅了。」

劉向他表達了謝意。「我們什麼時候進去找比較安全？」

他側著頭。「找什麼？」

「屍體。我們什麼時候可以進去尋找屍體好鑑別身分。」

他瞇起眼睛，露出困惑的神情。「前廊那個人是唯一的罹難者。沒有其他的人類遺骸，長官。房子裡沒有人。」

13

東邊的地平線散發出一片藍寶石的顏色，隨著太陽逐漸沉落在飛機後方的世界底下，那抹飽和的藍色也跟著淡去。從駕駛艙看出去彷彿在看著一片平靜的湖面；城市的燈海反射在飛機下方，宛如天空裡的繁星。

比爾傾聽著耳機裡的一片死寂，感覺自己彷彿和這個世界所有的一切都脫離了。什麼聲音也沒有。

班一臉疑惑地環視著駕駛艙。「那個喀噠聲是什麼？」

比爾不再專注於耳機裡的聲音。兩人在沉默中彼此對視。

「噢，抱歉，」比爾說著舉起他的筆。他把筆按了幾下。「神經性抽動。我老婆都快被我這種習慣逼瘋了。」

班輕笑了一聲，重新埋首在他的平板電腦上。

比爾看著自己的電腦，然後再看看他的手機。他已經數不清自己重複這個動作有多少次了。依然沒有來自他家人的訊息。就在此時，他的手機螢幕亮了，他收到了一則簡訊。

蓋瑞・羅賓森 iMessage。

比爾吐出一口氣，放鬆了肩膀。他不在乎他的鄰居要幹麼。因此，他並沒有理睬。

他看了看手錶，開始玩一個遊戲。

那是他們剛開始約會時，嘉莉發明的一個遊戲，當時，她還住在芝加哥。她告訴他，當他們在一起的時候，世界是多麼地美好。然而，每當他因為飛行而離開時，她總是很難過。她發現自己總不免會想到他們之間相隔了多少個時區，而那就讓她感到比爾距離她更加地遙遠。因此，她發明了這個遊戲，她會想著比爾人在何處、他正在做什麼，而不是僅僅想著他所在之處現在幾點了。時鐘會顯示現在是晚上八點，不過，她會想，現在是晚餐時間。他可能在洛磯山脈上方的某個地方。今晚是滿月，我敢打賭山頂上的白雪必定在發光。如此一來，她就不會覺得比爾在很遠的地方。

比爾覺得這個遊戲很傻。他絕對是一個左腦發達的人，相較之下，她則是右腦，因此，用這種柔和的方式來重塑事情的樣貌，對他而言根本行不通。不過，寂寞可以用一種預料不到的方式來讓一個男人改變，某一天夜裡，獨自在檀香山的比爾無法入眠。嘉莉和他之間的時差有四個小時。她所在的城市是早晨七點鐘。他想像著她躺在床上，穿著那件被她當作睡衣、尺寸過大又老舊的伊利諾州衛斯理大學棒球T恤。他知道她馬上就會起床煮咖啡，然後打開全國公共廣播電台。她會選擇在艾菲爾鐵塔底下用草體寫著「喔啦啦！」的那個粉紅色馬克杯。那是她最喜歡的杯子。然後在咖啡裡加入鮮奶油，不加糖。

他翻過身，把一只枕頭塞在他的手臂底下，然後進入了夢鄉。

從那時候起，他就開始玩這個遊戲。

他看看他的手錶。洛杉磯時間五點三十七分。這個時候，嘉莉應該會……

這就像注視著一張白紙一樣。他捉摸不到嘉莉現在在做什麼，每次他企圖要想像時，他就會想起她在他們自己的家裡遭到一名男子虐待而尖叫的畫面。他閉上眼睛，在黑暗中找尋一個這件事並不存在的世界。在那個世界裡，他拒絕了這趟飛行，在那個世界裡，他選擇了父親和丈夫的角色，而不是飛行員。在那個世界裡，他的家人只是單純地過著他們日復一日的生活。

當他想起來的時候，他的喉嚨彷彿被哽住了。

洛杉磯時間五點三十七分。他們應該要出現在史考特的棒球比賽上。

他的手機亮了。派特・博吉iMessage。比爾皺皺眉頭。另一個鄰居？為什麼——

他匆忙打開那則訊息。

嘿，老兄，你在飛嗎？你在家嗎？讓我知道我能否幫上什麼忙。

嗨，比爾，我是派特。今早，我看到你開車出門，我以為你在飛？你知道嘉莉和孩子們在哪裡嗎？他們還好嗎？我的天啊，這真是太瘋狂了。請報個平安。你們需要什麼的話，儘管來找史蒂夫和我。請讓我們知道，我們能幫上什麼忙。

幫什麼？他們在說什麼？一陣灼熱的恐慌竄過他的脈搏。他的拇指懸在手機的迷你鍵盤上方，游標不停地在閃爍，等待著他的指令。他得要謹慎。

嘿，蓋瑞。我在飛。怎麼了？

蓋瑞會告訴他事實。派特則會著重在八卦上。螢幕上有三個小點在跳動，顯示蓋瑞正在輸入。他的反應還真快。

哇。好吧。這要怎麼說，老兄。你聽說你家的事了嗎？

比爾在問他的鄰居所指為何的時候，他已經感覺不到自己的手指在動了。

你的房子爆炸了。他們說是瓦斯外洩。嘉莉和孩子們在哪裡？

比爾注視著這則訊息，很久都沒有任何動作，久到他的手機螢幕都變暗了。手機從他的手指間滑落，掉在了他的大腿上。他依然沒有動。

嘉莉。史考特。伊莉絲。他的整個世界。沒了。他想像著他們屋子的內部。廚房餐桌，當史考特坐在那裡嚼著酥脆的米穀片時，他們會在那裡看報紙。育兒室，他會在那裡搖著伊莉絲入睡。起居室，他們會在那裡裝飾聖誕樹。他們的臥房，夜裡，嘉莉和他會在那裡相互依偎。他試著想像那個世界著火了，炸成了碎片。他試著讓他的家人變得褪色，讓他們消失。他的思緒不讓他這麼做。絕對不行。不可能。

嘉莉，穿著那件自殺背心。嘴被堵住。抱著伊莉絲。坐在史考特旁邊。

當比爾意識到那將成為他最後一次見到他家人的畫面時，一股噁心的感覺淹沒了他。儘管曾經擁有一輩子的愛和喜悅，然而他知道，他的餘生都將會停滯在那個最後的畫面裡。這是他的錯。比爾是個失敗的丈夫、失敗的父親、失敗的保護者。

他就要吐了。就在比爾抓住一只垃圾袋時，他的電腦螢幕跳出了一張他妻子的照片，還附帶著幾個字「接聽從嘉莉手機打來的FaceTime。」在按下綠色的接聽鍵之前，比爾難以置信地盯著螢幕。

他的目光在螢幕上來回游移，希望這通電話趕快接通。求求你，讓他們活下來。求求你，上帝。讓我看到我的家人。當來電接通的時候，他的臉在螢幕上滑到了旁邊。出現在螢幕中間的是他的家人。三個都在。他用盡全力捏著自己的腿，好讓自己不會哭出來。

嘉莉和史考特依然被綁住，不過，他們的嘴已經沒有被堵住了。山姆在他們旁邊，手中握著那個引爆器。他和嘉莉身上依舊覆蓋著炸藥。嘉莉抱著伊莉絲，這讓他無法判斷她被燙傷的手臂現在如何了，不過，她看起來並沒有事。

他們都活著。鬆了一口氣的感覺讓比爾感到暈眩。他強迫自己集中精神。

他們在哪裡？四周一片黑暗；除了從他們螢幕左邊外面散發出來的那道柔光之外，反射在他們臉上的手機亮光是那個空間裡唯一的光源。那個空間很小。他們擠在一起，從他們的姿勢看起來，比爾認為他們可能坐在地上，而不是椅子上。

「嘖，嘖，嘖。」比爾左耳的耳塞裡傳來山姆的聲音。那個聲音聽起來比它正常的音量還要靠近，那是聲音在密閉空間裡被放大的效果，例如車子裡。「你不應該那麼做的，比爾。」

比爾憤怒地鍵入他的回應。做什麼？你收到那段影片了嗎？我完全按照你說的做了。

山姆輕笑地收了郵件。「噢，不是的。我收到了那個影片。不，」他說。「我說的是，你不能告訴空服員。」

比爾的胃沉到了谷底，不過，在他判斷著山姆所說的話時，他試著不露聲色。他怎麼知道他告訴了機組成員？那表示他知道了喬的外甥和FBI的事嗎？那是他們為什麼離開屋子的原因嗎？他為什麼把房子給炸了？

山姆的聲音充滿自信。「在你發送完那段影片之後，我就感覺有異。我就是有一種不對勁的感覺。而且，我很肯定……」

山姆在他自己的手機螢幕上滑了一會兒，然後才把手機面對著鏡頭。比爾瞇起眼睛看著螢幕。那是海岸航空一名頭等艙乘客的照片，米色的皮革和粉紅色的情緒照明與那名戴著黃色氧氣面罩、看似恐慌的乘客形成了對比。

比爾閉上眼睛，把一切拼湊在一起。他們以手動方式釋放了氧氣面罩。很聰明。可是，他們顯然沒有人想到乘客會使用網路。

在心情往下沉落的同時，他突然想到，事實上，他們可能想到了這點——然而，他們不能切斷網路，因為比爾需要和他的家人通話。不過，這卻讓他毀了他身邊所有的人和每一件事。

「不過，我早就猜到你會那麼自大，」山姆說。「那就是為什麼你家人和我要啟動一趟小小的公路之旅。」

公路之旅。

所以，他們在車子裡。比爾試著想起那天早上，當他離開家前往機場時，是否有看到一輛電信公司的廂型車停在他們家外面，不過，他完全沒有記憶。或者，他們是在嘉莉的車子裡，那輛大型SUV是他們去年發現家中即將再添加一名成員之後新買的。後面兩排座椅都被攤平了——他們可以很容易就坐在後車廂裡。

「我的意思是，」山姆繼續說道，「我不知道除了你的空服員之外，現在還有誰知道。不過，不管你派誰去了你家，我希望你都不是太喜歡他們。你知道嗎？這個——等一下。」

螢幕在他把嘉莉的手機交還給她的時候晃動了一下，他的另一隻手在他自己的手機上按著幾個鍵。嘉莉低頭看著他的螢幕，看著他正在看的畫面。一個聲音開始說話，讓嘉莉倒吸了一口氣。

「……我現在在房子前門，如你所見，房子已經在爆炸中被摧毀殆盡。當局說爆炸原因是瓦斯外洩，他們並沒有說爆炸發生的時候，屋內是否有任何人。很幸運地，只有一戶人家似乎被……」

山姆把那段影像舉高，好讓他可以看見。比爾壓抑著想要掩住嘴的衝動。那名記者站在他們的那條街上，黃色的警示帶就在她身後。在那條警示帶後面的是他們的家。不過，現在只剩下一片廢墟。

比爾注視著那堆斷垣殘壁，他在一陣寒意中升起一股新的領悟。眼前這個人並沒有在虛張聲勢。他很清楚自己在做什麼，比爾深信，如果他不遵照此人的要求，毫無疑問地，他一定會殺了他家人。

嘉莉開始哭泣。聲音不大，但也不小。

「不會吧？」山姆對她說。「你一直都很堅強。堅強到令人驚訝。你現在要崩潰了，就因為一棟房子，也許還有幾個人？」他搖搖頭。「在一整架飛機上的人都因為你和你的孩子可以活下來而喪命之後，你要怎麼面對自己？」

在嘉莉抬頭看著天花板時，淚水從她的臉上滑落下來。

山姆笑道，「那是在假設比爾選擇了你們而不是那架飛機的情況下。」他聳聳肩。「也許我不應該假設。我們來弄清楚吧。你做出選擇了嗎，機長？」

比爾憤怒地打字，看著那個人接收郵件，然後在閱讀的時候翻了個白眼。

「我不會讓飛機墜毀的，你也不會殺了我家人，吧啦、吧啦、吧啦，」山姆說。「美國男人是怎麼回事？你們為什麼總是把自己當成英雄？你們為什麼總是要用困難的方式來做事？」他嘆了一口氣。「好吧。隨便你。」

山姆開始在他的手機上打字，那個引爆器就夾在他的手指和手機之間。嘉莉抬頭看著比爾。她看起來和他一樣害怕。

「比爾，」他一邊說，一邊繼續在打字。「我告訴過你，你會做出選擇。我告訴過你，飛機上已經有相應的安排會確定這點。我也告訴過你，你不能告訴任何人。現在，我假設那樣的威脅已經足夠——但是，我也知道，你是個享有特權、傲慢的白痴，一個自以為可以隨心所欲、逃得過一切的人。結果，我是對的。所以，我就和你實話實說吧。我現在還不能殺了你家人。我需要他們。我會把那個最後的決定留給你。不過，你確實違反了規則，猜猜怎麼著？行動會帶來後果。你找了有關當局去你家，所以，我就炸了你家。你告訴了你的空服員——」他從他的手機上抬起頭來，停下手指的動作，然後注視著鏡頭——「這個，我們稍後再說。」

雞皮疙瘩爬滿比爾的雙臂，一股冰冷的刺痛裹住了他的後頸。

山姆重新開始打字。在看似打完之下，他帶著得意的笑容放下手機。「你拒絕合作的態度逼得我不得不這麼做。是B計畫上場的時候了。」

比爾可以感覺到自己的心臟已經跳到了喉嚨。他緊張地聽著來自客艙的聲音，等著模糊的尖叫聲響起。一場爆炸。恐慌和混亂。有什麼事情就要發生了。任何事都有可能。

不過，他能聽到的只有引擎的嗡嗡聲。

然後，出現了。

聲音大到他幾乎跳了起來。

毫無疑問地，那是一把單動式手槍扣上扳機的聲音。

比爾緩緩地轉向他的副駕駛。

「抱歉，老闆。」班說著，伸出了那把槍。

14

提奧和其他探員站在霍夫曼家對面，那棟房子現在已經瓦解成了一堆悶燒中的瓦礫。一根根結構性的橫樑孤獨地聳立在地基上。燒燬的木材裡閃爍著大火的餘燼。在深秋的落日餘暉裡，那棟房子散發出一種自帶生命的怪異感。它彷彿一隻倒下的野獸，那具受傷的形體吐出了最後一口氣：黑煙裊裊升起，消散在了周圍的空氣裡。

一道響亮的破裂聲在瓦礫中響起。每個人都轉過頭，看著一面燒焦的牆壁從那棟房子倒下，化為了地基的一部分。自始至終，劉連動都沒有動一下。

「車子呢？」她問那名消防隊長。

「車庫是空的。」

劉咬著她的臉頰內側。「兩輛車的家庭。一輛載著比爾去工作。另一輛……」她把指關節壓得喀噠作響。「查一下數據，針對他們的車子發出全城警戒，把重點放在看似他們家的車輛上。迷你廂型車或SUV。」

站在提奧旁邊的探員點點頭地走開，同時在一個裝置上按著按鍵。

「你有發現任何網路設備嗎？」劉再度轉向那名消防員問道。「或者任何看起來和家庭住所違和的東西？」

那名消防隊長看著那棟房子，然後回答說，「長官，那是一場毀滅性的大火。我不知道能對你說什麼。那棟房子已經沒救了。」

劉在他走開的時候點點頭，向他表達謝意。

「長官？」提奧的耳塞裡傳來一個聲音。「我們收到開爾電信的回覆了。他們的記錄裡沒有顯示今天會到霍夫曼家維修。他們的男性員工裡，沒有任何人的名字是S開頭的。還有，公司所有的公務車都在。」

看著劉繃緊下巴，提奧不禁懷疑，其他探員是否也都有一種想要後退一步、離她遠一點的衝動。

「告訴我你們有所發現了。」她對著兩名走過來的探員說。

「沒有，」他們其中一個表示。「有兩戶鄰居都有錄影監視器，可是，攝影機的角度都沒有覆蓋到霍夫曼家的腹地。」

「所以，」她說。「我們沒有姓名、地點，或者嫌犯的描述。」

沒有人膽敢挑戰她。

「如果那名機長知道這傢伙炸了他的房子——讓我們假設他知道了——他一定會越來越害怕。這傢伙不是個駭客。我是說……」她朝著屋子比畫了一下，然後轉身背對著她的團隊說道，「我要知道更多關於這個機長的事。他是誰，我們為什麼要信任他。我們的優先目標是那家人。不過，我們也要考慮到一整架飛機上的人，更別說華盛頓特區了。」

劉望著聚集在街上的媒體。她環顧著渾身穿戴著反恐特警組裝備的一群探員，最後，她的目光落在提奧身上。帶著一股不祥的預感，他知道她想要幹麼。

「你，」她的頭朝著那些記者一撇。「去處理他們。」

現場四周圍著一圈黃色的警示帶，五輛媒體廂型車一字排開地停在警示帶的另一邊。廂型車頂一個個的小耳朵全都朝著同一個角度，打開的車子側門裡都擺著相似的控制台。

這不是提奧第一次充當一場調查的發言人——不過卻是他第一次為此說謊。

「瓦斯外洩？」一名記者帶著明顯的懷疑說，「那你們怎麼沒有撤離其他的鄰居？」

「天然氣公司向我們保證這是一個獨立事件。」提奧試著不要讓自己瞇起眼睛。攝影機上的燈光對腦震盪的人來說有點難以招架。

另一名記者沒有等到被點名就開口問道，「可是，爆炸發生的時候，FBI就已經在現場了。

為什麼？」

「我們收到通知說，有一名網路工人可能切斷了一條瓦斯管。為了慎重起見，所以我們才來這裡。」

「但是，反恐特警組？還有——」那名記者指著提奧綁著吊帶、緊靠著身體的那隻受傷的手臂。

「我覺得自己很幸運。」提奧說著，轉頭看著那棟屋子。

提奧立刻想起那名參選人。

「調查正在進行中，我不能擅自對調查發表評論，」他努力不讓自己的聲音流露出情緒。在任何人來得及提出另一個問題之前，他迅速地說，「各位女士、各位先生，非常感謝你們。很抱歉，我們現在沒有更多的資訊可以提供。當我有什麼新消息的時候，你們會知道的。」語畢，他轉身鑽過那條黃色的警示帶。

「鮑德溫探員？」

一名記者走到警示帶旁邊。其他人則紛紛走回他們的廂型車。提奧小心地走過來，試著不要引起注意。他認出她是CNB的記者。凡妮莎．裴瑞茲。她向來都給他專業的印象，因為她總是誠實地報導新聞，不是那種只想在電視上露臉的人。

「瓦斯外洩？」她說。

提奧沒有說什麼，他的表情也同樣沒有透露出什麼。

「瓦斯外洩。」她重複著，然後點點頭。「確實是。不過。」

她伸出手，食指和中指間夾著一張名片。「萬一有什麼變化的話。」

提奧依然維持著看不透的表情，他把名片放進口袋裡，二話不說地走開了。

「劉在找你。」當提奧走過來的時候，羅素探員對他說。

「也許我今天會被炒掉兩次。」他說著四下環顧，尋找著他老闆的身影。看到她獨自站在街上講電話，他舉步朝那個方向走去，同時檢查著自己的手機。感謝老天，在劉打電話到華盛頓要求撤離之前、在提奧來得及發出簡訊告訴喬阿姨那家人的死訊之前，那名消防隊長及時告訴了他們房子裡空無一人的消息。像那樣的錯誤資訊有可能帶來一場大災難。他的手機顯示沒有來自喬阿姨的新簡訊，他也打開簡訊的記錄，確定他所有的簡訊都顯示著「已發送」。他別無選擇，只能等待。她也許正忙著為應對毒氣攻擊做準備，這讓他感到不寒而慄。

他正在經歷的狀況已經夠不真實的了。然而，在同一時刻裡，他的喬阿姨正在面對另一場重大的創傷。喬一直都在飛行，從她這麼多年來所敘述的故事裡，他知道她曾經經歷過各種瘋狂的事。但是，這回呢？相形之下，她以前的那些故事就變得微不足道了。

提奧六歲的時候，有一天晚上，他母親把他和兩個妹妹塞進車裡，離開了他父親和那個他唯一認識的家。他不明白發生了什麼事，不過，他有一種感覺，他們再也不會回去了。直到今天，他都沒有回過德州。那個晚上，他母親一路開車到加州，那是她唯一的妹妹居住的地方——喬阿姨。當時，她正懷著瓦德；兩年之後，又生了戴文。那個時候，提奧和他的家人已經在喬阿姨家附近安頓了下來，兩家之間只相隔了四棟房子。他的新世界是由兩扇永遠都不會上鎖、永遠都在開開關關中的後門所組成。他是五個表兄弟姐妹中最大的一個，由於他沒有父親，因此，他讓自己承擔起這個角色。即便連喬阿姨的丈夫邁可姨丈似乎都把他視為同輩，而不是一個孩子。

每天晚上，兩家的廚房總是會有一間充滿了家庭的聲音；爐子上發出熱騰騰的吱吱聲，在其中一個母親的同意下，孩子們會打開一瓶汽水，有人會講述那天在學校或者工作上發生的事情。最精采的故事總是出自喬阿姨之口。她是一個天生就善於講故事的人，總是懂得如何描繪一個場景。她的故事總是以稀鬆平常的方式展開，但是，不到兩分鐘，他們扠滿義大利麵的叉子就會被握在手中，遭到了遺忘。

提奧等不及想聽到他和喬會如何對他們的家人述說今天的事。這個故事將會在他們的餘生裡一遍又一遍地被提起。他們會永無止境地傳述這個故事，直到它變成了一件奇聞軼事，他們會在講述這個冒險故事的同時，分享著彼此的觀點。

他對自己點點頭，確認那個幸福的未來。

「提奧！」

一名探員快步跑向他，告訴他洛杉磯警方在不遠處一條空蕩蕩的商業街發現了霍夫曼家的SUV。

提奧用他那隻完好的手臂揮了一拳。「我這就去通知劉。」

她背對著提奧，沒有發現他的存在。他不打算等她講完電話再告訴她這個好消息。這太重要了——她會希望他打斷她的。提奧往前靠近，他可以聽到她的對話。

「是的，長官，」她說著停了一下。「我明白也同意。不過，這是華盛頓特區。有可能是白宮。我們現在談的是美國總統的安全。我認為，我們需要開始認真考慮第二方案。」

提奧停下了腳步。

舉凡在這種情況之下，應變計畫就只有一種，也就是第二方案。

如果**FBI**救不了那家人，他們就會擊落那架飛機。

15

班腳下揚起的棕色塵土飄散在仲夏悶熱的空氣裡。他用衣袖拭去眉毛上的汗水，在太陽底下瞇起眼睛盡可能地快跑。他花在做家事的時間比他預期的還久——他甚至沒有時間吃晚餐——他的肚子在他加快腳步的同時發出了震耳的咕嚕聲，不過他不在乎。他遲到了。他只希望自己不要遲到太久。

他經過的每一家店面幾乎都提早打烊了，商店樓上的住家也都漆黑一片。街上沒有車子，因此，他可以在道路中央奔跑。路上也沒有行人。在這個位於敘利亞東北方的小村莊裡，幾乎所有人都已經在那家咖啡店裡了。班不由得加快了腳步。

他轉過街角，立刻就看到了那家咖啡店的燈光從屋裡溢到了暮色之中，也灑落在擠不進室內的顧客身上。咖啡店裡擠滿了人，群眾興奮的交談聲充斥在空氣裡。現場瀰漫著濃濃的期待感，每當有什麼不尋常的事情在這種小地方發生的時候，人們總是對這種難得一見的機會充滿了期待。

班擠進咖啡店，越過人群，即便他嬸嬸莎亞在他的後腦上拍了一下，也未能阻擋他的去路。一名猶豫不決的粉絲站在一旁，目光緩緩地在擁擠的房間裡掃了一圈——在房間前門，山姆展開雙臂、十指大張地擋住電視。他以一個九歲男孩最大的能耐，央求村里的理髮師等到班來了再開始播放電影。有人扔了一顆腰果，打中山姆的臉。包括山姆在內的每個人都笑了，山姆撿起那顆腰果，正準備扔回去時，他看到了班。他跳起來大叫一聲，宣布他們可以開始了。結果招來了更多的腰果回應他。

當理髮師把那卷VHS錄影帶推進播放機的時候，群眾紛紛都安靜了下來。山姆和班盤腿坐在地板上，就和其他的孩子一樣。他們不發一語，只是張大了嘴坐在那裡，氣喘吁吁的班依然試著在平息他的呼吸。

有人關掉了燈，來自電視的亮光幾乎變成整座村莊裡唯一的光源。螢幕上充滿了沒人看得懂的英文字，背景中播放的八〇年代打擊樂，在他們耳朵裡聽來既陌生又奇特。然後，幾個字出現了：

捍衛戰士。

房間裡的每個人都發出了歡呼聲。

在接下來的兩個小時裡，沒有人動一下。他們在電視上看到的那個奇異的世界讓他們都呆住了。摩托車和漂亮的金髮美女。穿著制服的男人。飛行員的太陽眼鏡和排球。飛機。

當電影結束的時候，每個人都在交談和興奮中離開了。也許前往餐廳，也許各自回家，同時也開啟了他們在接下來很長一段時間裡會一直做的事：討論。

山姆和班待在原地不動，當他們身邊的每個人都在移動時，他們的視線卻依然停留在電視上。一直到片尾的工作人員字幕消失在螢幕上，他們才轉頭互相看著彼此。

他們臉上有著同樣的神情，不過，他們誰也不知道那個神情是什麼意思。等到太陽在幾個小時之後升起、當整個計畫攤開在他們眼前時，他們就將明白那個神情的意思。到了早上，他們就會完全明白了。

他們會開始存錢。他們會學英文。他們會去美國。然後，他們會成為飛行員。他們不知道要怎麼做到。不過，那不重要。他們會想出辦法的。他們知道，他們對任何事從來都沒有這麼清楚過，這就是他們的命運。到美國去。過著舒適、不被打擾、快樂的生活。在加州的海灘上玩耍，和漂亮的女人約會。去開飛機。

不過，當咖啡店的主人把他們趕出去時，他們還不知道這一切。

他們只知道一切都改變了。

「海岸416，減速到75馬赫以配合空中交通管制。」

在四一六航班數哩底下的某個控制中心，一名飛航管制員正盯著他面前雷達上一個小黑點的前進軌跡。他的語氣感覺很平常，彷彿那只是另一道指令，就像其他日子一樣。

班把槍換到左手，用另一隻手抓住他的麥克風。

「收到，明白了。減速到75馬赫，海岸416。」他的聲音和那名航管員一樣冷靜、一樣不帶情緒。「我不得不佩服飛航管制中心，」他對比爾說。「他們現在的表現絕對可以贏得奧斯卡獎。我是說，如果你讓FBI去你家的話，美國聯邦航空管理局勢必知道發生了什麼事。」他笑著告訴比爾，並且叫他在調整完飛機的速度之後，拔掉他筆電上的耳機以及螢幕上的防窺片。

比爾聽到那名航管員的指令，不過，那只是聲音而已。班也在說話，但是，他的話同樣也沒有意義，那只是反射在駕駛艙內的噪音而已。比爾現在什麼也不知道了。他只知道那把槍。他沒有動。

班翻了個白眼，往前靠。他逆時針方向地轉動一個旋鈕，儀表板上的黃色數字開始下降。當數字來到飛航管制的指示值時，他拉起控制器，飛機的電腦就完成了新速度的設定。「你得和飛航管制溝通。你得駕駛這架飛機。得撞毀這架飛機。今天這所有的事都得要我來做嗎？這是你的航段，你得要知道。」

比爾持續盯著那把槍。他的腦子裡閃現一個畫面，那是幾個小時前，當他在機場通過——

不，像微風一樣飄過——機組成員安檢時的畫面。在他通過之後不久，班應該也會遇到同一名安檢員。不過，他的副駕駛如何濫用安檢系統是比爾此刻最不在乎的問題。

比爾看著他的筆電。嘉莉的神情出現了一種新的委靡感。她似乎在盯著某個不存在的東西，她的眼神渙散而不明確。她將目光鎖定在比爾身上，同時嘆了一口氣，彷彿在說「就這樣了」。他後頸的寒毛全都豎了起來。

她的內心發生了某種變化。

比爾摘下那個防窺片，連同耳機一起扔在他的斜背包上面。伊莉絲的嗚咽聲瞬間迴盪在駕駛艙裡。

「你們兩個怎麼認識的？」嘉莉問山姆。

她的語氣聽起來彷彿和山姆很熟悉，比爾突然感到極端地不舒服，因為他不知道在他和他們失去聯絡時發生了什麼事。他感到那股大男人主義來到了一個全新的程度，那是基於嫉妒和佔有的保護感。那是動物性的，不是理性的，不過，那也讓比爾重新集中了精神。

他看著嘉莉和史考特抬頭盯著他們面前的某個東西，幾分鐘之後，才垂下視線。

「班多是我的兄弟，」山姆說。「我們的感情好到像兄弟。」他指著鏡頭，說著嘉莉和比爾都聽不懂的語言。班笑著用同樣的外語回答他。他們重逢的溫暖氛圍讓人覺得很不公平，就像把慶祝勝利的彩帶扔向輸的隊伍一樣。

「班也是我的兄弟，」比爾顫抖著聲音說道。他注視著他副駕駛襯衫上的那對翅膀，然後指著身後駕駛艙的門。「他們帶著信任登上這架飛機。他們把他們的生命交到我們手上。我們的職責是尊重那份責任。」

山姆準備要開口，但是班用手阻止了他。

「為什麼？」比爾提高音量繼續說道，「為什麼不乾脆對我開槍，讓這班飛機墜毀？如果那是你們要的，你們不需要把我家人也扯進來。」

「這不是我們要的。」班說。

「那你們要什麼？」比爾央求道。「我不明白你們要什麼。我不明白你們為什麼要這麼做。」

班望著眼前的窗外，思考著這個問題，那隻握槍的手微微往下垂。

「我們的家鄉有一句俗話。『沒有朋友，只有山巒。』這句話的意思是，遭到背叛和拋棄就是我們的命運。我們只有彼此。沒有人在乎我們。我們只能靠自己。」

班看著山姆，他的眼睛在悲涼的笑容之中蒙上了一層薄霧。

「我們試著不去相信這句話，」班繼續往下說。「我們極度想要相信事情可以有所不同，它一定會不一樣的。我們懷抱著希望。抱著美國夢。自由、希望、歸屬感——我們只想要這些。想讓我們自己和我們的家人擁有這些。告訴我——那有什麼錯？想要那樣的生活？為什麼我們的生命就不應該有那樣的尊嚴？為什麼我們不值得擁有它？我們按照你們的規則做事，我們做你們要我們做的事，你們要我們怎麼樣，我們就怎麼樣。而你們卻背叛了我們！你問我，我怎麼能背叛這個職業——那麼，你又怎麼能背叛幾百萬個只是希望自己能活得像樣的人？」

比爾試著要想出一個好的回應，然而卻什麼也想不出來。他不太了解班正在說的話。終於，他說，「那和我家人或者這班飛機上的乘客有什麼關係？」

班攤開雙臂大笑。

「繼續說吧。繼續這種反應，我們早就預料到你會有這樣的反應。因為這就是真正的原因！那就是我們之所以這麼做的原因！你們這些人永遠都不認為這和你們有關。這個世界上到處都在發生亂七八糟的事，而你們只是繼續在過你們的日子。因為那和你們無關。你們從來都置身事外，除非你們被迫成為當事人。所以呢？」他指了指駕駛艙內部。「我們現在就在這裡。你終於被迫要面對真相。」

「什麼真相？」

「真相就是，只有在這個世界允許人們當個好人的時候，人們才會是好人。你並非與生俱來就是好人，我也不是與生俱來就是壞人。我們只是按照生活發給我們的牌來走。所以，把你放在這個位置上，把這些牌發給你——一個好人現在會怎麼做？重點不在於墜機，比爾。重點在於選擇。這是關於好人認知到自己和壞人並沒有什麼不同。」他的目光從比爾挪向嘉莉。「你們只是一直都擁有選擇當個好人的奢侈而已。」

比爾的臉紅了。他並不完全懂得班所說的話，不過，他認得在班眼底燃燒的那份憤怒。每當他看著他那無助的、被俘虜的家人，他的體內就會流竄著同樣的那種憤怒。

「但是，那些沒有選擇的人呢？」比爾說。「這班飛機上的乘客，華盛頓特區的人們。他們無辜的死亡能如何證明你的論點？」

「那麼，我的同胞無辜的死去又怎麼說呢？」班回叱道。「為什麼他們的性命就比較沒有價值？為什麼他們的死亡就比較不悲慘？當他們死得那麼恐怖時，沒有人在乎。是時候讓你的同胞也感受到這種毫無意義的死亡了。我們一輩子都在哀悼，我要美國也像我們一樣地哀悼。」

「以牙還牙並非正義。」比爾說。

「不採取行動也不是正義。如果什麼改變都不做的話，那就不會有所改變。」

「可是，就算你這麼做了，也不會改變任何事。美國不會對一個擅用私刑的恐怖分子屈服的。」

「我們從來都沒有要你們屈服！我們只是想要被看見！」

班在勃然大怒之後喘息，那把槍在他的手裡顫抖。比爾坐在自己的位置上面向前方。班則轉過頭，望著窗外。兩人都企圖避免在擁擠的空間裡產生肢體上的衝突。

比爾洩氣地把雙手垂在兩側。他不知道該怎麼辦。一切都感覺毫無希望。他注視著他的家人，在腦子裡把他們從這個瘋狂的狀態中移除，轉而試著去想昨天晚上，他們的生活有多麼的單純。

比爾烤了漢堡肉。他們把電視的音量調低，一邊看著電視轉播的比賽，一邊吃著漢堡。史考特不知何時打翻了他的牛奶。伊莉絲一直在哭，嘉莉只好站著吃她的薯條，一邊晃著伊莉絲，直到她不哭為止。比爾記起自己在把沾滿牛奶的紙巾丟到垃圾桶時，曾經想到他需要把垃圾拿出去。但是，他今早出門時卻忘記了。

一陣遙遠的嗶嗶聲在他的耳機裡響起。比爾陷入在對平凡生活的美好記憶裡，而幾乎沒有注意到這個聲音。然而，那陣微弱、不規律的聲音終於將比爾拖出了他的白日夢。就在他緊張地傾聽，試著憋住氣息時，他突然想到了一件事。

不過，現在，什麼聲音也沒有。是他的腦子在捉弄他。

他望著班，但是，班並沒有顯示出聽到任何不尋常聲音的跡象。如果真的有任何聲音的話，那些聲音必定是透過備用頻率傳來的，因為備用頻率只有在比爾的耳機裡才聽得到。反正，班正沉浸在他自己的世界裡。他正在檢查那把槍，他的拇指撫過槍柄。

突然之間，那個聲音又出現了。比爾瞪大眼睛。確實有一個聲音。

那不是他的想像。有人聽到了他的聲音，而他們正在回應他。

16

「都好了？」喬說。

超級老爹把一個只剩下幾副海岸航空廉價塑膠耳機的袋子碰地一聲丟在前面的機上廚房櫃台上。

「都好了。」他說。

「每個乘客？」

「每一個。」

「你也讓他們全都打開他們的電視了？而且都轉到新聞頻道了？」

「是的，老媽。」

「過程順利嗎？他們都能接受嗎？」

老爹面無表情地瞪著她。

凱莉走過來，從他們兩人中間經過，把她那個幾乎空了的袋子扔在老爹的袋子上面。

「好吧，那些人不喜歡我們，」她瞪大了眼睛說道。「他們很生氣。」

老爹同意地點點頭。「不管他在做什麼，他都需要結束了——就是現在——因為我們需要給這些人一些資訊。」

三名空服員轉而望向站在機上廚房另一邊的里克・萊恩，只見他繼續在滑手機和輕觸螢幕。

喬說，「等他一結束——謝謝你的幫忙，萊恩先生——我們就出動。在此同時，我們來討論一下特殊乘客。」她把乘客名單遞給老爹，凱莉也透過老爹的肩膀看著那份名單。「不可思議地，我們竟然沒有太多特殊乘客。兩個嬰兒和一個坐輪椅的人。感謝上帝，沒有單獨搭機的未成年旅客。不過，你倒是有一個說外國話的人坐在18D。他的姓氏是岡薩里斯，所以，我猜他是西班牙人？你們兩個誰會說西班牙文？」

凱莉搖搖頭。

「一點點，」老爹一邊用西班牙文回答，一邊仔細研究著那份名單。「這會是一場有趣的說明。」

「凱莉，在老爹對乘客進行他的說明時，你把你的機上廚房先整理好。我們需要現在就讓它保持在最終下降的安全狀態。稍後我們可沒有時間處理。」

她點點頭。

「給我一分鐘，」里克・萊恩說。「我快好了。」

他們全都等著他。為了讓乘客準備好即將發生的事，不管那是什麼事，他們每個人都有一千件事情要做，不過，他們現在什麼都還不能做。火燒屁股了卻還急不得。即便處在危機之下，這句飛航的非官方箴言也依然適用。

「你記得嗎，」老爹打破沉默地說。「當年，公司教我們萬一遇上劫機的時候該怎麼做？」喬笑了笑。那段記憶似乎很久遠了。「和劫匪談話。訴諸他們的情感。告知他們真相。給他們他們想要的。基本而言？做一切你需要做的，來讓飛機安全降落。」

在那個年代，他們的策略是獲取劫機者的同情，因此，公司指示空服員要隨身攜帶他們的孩子或家人的照片。喬把她兒子小時候的照片塞在她的識別證裡，她記得超級老爹帶的照片是他的貓。他曾經告訴她，他的計畫是用他的小貓讓恐怖分子分神。

「然後，發生了911事件，」老爹的聲音逐漸減弱。「一切從此都改變了。」他往後靠在喬的空服椅上。駕駛艙就在那裡，他用手指的背面拂過駕駛艙門。「我們以前做事還有依據可循，你知道嗎？壞人是合情理的，這個世界也是合情理的。有所謂的動機和要求。可是現在……」他搖了搖頭。

「好了、好了、好了，」里克．萊恩打斷了他們的談話。「我完成了。我會建議等個幾分鐘，然後，你們就可以行動了。」

喬拿出她的手機，打開她和她外甥的簡訊記錄。

提奧的口袋突然震動了，他在安全帶底下扭動，企圖掏出手機。一打開簡訊，他覺得自己的眉頭都皺起來了。

「怎麼？」劉問。

「她說：『看新聞。』」

劉在她的平板上打開CNB的網頁。在等待網頁開啟時，她把身體靠在廂型車裡的隔屏上。

「大約六分鐘就到了，長官。」司機回答她。

平板的螢幕上覆蓋著一片紅色。「搞什麼……」劉自言自語地說。

整個網站處於突發新聞的模式，巨大的字體和大寫字母讓全世界不關注也難。新聞主播的目光在他的筆記和攝影鏡頭之間上下來回地移動，字幕機的速度顯然趕不及正在發生的事件。劉把音量調高。

「我們還有多遠？」

「……在我們播報的同時，資訊不斷地進來。截至目前為止，我們可以確定的是，一架從洛杉磯飛往紐約的海岸航空班機上，目前發生了某種形式的劫機或者恐怖分子事件。知名的網紅里克．萊恩也搭乘了這個航班，他已經通知媒體即將有某些聲明發佈。我們正在等待那個……」

螢幕上出現一個推特的圖框：

> **@RickRyanyaboi**
> **416航班已被劫持。**
> **機組成員即將直播。為我們祈禱吧！！！**

這份發給主要新聞媒體、FBI、國土安全局——甚至白宮——的推特，在不到三分鐘之內，已經被分享了一萬兩千次。

「……這是一架空中巴士A320的飛機，這型飛機最高可以搭載一百五十五名乘客，外加機組成員，包括三名空服——」

那名主播壓著他的耳機。

「好的，我剛才收到通知，我們收到了來自機上的直播。趕快來收看。」

播報室消失了，取而代之的是來自飛機內部斷斷續續的訊息來源。螢幕上出現一名穿著空服員制服的中年女子的臉部大特寫。

提奧幾乎倒吸了一口氣。喬阿姨。

「各位女士、各位先生，」她的聲音因為視訊緩衝而時斷時續。「此刻，你們應該已經注意到我們遇到了一個狀況。」

劉抬頭看著提奧，一臉的認真。

「你阿姨瘋了嗎？」

喬注視著凱莉手機背後的那個小鏡頭。凱莉站在她的對面，全神貫注地看著手機螢幕，偶爾上下移動著手機，好讓喬保持在畫面中間。

「我知道整個世界現在都在看，不過，他們不是我說話的對象，」喬對著鏡頭說。「我是在對你們說話——416航班上的乘客們。我知道你們既困惑又生氣。換成是我，我也會這樣。然而，站在我的角度，事情看起來並非如此。各位女士、各位先生，你們需要知道發生了什麼事。你們應當知道機組成員所知道的。」

飛機的引擎持續地在嗡嗡作響。那是客艙裡唯一的雜音。飛機上的每一名乘客若非戴著自己的耳機，就是戴著空服員所發的航空公司的免費耳機。他們全都專注地看著新聞。

「我不會隱瞞這件事，」喬繼續說道。「我們機長的家人被綁架了。在我們說話的同時，他的妻子、十歲大的兒子和十個月大的女兒在洛杉磯被狹持為人質。綁架他們的那個人表示將會殺了他們全部——除非機長讓這架飛機墜毀。」

一名坐在頭等艙的女子倒吸了一口氣，她的聲音大到讓凱莉吃驚。老爹雙臂交叉在胸口注視著乘客，在喬說話的同時留意客艙裡的動靜。他需要監視是否有任何共犯混在乘客裡的跡象；是否有任何人變得焦躁，或者可疑地在四下張望。他看了喬一眼，點點頭鼓勵她繼續往下說。

「我和霍夫曼機長已經一起飛了將近二十年，」喬說。「我認識那個人。我了解那個人。他不可能、也絕對不會讓這架飛機墜毀。毫無這個可能性。以上就是我針對這件事所要說的，因為沒有其他好說的了。

「不過，在我繼續往下說之前，我要對你說，」喬調整著重心，瞇起眼睛咆哮道，「你，你這個變態的王八蛋，不管你在哪裡。你以為你逃得掉嗎？你不知道你現在已經被追捕了。他們會找到你的，這點我可以向你保證。我也要向你保證另外一件事。」

她調整了一下領巾。

「被你抓走的那家人？他們會活下來的。至於這架飛機？也不會墜毀。」

凱莉稍微挺直了一下。老爹則咬緊下巴，把雙腿跨得更開。

「現在，讓我們來談談那些面罩的事。我們為什麼要讓面罩落下來？因為這樣，我們才能保護你們。是的，女士們，先生們。這個瘋子也把我們扯進了他這個變態的計畫裡。」

喬可以感覺到自己的心跳飆升，就像要認罪之前一樣。就像害怕到想要逃跑或認輸，卻知道自己不能這麼做一樣。

「在我們落地之前，他將會讓機長從駕駛艙釋放毒氣到客艙裡。什麼樣的毒氣？我們不知道。不過，我們要假設那是很糟的那種，而我們也需要針對這樣的狀況來做計畫。

「聽著，」她持續道。「不管那是什麼，我們都很確定我們不想吸入。那就是為什麼氧氣面罩要釋放下來的原因。空服員們將會對你們說明，讓你們對即將發生的事做好準備。不過，你們最需要知道的一件事，也是從現在到飛機的輪子降落在紐約之前，你們一定要記住的一件事。」

她往前跨一步。

「那就是，我們會度過這一切的。我們會一起努力。我們會保護彼此。我們會一起——包括這個航班的乘客、空服員和機長——我們會讓這個怪物知道，我們不會被霸凌、勒索，或者打敗。」

喬停了一下。她不知道這些話都是從哪兒來的。她只是設定好一個意圖，張開嘴巴，然後，那些話就自然脫口而出了。她的思緒在飛奔。她遺漏了什麼？她甚至不確定自己剛才說了些什麼。

「當我還小的時候，我爸爸曾經對我說：『坐穩了，把你的馬刺穿上，孩子。』女士們、先生們，我們有一個選擇。那個選擇就是信任和團結。很榮幸能和你們同在這裡，也很榮幸能為你們服務。坐穩了，穿上你們的馬刺——我們要出發了。」

凱莉按下紅色的按鍵。在微弱的叮噹聲下結束了錄影。

提奧看著劉把平板放在她的腿上。車窗外的風景在車子行進當中模糊地往後退去。

「剝奪壞人的人性，」她說。「把機長塑造成受害人和英雄。團結眾人對抗共同的敵人，這可以讓他們從潛在的死亡威脅上分神。振作他們的戰鬥士氣，讓他們付諸行動。」劉轉向提奧。「這種漠視權威、藐視規定的衝動？是你們的家族特性嗎？」

急遽高漲的驕傲讓提奧的臉頰感到刺痛，他深深吸了一口氣。

「是的，長官。」他難掩一絲笑容地回答。

「她沒有——等等，她有提到華盛頓特區嗎？」

「沒有，長官。」另一名探員說。

劉搖了搖頭。

喬阿姨雖然遠在千哩之外，卻也同樣可以讓劉坐立不安。提奧覺得這實在太棒了。

「長官？我們到了。」司機說著，把他們的廂型車駛進一條破敗的商業街。空蕩蕩的店面和褪色的舊招牌充斥在廣場裡。停車場裡點綴著長滿野草的小型花盆和乾枯的樹木。一輛褐紅色的轎車被棄置在停車場裡，兩只輪胎已經扁平了，擋風玻璃上也蓋滿了灰塵。

除了他們之外，僅有的另一個生命跡象就在停車場遙遠的另一頭。在一盞燒壞的路燈底下，一輛佔據了兩個車位的大型銀色SUV隱蔽在黑暗之中。車子嶄新的程度讓它看起來分外可疑。在天光短暫的深秋裡，夜色早已降臨——不過，那輛車的遮陽罩卻是打開的，讓阿爾法小隊無法看到車內。

「停在那個後面。」劉指著一只種有一棵大樹的花盆。

他們的廂型車緩緩地滑動，在停下來的時候往後抖了一下。

「好了，你這個變態，」劉說。「讓我們再試一次吧。」

17

嘉莉看著一滴汗水從山姆的臉頰上滑落。汗水沾在他的下巴底下，隨即掉落在他的衣袖上，在那件開爾電信的灰色制服上留下了一道深色的漬痕。

這個擁擠的空間裡很熱。伊莉絲貼著嘉莉，讓嘉莉的T恤黏在了身上。史考特的頭髮貼在他的額頭上，因為汗濕而閃爍著一層微光。

山姆放下手機，開始解開他袖子的衣扣。他握在手裡的引爆器讓這個簡單的動作變得難以達成，當他的手指一次又一次地在那顆塑膠的小鈕扣上滑開的時候，嘉莉可以感覺得到他的沮喪隨著燠熱在提升。

嘉莉朝他伸出手。他立刻把手縮回。往上對著天花板的手機鏡頭讓駕駛艙那端什麼也看不到，在那一刻裡，那種感覺就像其他人都不存在了，只剩下他們兩個人。他：保持著警戒、自我防禦性很強。她：冷靜、主動。他帶著懷疑地瞇起眼睛，不過，她並沒有移動。她既沒有微笑，也沒有開口說話；她並沒有試圖做什麼來證明自己並不是在耍什麼詭計。她只是單純地伸出手。

他緩緩地伸出手，她用被綁著的手抓住他的手，雖然動作有點笨拙，不過還是比他流暢。那顆扣子很快地彈開，袖口也跟著鬆開了。

她把衣袖捲到他的手臂上，一邊往上折，一邊拉緊。這對她來說就像把一塊髒尿布包起來或把一條領帶拉直那樣地自然、那樣地理所當然。車廂裡很暗，不過，她覺得她可以分辨出他的前臂內側有一條細長的疤痕。他很快地把手臂轉開，然而，這只是讓她更加地篤定。

「我父親在我小的時候就過世了，」她說。「車禍。酒醉駕車。他就是喝醉的那個人。」她停下動作，補充說道，「他向來都在喝醉的狀態。」

她重新開始捲衣袖，彷彿沒什麼好說明的。事實上也是。

在嘉莉的女性友人中，她向來都是別人尋求建議的首選。沒錯，她的觀察敏銳、善於照顧別人——此外，她天生就具有深入挖掘事物的能力，並且可以指出真正的問題所在，而不僅僅是看出當事人表面上的困擾。他們將這種能力稱之為她的「史巴克模式」❻。嘉莉可以冷靜地審視一個困境，她彷彿可以把那個困境攤開在自己面前的桌上，在明亮的燈光底下，宛如外科手術一般地，將遮擋住邏輯和理性的情緒切除。她並沒有思考太多。那只是她的大腦和內心溝通的方式而已。不過，如果嘉莉必須猜測她為什麼會變成這樣，那麼，她認為，在她既不安全又不快樂的童年裡，她父親不可靠又醉醺醺的存在，應該就是造成她這種特質的起因。

「我很感謝上帝，他撞到的是一棵樹，」嘉莉說。「他開錯了車道。他沒有傷害到其他人，那真是個奇蹟。」

山姆在聽到上帝的時候，歪了一下頭。

「你父親有信仰嗎？」他問。

「沒有，」嘉莉說。「我們家完全沒有信仰。我們是那種只過聖誕節和復活節的基督徒。後來，他甚至在這些節日裡也都不去教堂了。」她皺著眉頭看著山姆，不過，她的眼神卻很遙遠。「說實在的，我們從來沒有談過這個。我是指上帝。我不知道他的想法。」

「你應該要幫忙我，你知道的。」嘉莉說。

比爾笑了笑，他持續在轉台，目光完全沒有離開過電視。

「我不懂上帝，」他說。「我甚至不知道要從哪裡著手。」

「你以為我就知道嗎？」嘉莉盤腿坐在沙發上，翻著放在腿上的聖經。他們的婚禮還有一週就要舉行了，而牧師說，他們至少需要選出兩段經文在儀式上宣讀。

❻ 星際大戰主角史巴克（Spock）在解決問題和做決定的時候都能保持高度理性、不帶情緒。史巴克模式通常指具有類似性格的人，理性、邏輯、善於克制情緒。

「他們沒有標準的經文可以用在婚禮上嗎？」

「當然有，」嘉莉說。「但是，他希望那些經文對我們是有意義的。」

「兩個從來不上教堂的人，」比爾一邊說，一邊看著一場籃球重播。他指著她腿上的聖經。

「你去哪裡弄來的？」

嘉莉笑道，「我櫥櫃後面的一個盒子裡。我小的時候，它就存在了。我從來沒有大人的版本。我喜歡那種很簡單的語言。」

她翻到書後的索引，想看看其中的經文是否按照主題排列。當她在「愛」的主題下找到一長串的經文標題之後，她選擇了其中一個，然後又翻回到傳道書，她翻閱著薄薄的書頁，直到一個手寫的備註讓她停了下來。她父親那獨特的潦草字跡，以大寫字母深深地刻畫在紙上，讓她看得心跳加速。比爾不知道說了什麼，但她並沒有反應。直到他用遙控器戳了戳她的腿，才讓她抬起頭來。一看到她的表情，他的笑容立刻就消失了。她告訴他自己發現了什麼。

「你爸爸？」比爾說著坐起身，把電視調到靜音。「你從來都沒有告訴過我他有宗教信仰。」

「他是沒有，」嘉莉盯著那本聖經說道。「他為什麼要拿我的聖經，並且在上面寫字？他是什麼時候寫的？」

比爾沒有答案。「你怎麼知道那是他？」他說。

「我很確定。那毫無疑問是他的筆跡。」

「那他寫了什麼？」

嘉莉皺皺眉，試著解釋，雖然她並不了解其中的意思。她父親把傳道書9:3圈起來——「命運都是一樣的，這和世界上所發生的任何事一樣，都是錯誤的。」——並且在這句話的旁邊用大寫字母寫了幾個字，又在字底下畫了一條線。是的。她把聖經轉向比爾，好讓他可以看到。

比爾把聖經拿在手裡，盯著那一頁看了很久才把書還給嘉莉。他看起來和她一樣困惑。

「也就是說……每個人都會死。而那是不公平的？」

嘉莉低頭看著她父親的鬼魂。

「對。」

✦

嘉莉解開山姆另一只袖子的鈕扣。「對於我父親，我並沒有太多後悔的事。不過，我確實後悔沒有問過他對上帝是怎麼想的。我一直都以為，他之所以從來不曾談論上帝，是因為他不在乎。不過，我越是長大，越是看著他生命中的選擇——我不禁懷疑，對於上帝，他是不是真的乏善可陳。」

「他死的時候，你幾歲？」

「十九。大學一年級。我最後一次看到他，是在我父母的廚房裡。我去吃晚餐，正要離開的時候。當時，我的皮包都已經拿在手上了，就在我媽媽和我說完話之後，他走進廚房，拿了另一罐啤酒，然後問我們在聊什麼。我告訴他，我試著要選定我的主修。他聳聳肩地告訴我，不管我選了什麼，只要確定我選擇活著就好。」

山姆困惑地皺起眉頭。

「沒錯，」嘉莉說。「他向來都會說出那種幸運餅乾式的無聊話。每次都讓我抓狂。因此，當他那麼說的時候，我一如往常地翻了翻白眼。但是，我永遠都不會忘記——我永遠都不會忘記，因為那是他對我說的最後一句話——他看著我，似乎……生氣了？不，不是生氣。受傷。他似乎受傷了，然後他說，『你認為每個人都真正活著，是嗎？大部分的人只是存在，渾噩度日。真正的活著是一種選擇。』」

嘉莉幫他捲完袖子，她所說的話也消散在了沉默裡。她的目光落在那個引爆器上，她的內心突然湧起一波沉積已久的恍然大悟。

山姆拾起手機，讓他們兩人回到了現實。「我真的認為我明白你父親的意思。」

嘉莉凝視著黑暗。她點點頭。

車外傳來一聲噪音。

山姆瞪大眼睛看著嘉莉。

他把一根手指放在自己的嘴上。不要出聲。

他的拇指擺在那個引爆器頂端的紅色按鈕上。那是在提醒她，如果她不聽話的話將會發生什麼事。

18

喬和凱莉並肩站在機上廚房布簾的這一邊，傾聽著客艙裡的動靜。影片一結束，他們三人都屏住了呼吸。客艙裡會響起尖叫聲嗎？會出現騷動嗎？大約過了一分鐘之後，客艙裡幾乎沒有反應。

「目前都還好，」老爹的視線依然停留在客艙裡。「沒有人釋放他們的毒氣，也沒有人說自己是壞人，甚至沒有人按呼叫鈴。我很驚訝。我以為可能會——」

他突然停下來，從機上廚房往外走去。

喬拉開隔簾，只見老爹沿著走道快步走向一名往前衝上來的男子，喬立刻跟在老爹身後。兩名男子在隔板外面面相覷。

「我想知道，」那名男子的聲音大到半個客艙都可以聽見。「我們什麼時候能進到那扇該死的門裡。」

超級老爹對著直指他的那根手指頭揚起一道眉。「什麼門？」他問。

「那個。」那名男子把下巴撇向駕駛艙。

「啊，」老爹說。「很不幸地，那是不可能的，先生。」

那名男子發出哼地一聲，他的臉頰漲得更紅了。他的臉上有一股自帶的粉紅色，不過，那水桶般的胸膛和鼓起的啤酒肚很清楚地宣告著，他紅通通的臉頰並非快跑半哩造成的結果。如果要喬老實說的話，這名男子確實讓她感到緊張。她知道這種人。自我意識很強，容忍度卻很低。

「先生，」老爹說。「那扇門有好幾道鎖，每一道鎖都只能從那裡面控制。沒有鑰匙。就算我們能把鎖打開——事實上，我們是打不開的——駕駛艙裡也可以透過手動控制，讓門無法被打開。」

那名男子眨眨眼，彷彿他從來都沒有想過要把那扇門打開。喬把一隻手搭在超級老爹的肩膀上，讓他知道她是他的後盾，同時也提醒他保持冷靜。

「那我們就毀了那扇門！」男子口沫橫飛地大喊。

後面幾排的座位上有人表示贊同。也有人點點頭。

「那扇門，」喬的聲音低沉而堅定。「是防彈的。是克維拉強化纖維製成的。它的設計就是要讓人無法摧毀。」

「911的時候，駕駛艙門就沒能阻擋暴徒進入駕駛艙。」

「那扇門就是因為911才設計的，」喬說。「你以為在911之後，沒人能闖進駕駛艙是因為運氣嗎？」

那名男子沒有回答，只是搖搖頭，擴張著鼻孔。群眾開始站在他那一邊，他們的恐懼從他過度的自信裡找到了慰藉。

「我們得進到駕駛艙裡！」一名女子的聲音不知道從哪裡冒出來。喬甚至不知道說話的人是誰。

「好吧，」喬說。「就算我們可以破壞那扇門，事實上是不可能的。不過，我們就姑且先說可以。一旦進到裡面之後，你們要幹麼？」

那名男子再度眨眨眼。這點，他也還沒想清楚。

「我們會制服他們。」

「制服誰？」超級老爹問。

「恐怖分子！」

幾個人發出了歡呼。

「駕駛艙裡唯一的人，」喬冷靜地說。「就是兩名正在駕駛這架飛機的飛行員。我們需要他們好好活著。你們想要找的恐怖分子在洛杉磯的地面上。闖進駕駛艙什麼目的也達不到，只會讓我們陷入更大的風險。」

沒有人吭聲。

「親愛的，如果壞人就在那裡面的話，我一定會毫不猶豫地支持你。可是，你在那裡只會發現好人。」她強調地說。喬不敢透露客艙裡可能真的有共犯的消息。

一名坐在靠走道座位的男子開口說，「可是，你之前說駕駛艙將會發動毒氣攻擊？」

「是的，」喬嘆了一口氣地說。「我們的飛行員遇到了一個問題。在這個問題上，他們需要我們的幫助。毒氣攻擊確實會發生，因為如果沒有發生的話，一個無辜的家庭就會死了。」

喬讓她的話在空氣裡懸盪了一會兒。

「地面上的當局正在尋找那家人的下落，但是，我們的飛行員需要幫他們爭取時間。比爾，我們的機長，相信我們會有所準備。準備好要保護我們自己。這是我們可以做得到的。那就是我們反抗的方法，那就是我們打敗恐怖分子的方法。我們團結一致。我們相信彼此。我們會活下來的。」

她環顧著乘客。他們似乎都在思考她的話。

「我們確實需要反抗。不過，我們反抗的方式是保持堅強，面對攻擊，而非放棄。」

沒有人有反應，她將此視為好的跡象。那名主要的挑釁者似乎不確定現在應該採取什麼立場，無論是他原先的論點，還是飛機的事。因此，他只是瞪著她，重重地在呼吸，但是並沒有說什麼。她想到了她兒子小的時候。他們也曾經帶著那名男子此刻的表情和她爭辯。喬很快就領悟到：權力鬥爭從來都沒有好下場。相反地，她學到了如何巧妙地應對兒子們的沮喪。如何將他們的精力引導到其他地方。她授權給他們，讓他們感到自己的重要性和責任。真的，她只是需要他們把自己的玩具收好而已。而她的策略也奏效了。

她走到超級老爹前面，直接面對那名男子。

「你叫什麼名字，先生？」喬問。

「大衛。」

「機組成員會需要幫助，大衛。我們能仰賴你嗎？」

他挺起了胸口。

「我們需要重新安排大家的座位，」在他可以多加思考之前，喬繼續往下說，事實上，她自己也還未能多加思考。他們完全不知道哪些人是支持他們的，而哪些人又是反對他們的。她這是在盲目地招募幫手。「頭等艙有八個座位。我需要讓兩個座位空下來，另外六個則坐上願意幫助我對抗的人。有兩名已經坐在頭等艙的男子，我相信他們會想要幫忙。而你，先生，」——她對著大衛露出一絲微笑——「會變成第三位。所以，我們還需要三位，然後，我們就會重新安排乘客在頭等艙裡的位置。攻擊將會來自於前面，所以，我們要讓——」

「女人和小孩坐到後面。」大衛打斷她。

一名坐在附近靠窗座位的女子笑道，「老天爺，」她說，「我們又不是在鐵達尼號上。」說著，她站起身，一隻膝蓋跪在椅子上，手臂則靠在她前面的椅背上。「女士，我妻子和我自願幫忙。」她的妻子坐在中間的位子上，嚴肅地點了點頭。

大衛譏笑地說，「女士們，我想女人最好還是——」

「讓我換個說法。」那名女子打斷他。她用冷靜的語氣解釋說，她是一名擁有六趟巡迴任務經驗的美國海軍陸戰隊退伍軍人，退役後轉為洛杉磯消防局消防員，而她妻子則是一名巴西柔術黑帶級的醫護人員。在她說完之後，大衛就無話可說了。

「太好了，」喬很快地說。「那就五個人了。我們還需要一個。」

引擎的嗡嗡聲從背景雜音變成了空間裡唯一的聲音。沒有人動，也沒有人說話。這是小學生的戰略。如果你一直乖乖地坐在位子上不動，老師就不會點名叫你回答問題。

一道金屬的喀噠聲響起；一條安全帶解開了。所有人的注意力全都往前挪向聲音的來源。在三排座位之前，飛機右邊靠走道的座位上，一名男子站了起來。

所有的視線都跟著他往上看。繼續往上。

「我們可以說『不，謝謝』嗎？」超級老爹壓低了聲音問凱莉。

那名男子的體型碩大。至少有六呎八吋高。也許不止。他轉過身面對他們，原本看著他的人全都把頭往後靠，才能把他完整地納入視線，客艙裡蒙上一股不確定的氛圍。黑色的頭髮短到幾乎貼近頭皮。深色的眼睛在黯淡的光線下環視著客艙，那張蒼白的臉孔消瘦到幾乎只剩下骨頭。喬立刻明白為什麼超級老爹稍早的時候無法形容那是一個什麼樣的人。因為，他有一種說不出的神秘感，一股難以預測的陰鬱。

客艙組員彼此互看了一眼。

「我會幫忙。」他的聲音低到幾乎聽不清。那股微弱的外國口音讓人無法分辨出他來自於哪裡。至於他的語氣，則完全不帶情緒。

喬擠出一抹自信的笑容。「謝謝你，先生。這樣，我們就有六個人了。」

19

提奧看著布拉佛小隊把車停在商業街對面一家二十四小時營業的墨西哥捲餅店外的停車位。他們距離霍夫曼家的車很遠，不過依然可以直接看得到那輛SUV。每個人都在等待他們的評估。

「什麼也沒有。」他們的耳機裡終於傳來報告。那輛SUV裡沒有燈光，也看不到任何人在車內。不過，車窗的隔熱紙顏色太深，因此很難斷定車上是否真的沒有人。

劉啃著自己的手指甲，提奧則看著廣場上唯一還亮著燈的一家店面。一分鐘之後，一名便衣探員從店裡走出來。不多久，她的聲音就在他們的耳機裡響起。

「這家店和另一家是整座停車場裡唯一還有營業的店。」她說。「只有一家有監視系統，但已經好幾個月都沒有開啟了。」

提奧不禁垂下了頭。

如果那家人不在那輛SUV裡，他們就需要趕快行動。他們已經沒時間了，而坐在這裡只是在浪費他們僅剩的一點時間。

那名嫌犯引爆了第一個地點，此舉讓整個局面的風險都提高了。如果想要確保第二個地點不會發生任何意料之外的事，那麼，遵循FBI針對這種情況的規定是很重要的。在他們可以接近那輛車之前，拆彈小組需要完成全面的檢查。

然而，FBI的規定並沒有考慮到那架飛機預計到達目的地的時間。那架飛機每一秒鐘都更接近它的目的地。每分鐘都很重要。提奧和劉同時都看著自己的手錶。

他們的目光交會。他知道他們在想同一件事。

「指揮中心，拆彈小組還要多久才會到這裡？」劉對著她的對講機問道。

「七分鐘，長官。」一個聲音回答。

「一旦他們到達後，他們需要多久才能做好準備、檢查，然後確定那輛車沒有炸彈？」

「大約半小時。」

所有的探員都各自對望了一眼。

「還有多久？」劉問提奧，意思是距離航班預定降落的時間還有多久。

他再度瞄了一眼手錶。「大約一小時二十分鐘。不過，在那之前，機長需要對客艙釋放毒氣。」

劉注視著霍夫曼家的SUV，似乎在權衡著他的話。她吐出一小塊指甲，然後繼續咬著另一根手指。

「如果我們等到炸彈的疑慮清除，然後才發現他們不在車上？」提奧說。「到時候，我們還是得要繼續尋找他們。」他沒說的是，他們沒有時間這麼做。

提奧知道自己是對的。他知道其他探員也知道他是對的。他也知道，劉知道他是對的。

她抓起一頂頭盔。

「不要跟著我，直到我說可以，清楚嗎？」語畢，劉扣上下巴的帶子。「我要你們把這句話記錄下來，這個決定是我自己做的，不管發生什麼事，我都會負完全的責任。」

提奧感到一陣恐懼。罔顧他自己的性命是一回事，但這是別人的性命。提奧想起那名參選人曾經對他點點頭，信任他。

在爆炸發生之後，劇烈的疼痛就不停地從他受傷的左手臂輻射而出，一直在他的體內上下竄動。不過，他的田徑教練多年來反覆灌輸的「意志勝過身體」的理念，讓他培養出足夠的心理韌性，阻斷了這股幾乎難以忽視的痛楚。不過，當他看著劉穿戴裝備時，那份疼痛似乎又加劇了起來，彷彿在警告著什麼。提奧心裡升起疑慮，那是他通常不會有的反應。

「我以為你曾經告訴過我，這樣的行為並不明智。」他舉起吊著腕帶的手臂對她說。

「是不明智。」說著，她把她的槍從槍套裡拿出來。

她舉起槍，打開車門，跳下了車。

所有人都詫異地看著劉快速穿過停車場，她握著槍，毫無屛障和掩護，她和霍夫曼家的車子之間只有空蕩蕩的柏油路面。擋風玻璃上的遮陽罩會讓車裡的人無法看到她正朝著車子逼近。

在即將靠近車子之際，她放緩腳步，然後在車子的引擎蓋旁邊蹲了下來，漆黑的車子依然沒有動靜。當她朝著車子微微地揚起耳朵時，提奧開始察覺到遠處的車流聲，彷彿他的身體也感應到了她的動作。

劉將手腳貼在地面上，趴下來窺視著車子底下。幾分鐘之後，她挺起身來，顯然很滿意車底沒有炸彈裝置。

她揮揮手，蹲下身，緩緩地繞到駕駛座那側，同時讓頭頂保持在車窗之下。她檢查著每一扇車門，看看門把上是否有任何的引爆線。她沒有停下來，因此，提奧推測每一個門把都安全無虞。她繞到車後的保險桿，然後消失在了視線範圍裡。

「阿爾法小隊失去目標了。」坐在司機座位上的那名探員說。

「我們還看得到她。」提奧的耳機裡傳來回答的聲音。他知道有幾名狙擊手從三個不同的優勢位置鎖定了眼前的情況，他們隨時都準備好要扣下扳機。

車裡彌漫著期待感，封閉的空氣變得沉悶又燠熱。提奧咬著嘴唇，直到他覺得嘴唇似乎就要流血了。

「待命……」一名能看到劉的探員在耳機裡說。緊接著響起一道刺耳的聲音，然後是一串大聲、憤怒的髒話。

「安全了，」劉的聲音傳來。「在拆彈小組完全掃除疑慮之前，所有人都不可以碰那輛車。不過，那家人不在那裡。」劉重新出現在那輛SUV後面，一把將她的槍塞回槍套，然後看了看她的手錶。

提奧也確認著自己的手錶。他們必須等到技術人員確定沒有炸彈之後，才能搜尋證據，不過，嫌犯不太可能會留下任何派得上用場的證據。指紋、DNA；他不會那麼不小心的。不過，他們也沒時間搜查了。

提奧爬出車子，猜想著恐怖分子可能會把那家人帶到哪裡。又會用什麼交通工具？劉抬起頭，透過聚集在街燈上成群的蚊蟲看著夜空。提奧也抬起頭，看到一架飛機飛過，飛機的燈光在幾哩之外的天空裡一明一滅地閃爍。

劉把手掌壓在雙眼上，過了一會兒之後才發出一聲連提奧都可以聽見的嘆息。她把手伸進口袋，掏出她的手機。

提奧大步走過停車場骯髒的柏油路面，每踏出一步，他都提醒自己要專注。把證據攤開來檢視。蒐集所有的線索。

不過，對現實的領悟重重地打擊著他。

不會有證據。他們也沒有任何的線索。

「是的，我是劉。」在提奧走近她的時候，劉對著電話說道。她清了清喉嚨。「不在第二地點。開始在華盛頓特區進行第一階段的資產撤離。」

20

喬治・派特森站在遠高於甘迺迪國際機場跑道的塔台裡，他很習慣應對那些不在他控制範圍內的情況。

這次不一樣。

他交叉著十指，額頭抵靠在指關節上，手肘壓在散落在他桌上的一疊紙上：飛行路線、氣象報告、緊急狀況規定。紙上填滿了符號、代碼和各種字母縮寫成的名詞，對大部分的人來說，那些名詞看起來儼然就是鬼畫符。

我是個鳥類觀察者，每當被問到他的工作時，喬治總是笑著這樣回答。他是開玩笑的，不過，二十七年來，他確實就是在做著這樣的事，看著一對對金屬翅膀在翱翔時，反射著太陽和月亮的光芒。比起甘迺迪國際機場飛航管制首席運營經理來說，鳥類觀察者這個名詞對大多數人而言還是比較容易理解。

天氣、機械故障、時間、物理定律。面對這些因素，他向來都很冷靜。他無法控制。該怎樣就怎樣。接受既定的情況，然後處理你能控制的部分。不要把時間浪費在你無法控制的因素上面。那是他管理塔台的方式，也是他之所以成為老闆的原因。

不過，這是他職業生涯中的第二次，沮喪在他向來從容的舉止底下醞釀。他心裡在想，不需要這樣的。九月十一日那天結束之際，當他躲開他的妻子和孩子，獨自坐在他的浴缸裡啜泣時，他也曾經有過同樣的想法。他的工作就是要在一個充滿不可控因素的環境裡保持平衡。站在電視前面看著那段空服員的影片，他發現自己再度感到沮喪，因為他們今天面對的問題並非偶然。而是有人製造出來的。

他走到辦公室的窗前，看著他的部屬們工作。每個工作站都有人，飛航管制員坐在他們的椅子上往前傾，快速地對著他們的耳機講話，時而轉動著儀表盤，時而更改著他們螢幕上的顯示。他知道全國無數的其他塔台和中心也都收到了甘迺迪國際機場收到的那份緊急飛航公告指令。

我們相信CA416的副駕駛並不知道關於機長的困境。請勿在公共頻道討論當前的情況。

通知所有的駕駛艙都轉到備用頻率以進行簡報。

所有飛往甘迺迪國際機場的航班，都將轉飛到備降機場，當CA416接近的時候，我們將執行禁航區的指令。

所有和CA416的通訊都需要保持標準程序。飛機的改降和審慎的判斷是我們的目標，也是他們最大的希望。

在全國所有的飛機裡，機長和副駕駛彼此對視，他們為什麼被告知要轉換到新的溝通頻道，這讓他們感到很好奇。不過，在一架一架飛機接到通知，並且開始執行冷冰冰的規定時，這些好奇也隨之散去。通訊網以驚人的速度在空中建構起來，彷彿奇蹟一般，那天出勤的每一名飛行員都意識到了這個情況，也都依照他們受過的訓練回應。

只有那些有必要知道的人才知道華盛頓特區的所有機場——杜勒斯國際機場、雷根國家機場、巴爾的摩／華盛頓國際機場——也和甘迺迪國際機場一樣都在準備中。至於為什麼而準備，他們就不知道了。他們不應該和這架飛機打交道；這架飛機不是他們負責的航班。如果那位機長最終讓飛機撞上了恐怖分子的目標，他們也不會介入416的飛行路徑。不過，他們還是需要事先準備好。無論如何。

不過，當紐約的航管員在新聞上看到那段影片時，當他們知道那架飛機的目的地是甘迺迪國際機場時，他們立刻就展開了行動，完全無須上級開口。喬治可以看到他的一名航管員明顯地穿著他的睡衣。另一個則脫掉了她的高跟鞋，把鞋子塞在了桌子底下；反正第一次約會向來都不會順利。一名直接從健身房趕來的航管員，身上的T恤都已經被汗水濕透了。

天哪，他愛死了這些人。他們對他們職責的奉獻讓他感到無限驕傲。他們就像燈塔，扮演著一個希望的保證。在紊亂的暴風雨中，他們就是不可預測中的可預測因素。他們將是指引歸途的燈塔。他們不僅僅是他的塔台。**416**航班將會遇到的每一位航管員中心都有一個共同的目標：引導他們降落。

在一個一天二十四小時、一週七天、一年三百六十五天都不能停歇的行業裡，這裡不是一間辦公室或工作場所。這裡是他們的塔台。他們在這裡度過節日、週末、深夜和清晨。大家一起共度。這裡是他們的第二個家。

不過，喬治知道，從現在開始的任何一分鐘，軍方官員都可能抵達，然後，這裡就會被轉變成一個擁擠的戰略室。

「嘿，老闆？」

喬治看著站在門口的男子。金髮從一頂褪色的大都會棒球帽底下飄逸在他的肩膀上，他身上那件發皺又沒有塞進腰際的夏威夷襯衫往上捲，露出了一小片白花花的啤酒肚。這名男子是喬治最聰明、最資深的航管員。不是航管員就是追風者。達斯提·尼可拉斯在決定要當一名飛航管制員的時候曾經這麼說過。這是他唯一能想得到不需要打領帶或經常洗澡的兩種工作。

「怎麼了？」喬治說。

「我和芝加哥中心在線上。他們告訴我，他們正在和416航班的機長溝通——可是並非透過語言的傳輸。」

喬治歪著頭。「好……」

達斯提調整著帽子，把身體重心從一隻腳換到另一隻腳。「這實在太猛了。那名機長用他的手持麥克風敲出了摩斯密碼。」

21

稍早，比爾在聽取和傳輸摩斯密碼時還有些生疏，當時，機上似乎並沒有人注意到他在幹什麼。雖然，昔日的舊知識很快就恢復了，不過，他可以感覺到自己的手掌在高度的專注下已經冒汗了。光是要打出摩斯密碼就很困難了，更遑論要在同時應付另一個對話的情況下偷偷進行。

一般的飛行員並不熟悉摩斯密碼。部分老派的軍方人士也許懂。但在大多數的情況下，摩斯密碼已經不再通用。這是一個事實，甚至早在三十年前，當比爾向他的第一位飛行教官提出這個論點時，這樣的事實就已經存在了。然而，那位二戰老兵不願意承認。他不在乎比爾覺得學習摩斯密碼有多麼困難、多麼無趣、完全是在浪費時間。對他而言，這只是工具箱裡的另一樣工具。他說，比爾很快就會發現，整個大環境有可能變得很醜陋，沉淪的速度也會加快。當這種現象發生時——而且必然會發生——比爾將會希望自己的工具箱裡有足夠的工具。

比爾從來都沒有為自己當時的錯判感到這麼高興過。

嘉莉從螢幕另一頭專注地看著他。多年來的相愛相知，讓比爾真心相信她比他更了解自己。從她臉上的神情看起來，她知道他的思緒在別的地方。他真希望他可以告訴她自己的思緒在哪裡。

堅持下去，寶貝。我會想出辦法的。

山姆看了一下他的手機。「我們已經快到決定的時間了。我需要你的選擇，比爾。」

比爾的心臟跳到了喉嚨。他在座位上動了一下，結結巴巴地企圖要拖延。

山姆打斷他。「快點，比爾。你的選擇是什麼？」他嘲弄地說。比爾從眼角可以看到那把槍朝著他的頭挪近了。

「拜託你們，」一個聲音響起。「殺了我吧。就我一個人。」

男孩輕微的聲音帶著一股純真，讓比爾的心都碎了。

史考特的下唇在發抖。這並不是一個成熟的男人在知道自己需要接受命運的重擔時所提出的交易。這是一個被迫卸下天真、卻不懂得如何理解現實的小男孩所發出的吶喊。那只是一個孩子，單純地在模仿自己從電影裡看到的英雄行為。那是他以為他父親會做的事。

那輛玩具火車又重新繞了一圈，當火車的小引擎發出軋軋和呼呼的聲音駛過他們面前時，史考特瞪大的眼睛裡充滿了喜悅。火車消失在混凝紙漿做成的隧道裡，然後在幾呎之外一群放牧的塑膠馬匹附近又冒了出來。史考特的小手壓在欄杆上，他的呼吸讓玻璃都起霧了。

比爾看著自己的手錶。四十五分鐘了，什麼消息也沒有。一看到一群手裡拿著咖啡紙杯的護士，比爾立刻轉過身。

非計畫中的懷孕讓比爾和嘉莉的世界受到了衝擊。雖然，他們震驚的反應被興奮所取代——不過，醫學和統計對於女人在四十二歲時懷孕所提出的報告，讓他們在過去的九個月裡一直感到不安。比爾再度看看手機是否有來自醫生的隻字片語。不過，依然什麼消息也沒有。

「你覺得她會喜歡火車嗎？」史考特問。

比爾笑了笑。「我相信她會的。你可以教她關於火車的事。」

史考特的目光一直都沒有離開過那個不停繞圈的玩具。「她要睡在哪裡？」

比爾想了一下。「她會睡在育嬰室。那就是她的房間。」上個週末，比爾才把那間房間漆成了淡黃色。他曾經問過史考特要不要幫忙，但史考特沒有多加解釋就拒絕了。比爾也沒有追問。

「你是指我原本的遊戲室。」

比爾遲疑了一下。「對……你原本的遊戲室。不過，你現在可以在起居室玩了。當她長到夠大時，你們可以一起玩。」

史考特低聲地自言自語著什麼。比爾原本打算忽略，但卻注意到他正企圖不要哭出來。比爾蹲下來，和他面對面。

「你覺得她會喜歡棒球嗎？」史考特小聲地問。一滴眼淚滑下他的臉頰。

「我不知道，小兄弟，」比爾說。「我們得日後自己找出答案。你覺得她會喜歡棒球嗎？」

史考特搖搖頭。

「好吧。」比爾說。他幾乎無法聽清楚史考特在說什麼。

「我們喜歡棒球。」

啊。原來如此。現在，比爾明白了。

十年前，嘉莉把陽性的驗孕結果遞給他。在那一刻裡，他感覺到了他認為史考特現在正在經歷的感受。比爾還沒有準備好要當個父親。他們才結婚一年。他們打算要旅行、熬夜、睡到自然醒。只要他們想，隨時都可以喝酒。嘉莉剛從研究所畢業。他們住在洛杉磯一個蹩腳地區的一間蹩腳的房間裡。他距離償清他飛行學校的貸款還有很長一段路要走。

不過，最重要的是——自私——他還想繼續當嘉莉個人世界裡的中心。他找到了他人生的摯愛，他想要她只屬於他一個人。他想要當她唯一的愛。他討厭那一刻的自己，因為當他看著驗孕結果時，他的第一個想法居然是憎惡。而現在，在經過這麼多年以後，比爾知道史考特正在感受那股憎惡。史考特想要當他父母世界裡的中心，他希望爸爸媽媽只屬於他一個人。他希望自己是他們唯一的愛。

比爾的手機發出收到簡訊的嗡鳴聲。

「走吧，小兄弟。我們得走了，」比爾說。「她出來了。」

爬上三樓之後，比爾輕輕地敲門，然後開門讓史考特先走進房間。嘉莉躺在床上，抱著一坨蠕動的粉紅色毛毯。當他們進來時，她腫脹的臉立刻亮了起來，她的眼睛幾乎隱沒在歡喜的笑容裡。

「我的男子漢們來了，」她的聲音聽起來既虛弱又粗糙。「我現在沒事了。」

比爾努力地壓抑自己，才沒有直接衝到嘉莉面前，將她擁入懷裡。她經歷了很長時間的陣痛，當胎兒的血壓下降時，比爾就被踢出了房間，只能眼睜睜地看著他們把嘉莉推進手術室。他攤開雙手，無助地看著醫生陪在她的病床旁邊，沿著走廊加快腳步，消失在另一條走廊裡。比爾獨自被留下來，除了安慰史考特之外，他什麼也做不了。

「你真了不起，」他在她耳邊低語。「你做到了，嘉莉。你看。」

伊莉絲粉紅色的小臉是如此完美，她伸展著雙臂，張開嘴打了個呵欠，皺巴巴的嘴唇裡發出了一道微弱的聲音，宛如一隻喵喵叫的小貓咪。

史考特瞪大眼睛地注視著眼前的新生兒，他和比爾在禮品店裡買來的那個絨毛玩具從他手裡掉到了地板上。他伸出一根小指頭，摸了一下她的臉頰。

「她好小。」他小聲地說。

比爾把他抱到床上，坐在他母親旁邊，嘉莉用兩手支撐著嬰兒的頭部，溫柔地把伊莉絲遞給她的哥哥。史考特凝視著他妹妹的眼睛，她也同樣地看著他，不知怎麼地，兩人之間似乎產生了一份了解。比爾不知道他們溝通了什麼，不過，他知道這名溝通的使者也曾經在史考特第一次被放進他懷裡時來找過他。

過去的一切從那一刻開始都改變了。如此重大的改變真是不可思議。

「我會教你所有關於火車的事，」史考特輕聲地告訴他的小妹妹。「還有棒球。」

「小兄弟，」比爾的臉頰在顫抖，「那是我這輩子聽過最勇敢的一句話。」他極力不讓自己哭出來，試著要有他兒子一半的勇敢。「你只要待在伊莉絲身邊就好，好嗎？她現在需要她哥哥。你只要照顧好我們的小妹妹，可以嗎？」

比爾看著嘉莉靠過去，在他們兒子的頭頂上吻了一下，淚水落在他那頭蓬鬆的亂髮上，他額頭上那撮翹起的捲髮依舊頑固地豎立在那裡。嘉莉和史考特再度一前一後地抬起頭，看著他們前方的某個東西，就像他們稍早之前那樣。

比爾張大了下巴。不過，他很快地又回復正常。

他把手肘放在電腦前面，將頭埋在手裡。那看起來就像一個被擊敗的人受到重挫的姿勢——

不過，這個姿勢卻讓他的耳朵更加靠近電腦的喇叭，他閉上眼睛，將注意力集中在喇叭裡的那一片寂靜，試著要確認他所懷疑的事情。

有了！就是這個。背景的噪音改變了，雖然很輕微，但是，一具噴射引擎在遠處發出的隆隆聲隨著每一秒的過去越來越減弱。

他們在看飛機起飛。他們在機場附近。

班不耐煩地用槍輕拍著儀表板，那個聲音讓比爾跳了起來。他把手垂到看不見的地方，開始以最快的速度，用他手持麥克風上面的按鈕輕輕地敲擊出摩斯密碼。

班打斷比爾的專注。「該把那個罐子丟出去了。」他說。

「我不會丟任何——」

山姆舉起那個引爆器。「那是你的選擇？讓那架飛機活下來？」

「不，」比爾很快地說，他朝著他的筆電伸出手，彷彿這樣就可以摸到他的家人。「不是。那不是我的選擇。」

「如果你不丟那個罐子的話，那就是你的選擇。」山姆說。

比爾張開口，試著要說點什麼，只要不是他知道自己應該要說的話就好。

班伸長了那把槍。山姆也調整了一下自己握著引爆器的力道。

「好，」比爾說。「我會扔的。」

22

喬站在飛機前面，看著她的志願小隊。那名高大的男子在座位上重新坐下，閉上眼睛，將頭往後靠在椅背上。喬不禁懷疑，在這種時候他怎麼有辦法睡覺。他的一切似乎都很怪異。根據乘客名單，他的名字叫做喬斯普．古路里，但是，凱莉上網查詢這個名字的結果卻什麼也查不到。除了一股直覺之外，他們沒有理由不信任他。不過今天，直覺很重要。

她看著老爹在向坐在機翼緊急出口座位的乘客說明，確定他們了解緊急出口如何打開，以及在撤離的過程中，他們應該扮演什麼樣的角色。他帶著一股自信的權威感，用堅定的手勢分配乘客的角色：你和你——待在逃生梯底部，幫助其他人離開。你——從飛機底下跑開，叫人過來幫忙。只見乘客們的頭不停地上下晃動。

喬從她的機上廚房拿出一個裝滿瓶裝水的托盤，然後將那些小瓶子遞給她的六名新兵，同時看著一名年輕女子從超級老爹身邊擠過，朝著後面走去。*她現在要去哪裡？*喬沮喪地搖搖頭，在證明自己是清白的之前，每個人突然都變成了有罪。這完全違背了她向來對人性的看法。

「拿掉你們的領帶，」在經過坐在第一排走道座位的兩名年輕商務人士時，喬對他們說，

「有窒息的危險。」男子立刻服從了她的指示。

在瓶裝水分發完畢之後，她把空的手推車固定好，然後才鑽到機上廚房的布簾後面去檢查她的手機。沒有來自提奧的新訊息。她把手機塞進口袋，抓起她的裝備走出機上廚房，準備對她的志願者進行說明。

「好了，各位女士、各位先生，」喬說。「讓我們開始吧。」

這群身強體健的乘客很快地聚集在一起，喬則站在這支隊伍前面。他們雙臂交叉，集中精神，準備迎接戰鬥，喬就是他們的指揮官。沒有人打斷她的談話，甚至連大衛也保持了安靜。

「我們的工具有限，」她說。「所以，我們只能利用我們現有的東西。我們會做好準備，我們會相互協調，那就是我們的優勢。好嗎？」

六個人都點點頭。

「我們的第一目標是遏制。我們希望空氣裡的毒氣越少越好。」

喬在說話的同時感到一絲罪惡感。她不需要解釋為什麼控制住毒氣那麼重要，但是，她也省略了氧氣將會在供氧系統啟動十二分鐘之後耗盡的事實。因此，他們真的需要讓懸浮在四周的毒氣越少越好，不過，明知供氧的時間有限卻無能為力的壓力是他們現在所不需要的。

她伸出手臂。只見她的手上掛著好幾個耐用的灰色垃圾袋。

「我們只有這個了。」語畢，喬發給他們每個人一個垃圾袋，並且開始說明如何使用。

他們六人都會戴著各自的氧氣面罩坐在座位上。喬則會背著一個隨身的氧氣瓶。她會站在他們前面的隔板處，也就是駕駛艙門的正前方，等待艙門打開。當毒氣罐被扔出來的時候，她會追在毒氣罐後面，因為她的隨身氧氣瓶容許她可以移動。等她拿到罐子之後，她會把罐子扔進當下最靠近她的垃圾袋裡。那個人將會需要儘快把袋子綁緊，再扔進最靠近他的另一個袋子裡。然後，喬會把那個綁了雙層的垃圾袋放進馬桶，蓋上馬桶蓋，最後再關緊洗手間的門。

所有人一致點頭。

「不要把面罩拿下來，明白嗎？如果因為某個原因而必須摘下來的話，也要屏住呼吸。然後盡快戴回去。我們是一個團隊。沒有人可以長時間暴露在毒氣下。」

她的志願小隊低聲地表達認同，然後傾身向前，準備好進行計畫的下一步。他們似乎決定好了要幫忙——然而，萬一那個內奸就是他們其中之一呢？萬一她剛才已經把她的計畫都透露給了他們最擔憂的那個人呢？看著她的團隊，喬這才了解到：對於那個陰暗的可能性，她完全沒有應對的方案。

「有沒有問題？」

23

提奧的耳機裡響起一陣劈啪聲。

「你們一定不會相信的，」一個聲音從那輛擔任指揮中心的廂型車傳來。「我們剛收到消息，霍夫曼機長正在和飛航管制人員溝通。偷偷地。用摩斯密碼。」

比爾告訴他們，他的家人在一輛停下來的車裡。一輛大到足以讓他們都坐在後車廂的車子。他不知道他們所在的確切地點，不過，他知道他們在洛杉磯國際機場附近。

「他說，他們從車子後面的窗戶看出去——他們在看飛機起飛。」

在向她的志願小隊說明完之後，喬收拾好頭等艙最後的幾個玻璃杯，又向後看了一眼主要的客艙區，隨即鑽進機上廚房。凱莉和超級老爹幾乎快結束了他們第一輪的勸導。喬在對她自己的團隊說明時，曾經透過眼角瞄著他們兩人，並且對他們只花了那麼短的時間就達成任務感到驚訝。

大部分的時候，客艙內的勸導工作都要花上一些力氣。乘客不喜歡有人告訴他們該做什麼。

不過今天，凱莉和超級老爹看起來並不需要糾正任何一個人。在她數十年的工作生涯裡，喬終於明白為什麼乘客總是抗拒那些小小的要求，例如把袋子收起來，或者把椅背豎直，或者他們為什麼不在乎起飛前的安全示範。那就和他們為什麼不說出他們想要說的話、不做他們想要做的事、不當他們想要當的人是一樣的道理。他們會把事情留到明天。下一次。晚一點。不過，現在已經太遲了，他們發現，沒有人能保證明天一定會來到。現在，他們願意，甚至不顧一切地要做他們所能做的每一件事，好為他們自己爭取多一點的時間。

喬把那些玻璃杯放進冷飲推車的一個夾層裡。面罩都掉落下來了，她的志願軍也都接收到了說明，客艙裡的乘客都很配合，她的機上廚房也很穩固。他們的準備工作已經進入了尾聲，她往外看著乘客，看著這群陌生人變成了彼此的親人，她不知道自己是否遺漏了什麼，突然之間，一股想哭的衝動沒來由地從喬的心裡升起。

也許是因為快沒有時間了。或許是因為喬看到一名男子主動地告訴坐在他隔壁的老太太說，當撤離的那一刻來到時，他不會丟下她一個人的。也許是因為她看到了一名十幾歲的男孩——雖然他的年齡大到不能被視為沒有家長陪伴的未成年者，不過，這畢竟還是他第一次單獨旅行——被坐在他走道對面的家庭安慰。喬可以看得出來，在他容許自己因為這樣的安慰而感到稍微安心時，他那份成年人的驕傲消失了，而這樣的安慰是只有父母才能提供的。又或許是因為她看到了陌生人握著彼此的手，一起祈禱。

飛機上眾多的靈魂變成了一家人——這是不完美中的完美。這個家庭短暫的生命即將來到盡頭，身為一個團體，他們一起面對著他們的死亡。

喬想要把這架飛機宛如玩具般地放在她的手裡，輕輕地親吻它，然後把它高高放在一個架子上。安全地。能和這些人在一起、能讓她的聲音加入這場合唱，她感到無比的驕傲。她和另外兩名空服員也許扮演了不同於其他人的角色，但是，他們全都置身其中。

一個綠色的燈光伴隨著一聲叮咚響在她頭頂上亮起。喬很快地抓起對講機。

「你們都勸導完畢了？」喬問。

「是的，長官。」老爹在對講機的另一頭說道。

「你們也都說明過了？」

老爹確認他們都完成任務了。「你欠我五塊錢。」

「你在開玩笑吧。誰？」

「十三排的那對夫妻。你往走道看。」

喬轉過身，壓抑著想笑的衝動。一對中年夫婦站在走道上，掙扎著要脫掉他們已經膨脹起來的救生衣。

「噢，我的天啊。」喬笑著說，似乎並沒有太過驚訝。

飛機微微地往下降。那股威脅彷彿已經迫在眉睫了。

「好，」喬說。「先把你們的面罩戴上，然後指導乘客也戴上。我要你和凱莉待在後面，坐在你們的空服椅上，準備好降落。明白嗎？」

「可是——」

「這次的降落可能會很不平穩，」她打斷他。「我們最不需要的，就是看到你們兩個東倒西歪。況且，我們也不需要你們到前面來。我有我那身強體壯的志願軍，我們會處理一切的。你們兩個對這架飛機很熟悉，你們知道在緊急情況下該做什麼。乘客需要你們活著才能幫助他們。明白嗎？」

老爹嘆了一口氣。「明白。不過，我要鄭重聲明，我不喜歡你單獨和那傢伙待在那裡。」

喬往喬斯普看了一眼。她也不喜歡。他幾乎比她高了兩呎。

「我不是單獨一個人，」喬試著讓自己聽起來比她內心感覺到的更有說服力。「如果他想要幹麼的話，我有一整架飛機的人做為後援。群眾是在我們這一邊的，記得嗎？」

老爹咕噥地表示同意。他顯然沒有被說服，她自己也一樣。不過，他們兩人都知道，他們沒有其他的選擇。

掛斷對講機之後，喬打開飛機左邊第一個頭頂上方的行李架，取出她的隨身氧氣瓶。她把帶子拉過頭頂，讓瓶子以對角線的方式橫跨在她的身上。接著再從一個小袋子裡拿出黃色的面罩，逆時針地轉動氧氣瓶上的閥門，直到數字「4」出現在瓶頸的小視窗裡。她把一根手指伸進面罩，感覺到一股空氣在流動，然後才嗅了一下。面罩裡的氣體並沒有什麼臭味。她戴上面罩，將鬆弛的帶子拉緊，讓面罩的塑膠杯勒緊在她的鼻樑上。之後，她把氧氣瓶往後甩，直到瓶子笨拙地橫躺在她的背上。她往機尾瞄了一眼，看到凱莉和老爹也完成了同樣的操作。

她穿過頭等艙，協助她的志願軍把他們的面罩戴上，然後拉下管子，開始輸送氧氣。這是一個冷靜又私人的動作。不過，當她回到她位於飛機前端的位置、轉過身看著他們時，整個氛圍都改變了。

那一對對的眼睛。

面罩蓋住了乘客的臉孔。喬無法辨識某個人是否在微笑或者皺眉。他們是否皺著鼻子或在吐舌頭。是在問問題還是在叫她要小心。每一個動作、每一個意圖、每一絲情緒都透過眼睛在傳達。

喬開始進行最後的檢查。有人點點頭，有人豎起大拇指。她的客艙已經準備好行動了，而凱莉和超級老爹也幾乎完成了他們在經濟艙裡的任務。喬隔著客艙對超級老爹點點頭。他微微頷首做為回應，然後回到他在後段機上廚房的位置。在喬環顧客艙的同時，有個東西吸引了她的注意力。

那是一道光，反射在一對閃亮的飛行員塑膠翅膀上。那個曾經在起飛前到駕駛艙探訪過比爾和班的小男孩，現在正坐在主客艙的第一排。

男孩的父親保護性地抓住男孩的手。男孩的腳懸蕩在椅子邊緣，兩只小巧的鞋子就套在那雙小短腿的末端；在那雙腿搆得到地面之前，可能還需要好幾年的時間。他那對綠色的眼睛閃爍著熱切的光芒，讓人幾乎忽略了遮住他那張天使般小臉的面罩。

男孩的父親檢查著他的安全帶，這也許是第十次了。她可以看到男孩的父親在腦子裡演練著撤離的動作。解開他們的安全帶，在他們走向出口時，將男孩抓在他的懷裡，在他們滑下逃生梯時，讓男孩緊貼著他的身體。那名男子此刻正活在未來，但男孩卻沒有和他同步。

男孩還在飛機上，依然活在當下。他四下環顧著在空中晃動的面罩和閃耀的燈光。喬可以想像他那天使般的小嘴在面罩底下因為驚奇而張大。他並沒有感到害怕。而是驚嘆。

看著眼前這一幕，喬發現此刻的壓力依然沉重。然而，在背負這份壓力的同時，她並未感到痛苦。

隨著一顆綠燈亮起，客艙裡發出一聲叮咚響。喬一邊走向對講機，一邊望著飛機後面，不知道超級老爹為什麼再度打來。

「一切都還好吧？」

「是的，長官。」老爹回答。

她等著他繼續往下說。

「你們的氧氣都沒問題吧？」當他什麼也沒說的時候，她問道。她調整著她的氧氣瓶，讓背上的氧氣瓶換個位置。

「是的，長官。我們把它綁在一邊的肩膀，讓它斜跨在我們的後背上。你呢？」

「一樣，」喬看著凱莉在飛機後段拉緊她氧氣瓶上的繩子，她身邊的超級老爹則手持對講機。「總之，」喬把客艙裡的燈光調亮一級。「我想，我們準備好了。」她看了喬斯普一眼，壓低了聲音。「我這裡沒什麼新的狀況。」

她再一次等待著超級老爹開口。不過，他依然沒有什麼多說什麼。喬需要集中精神。

「好了，我要掛斷了。我們機場見了，寶貝。」

「喬！」他在她來得及掛斷之前喊了一聲。

她認識超級老爹很多年了。不過，當她聽著他努力想要擠出話的此刻，她發現這是她第一次碰到他說不出話來。她看向飛機後面，看著他擦了擦臉頰。

「喬，」他小聲地說。「我現在沒有人可以打電話。」他用空著的那隻手掩住臉，並且在重複這句話的同時哭了出來。

喬聲音顫抖地說，「你這不就打給我了。而我也接了。」

一陣壓抑的啜泣聲在她的耳邊迴盪，雖然她可以感覺到他試圖不讓自己哭出來。儘管她做了最大的努力，她自己的眼睛還是蒙上了一層霧氣。喬看著凱莉從洗手間裡拿了一張衛生紙遞給老爹。他接過衛生紙，對她伸出了一根手指。

「如果你把這件事說出去的話，小姐，我就會告訴FBI說你是恐怖分子的共犯。」

喬聽到凱莉的笑聲，她自己也泛起一絲微笑。「別擔心，老爹，」喬說。「我們會幫你保守秘密的。」

她掛斷對講機，拿出她的手機，打開和提奧的簡訊記錄，開始打字。

比爾把那個毒氣罐從他的斜背包裡拿出來，小心翼翼地放在儀表板上。另一個比較小的瓶子還在他背包的底部。

「我原本應該用來殺你的那些粉末呢？」他問班。

山姆和班雙雙大笑。

「撒在法式吐司上？」班說。「那是糖粉。」

比爾覺得他臼齒的牙根就要被自己緊繃的下巴壓碎了。

「不過那個，」班指著機長面前那個銀色的鐵罐說。「絕對不是糖。聽著，我不能死。有人得在這裡確保你會做出你的選擇。如果你沒有違反規則的話，我絕對不需要洩漏我的身分。你會對我下毒，而我也會假裝死了。不過，我必須要活著，以確保你會讓飛機墜毀。」

比爾搖搖頭，試著要了解。「可是，如果我選擇了這架飛機呢？如果我沒有對你下毒，我們順利降落，而我的家人……」他無法往下想……

「那麼，那就是你的選擇，」班說。「我們會毫髮無傷地降落，然後，我會在今天晚上稍晚的時候舉槍自殺。」

語畢，班對山姆點頭致意，說了一句不是英文的話。山姆也同樣點點頭，重複了那句話。

「你瞧，我們今天會死。山姆和我都會死。這早就決定好了。不過現在，我們的死亡將會讓我們的生命具有目的。」

比爾不屑地搖搖頭。「懦夫才會死於殉道。」

山姆把手機舉高到自己的臉前面，他的臉頰因為企圖保持冷靜而顫抖。

「這和宗教沒有關係，」他說。「唯一的懦夫就是像你這樣的人。你們因為害怕，而不敢面對你們是如何維持和平與特權的真相，以及你們是花了什麼代價來維持這些的真相。」

比爾沒有聽進他說的任何一個字。

他瞇著眼睛看著電腦，專注地看著山姆肩膀後面的東西。新的鏡頭角度讓光線照射到了他們身後，照亮了……木桿？

有了。比爾幾乎屏住了呼吸。

幾年前，當嘉莉從芝加哥搬到洛杉磯時，他們租了一輛搬家公司的車。她不需要太大的車，因為她幾乎把她的家當都賣掉了，因此，搬家公司建議的那輛沒有座位的十六人座廂型車完美地符合了他們的需求。比爾進出那輛車的次數大約有一百次。每次，他都得抓著那些木頭的扶手讓自己爬上車，以至於木桿上的一小塊碎片紮進了他的手裡，整整卡了一個星期。

他的家人在一輛搬家的廂型車上。

24

提奧抬頭看著一架直升機的螺旋槳在商業街上方發出轟鳴的聲響，機上的探照燈照亮了洛杉磯西南邊的街道。直升機來來回回地搜尋，彷彿大海撈針一樣。

「半徑三哩？」

那名探員把一張地圖拉大，指揮中心的廂型車裡瞬間亮了起來。洛杉磯國際機場附近的街道和空拍視角立刻出現在螢幕上。

「不，從兩哩開始。」劉說。

提奧雙臂交叉地站在劉旁邊，他們站在廂型車外面，越過另一名探員的肩膀，看著地圖上的影像在他的操作下逐漸縮小，重新聚焦。即便把範圍縮小到只有半徑兩哩，他們也要花上好幾天的時間，才能把看得到洛杉磯國際機場航班起降的地點一個一個搜尋完畢。鄰近的社區、飯店、購物中心、停車庫。那家人可能的藏身之處範圍實在太大了。唯一慶幸的是，他們只需要搜索三面。因為機場的西邊完全臨海。

「我要我們的小隊前往洛杉磯國際機場的北、東和南面，」劉說。「從最靠近機場邊緣的地方開始。仔細搜尋每一條街，然後繼續往外擴散。叫機場警方搜尋車庫，並且檢查他們的監視錄影帶。」

提奧和其他探員點點頭，開始對著無線電講話，或者按著他們手機上的按鍵。

劉抬頭看著那架直升機。「空降部隊可以從上鳥瞰，」她說。「我們就留在這裡，試著把拼圖的碎片拼在一起。」

停車場另一邊的拆彈小組正在檢查霍夫曼家的SUV。

「你們有什麼可以告訴我的嗎？」劉對著她的對講機說道。

提奧望著停車場。靠近車子的其中一名探員轉過身，拇指朝下地對劉做了一個手勢。

劉的手機響了。她先看完訊息，然後才分享給其他所有人。「華盛頓的第一階段撤離已經幾乎完成了。」提奧知道那意味著最高階的政府官員已經撤離了，繼任順序的官員也受到了保護，而只要一聲通知，特勤局就會立刻將總統送往白宮的地堡。

沒有人說什麼。提奧想到撤離行動的流程。整個局勢正在擴大，受到影響的人正在迅速增加。

「那……一般的平民呢？」提奧問。「民眾知道嗎？有發布官方聲明嗎？」

劉搖搖頭。「不會有官方聲明的——如果我們找到那家人的話。」

一陣噪音突然在他們的耳機裡響起。

「一輛搬家公司的車！又一個摩斯密碼——他說，他們在一輛搬家公司的車子裡！」

一股充滿希望的腎上腺素鑽過提奧受傷的神經末端，讓他那隻傷臂的手指感到一陣刺痛。劉轉向他。「打電話給那一帶所有的搬家公司，看看你能發現什麼。」

提奧走到旁邊，他留意著時間，很快地計算了一下。他估計飛機距離它的最終目的地應該不到一個小時了。

毒氣攻擊很快就會發生了。

比爾的心臟因為一線新的希望而奔騰。他無法正確判斷出他家人所在之處，不過，他正在縮小範圍。如果FBI動作快一點的話，如果他們很快就能找到那輛搬家公司的廂型車，也許，比爾就不需要把毒氣罐丟進客艙了。是的，那把槍依然會指著他的頭——但是，一件一件來。他首先需要他的家人平安。其他的事，他可以稍後再想辦法。

他看著他的家人，但是，他必須閉上眼睛。他無法忍受看著他的妻子雙手被綁，懷裡還抱著一個正在鬧著脾氣、痛苦掙扎的十個月大的嬰兒。儘管他閉上了眼睛，但伊莉絲的尖叫聲卻越來越大；他的孩子，他那毫無反抗力的小女兒。她不知道自己此刻的處境，這實在太不公平了，她的一無所知並非福氣。比爾不知道她的尿布是否應該要換了。

聽到嘉莉哄孩子的噓聲漸增，他終於睜開眼睛。她焦慮地皺著眉，輕輕地搖晃著孩子，但卻沒有任何效果。史考特把雙手放在他妹妹的腳上，輕輕地搔她的癢，不時對她吐著舌頭。不過，他妹妹卻緊閉著眼睛。大把大把的淚水滑下了她的臉龐。

「沒事的，莉絲，」史考特用對嬰兒說話的方式提高了語調，叫喚著他幫妹妹取的小名。「噓，沒事的。你聞到了嗎？營火？我們來假裝我們在露營。和爸爸一起。在樹林裡。」

比爾屏住了呼吸。

「我們會烤棉花糖巧克力夾心餅，然後一起看星星，」史考特說。「假裝，莉絲。假裝。」

比爾緩緩地垂下他的左手臂。他抓著他的手持麥克風，確認麥克風在班看不到的椅子下面。然後，有條不紊地開始輕拍。

伊莉絲叫地更大聲了。

山姆抱走了那個孩子。嘉莉倒抽一口氣，將孩子拉向自己。不過，山姆輕輕地伸出手；不帶威脅感，而是一種想要幫忙的感覺。那孩子從她母親身上轉開，彷彿背叛一般地靠向山姆。在百般不願之下，嘉莉放開了孩子。

看到自己的女兒靠在那個男人的胸前，她的臉頰就貼在那件自殺背心上，比爾不禁渾身發冷。山姆左右搖晃著，彷彿變成了一個節拍器，伊莉絲的身體不時因為哭叫而抽動。他以畫圓的方式揉著她的背，手指之間依然握著那個引爆器。

山姆開始唱歌。旋律很輕柔，雖然憂鬱，卻很甜美。歌詞是外國語，不過，對於嬰兒來說，不管是什麼語言都沒有什麼意義。

班開始跟著唱，他的聲音只大到比爾可以聽見，不過，也只是勉強聽見而已。

伊莉絲的尖叫慢慢轉為了哭泣，過了一會兒之後，只剩下嗚咽的聲音。她小小的身軀在逐漸放鬆之下停止了抽動。當最後一個音符結束時，一切歸於安靜，只剩下山姆還在輕晃著孩子。

在那奇特的一刻裡，沒有人開口說話。

比爾在想，這些人是否對他們的選擇感到了後悔。後悔將這個嬰兒、這個小男孩、這個女人置於這樣的處境。也許現在還不會太遲。即便已經發生了這麼多事情，也許，比爾還可以找出辦法勸他們罷手。他打算要利用這個時刻，然而，班搶先一步開了口。

「比爾，時間到了。」

提奧按下紅色的按鈕，結束通話。這是他聯繫的第七間搬家公司。七個死胡同。

他望向停車場另一頭，看見劉和其他探員目標明確地在行動，不過卻一點也不慌忙。

拆彈小組正在收拾整理，霍夫曼家的車子在探員們的仔細檢查之下，每扇車門都被打開了。

提奧看著工作中的兩支隊伍，他知道他們的行動也和他打的電話一樣徒勞無功。

他手裡的手機震動了。

這裡的攻擊就要展開了。不過，我想要告訴你，我是多麼地以你為傲。一切都會沒事的，提奧。我很愛你。

提奧不想再承擔責任了。他不想要成為這個任務的一部分。他不想要再當個自詡為成年人的小男孩。大人得要處理一切的情況；他們得要解決問題。自從他母親在半夜裡開車帶他們離開他們的家之後，提奧就一直試圖要當個大人。但是，他再也不想這麼做了。

你做得到的，喬阿姨。我們這裡也已經掌握了狀況。現在，那裡就交給你處理了。我也愛你。

一個念頭浮現在他的腦海：我希望那個機長選擇犧牲他的家人。慚愧和罪惡感讓提奧垂下了頭。

在停車場的另一頭，劉和那些探員突然展開了行動。有事情發生了。提奧飛奔出去。等他趕到的時候，他們幾乎已經快收拾完畢了。

「……尋找半徑兩哩之內任何可以生營火的公共場所。公園和……」

「怎麼了？」提奧問羅素。

他們又收到了一個摩斯密碼。那名飛行員說，他的家人可以聞到煙味。營火的那種煙味。

提奧試著從俯瞰的角度想像機場附近的區域。東邊是中央大道成排的飯店。也許其中一家飯店的庭院裡有火坑？南面幾乎都是住宅區。而且距離機場跑道也太遠。北面也是住宅區，而且──

「達克維勒！」提奧大聲地喊出來。他跑向最近的一輛車，不過卻發現沒有人跟著他過來，這讓他停下了腳步。

「達克維勒是什麼？」劉頭也不回地說，她依然注視著指揮中心廂型車的螢幕。

「那是一個海灘，」提奧很快地說。「就在跑道的盡頭──聽著，我會在路上解釋。不過，我們得走了。」

正當其他探員準備把剩下的東西全都收拾完畢時，劉卻伸出一隻手阻止了他們。她指揮那名控制螢幕的探員把關於那個海灘他們所能找到的資料全都抓出來，然後才轉向提奧。

「先看看再說。你瞧，」她指著開始出現在螢幕上的資訊說。「我們正在看。不過，我們沒有足夠的人力，可以派遣探員到每一個你有預感的地方。」

「可是，我們沒有時間——」

「我們沒有時間犯錯。明白嗎？」劉的語氣示意著對話結束。她轉向廂型車。

提奧瞠目結舌，不敢相信自己聽到的。他很確定他知道那家人在哪裡。達克維勒位於洛杉磯國際機場跑道西面的盡頭，是一個公共的海灘。飛機會從它的上方直接起飛，海灘上也有火坑。他知道劉會透過她的調查發現這些資訊，他也知道，她會達成和他一樣的結論。最終，他們會朝著那個方向前進——但是，等他們到達那裡，劉依然還會想要再進行勘查，然後才會包圍那個地區，設立警戒圈。

提奧絕對相信，到那個時候，一切都已經太遲了。

他試著讓自己聽起來很冷靜。「長官，我真的認為——」

一名探員走到他面前。「兄弟，」他壓低了聲音對提奧說。「我知道。不過，你得冷靜。就讓她做她分內的事吧。」

提奧看著他，一時之間感到疑惑，隨即又環顧四周。其他探員也都在看著他。他知道他們並未承擔劉所承擔的責任，也不像他這樣，和這個案子有私人的關聯。他們沒有理由冒險，也因此比較容易支持老闆的決定。聽從命令是安全的作法。

「提奧。」

他轉向聲音的來源。叫他的人是羅素。羅素低頭看著提奧顫抖的手，那支手機依然緊緊握在他的手裡。

「抱歉，」提奧說。「只是因為，我阿姨，你知道的？」

其他探員低聲地表達他們的理解，提奧再度從團體中離開。過了一會兒之後，他回過頭。沒有人在看他。他們全都回到了自己手邊的工作上。

提奧咬緊下巴，走向附近的一輛SUV。沒有人試著阻止他，因為他們從來都沒有想到一名探員會做出他即將要做的事。當他坐上駕駛座發動引擎時，他沒有感到一絲猶豫。他想要身處其他地方、不想要掌控情況的念頭已經完全消失了。他知道，這表示他的職業生涯到此結束。不過，反正無所作為和怯懦並不是他當初選擇這份工作的初衷。

當提奧衝出停車場時，他連頭都沒有回一下。

25

提奧的簡訊讓喬露出微笑。

她把手機放進口袋，背對每一個坐著的人獨自站著。她做好了心理準備，站在駕駛艙的正前面。然後，小聲地為她的外甥、為那一家人，以及地面的救援行動祈禱。

在如此靠近駕駛艙之下，她可以聽到一名飛行員的氧氣面罩在被取出盒子之後發出了氣體的嘶嘶聲。

她知道比爾正在保護他自己免於吸入毒氣，就像客艙裡的他們一樣。只不過，他的面罩是軍用等級的。它的密封效果可以產生一股吸力，罩住他的整張臉，並且毫不費力地將無止境的氧氣輸入他的肺裡。這和用鬆緊帶固定在乘客頭上的那種大量生產的廉價塑膠杯相去甚遠。這種劣勢感覺很不公平。

她再次聽到那陣嘶嘶聲，她猜，他的面罩現在已經固定好了。

時候到了。毒氣攻擊隨時都會開始。

✦

比爾調整著臉上的面罩，然後轉頭看著班把他自己的氧氣面罩帶子套在頭上，隨即鬆開捏緊在面罩兩側的手指。面罩精確地密封在他的臉上，保護住他的眼睛、鼻子和嘴巴。

比爾搖晃著手裡的鐵罐，罐子裡一顆攪拌球在上下晃動中噹啷作響。隨著罐子裡的氣壓累積，他可以感覺到裡面的怪物哀求著將它釋放出來。

等到班調整好他的面罩，比爾停下搖晃的手做為信號。

副駕駛立即豎起了大拇指。

那個噹啷聲是什麼？喬的目光掃描著駕駛艙門，不過，她什麼也看不出來。如果他們的假設錯誤，而那些垃圾袋不管用呢？如果她處理不了呢？如果毒氣讓她立刻就喪失了行動能力呢？如果她屈服了，甚至抵抗不了呢？如果乘客之中有一名共犯會確保毒氣攻擊成功呢？

她回過頭，看著她那六名志願軍。她對他們豎起大拇指，他們每個人給她的善意反應也讓她露出笑容。她並不孤單。

擠在頭等艙角落的喬斯普專注地看著她。他緩緩地揚起下巴。那是團結的象徵，還是一個威脅？喬不知道哪一個才是答案。她也抬起下巴回應，也許兩者皆是吧。

這是她的客艙，她提醒自己。一切都在她的掌控之中。

她轉過身，面對駕駛艙門，吐出了一口氣。她自己混濁的氣息在面罩的塑膠杯裡感覺既溫暖又潮濕，讓她覺得很惱火。這提醒了她，她只是個人類。她需要超越人類。

因此，在開戰前的最後一刻，她決定她將會超越人類。

喬挺直背脊，閉上了眼睛。她的注意力集中在一個小黑點上；這是付諸行動前的平靜。她在心中向流動在她DNA裡好幾個世代的女神、戰士和倖存者行禮，她現在明白，她確實屬於他們。

她聽到了金屬回撤的聲音。

她睜開眼睛。

駕駛艙門的鎖被解除，艙門往內拉開。一片發光的按鈕彷彿一道小瀑布，從天花板流瀉到了地面，駕駛艙的窗戶在黑暗之中宛如一道水平的切口。霍夫曼機長的身體在他的座位上往後拉，客艙裡的紫色光線反射在他面罩的塑膠片上。駕駛艙裡出現一陣動靜。有個東西在空氣中劃過。

當那個罐子從比爾的手中扔出時，喬看到了罐子的細節。那個銀色、小巧到足以讓人握在手裡的罐子噴出了一條白色的殘渣，隨著罐子往外飛得更遠，那道殘渣也逐步消散。

喬伸出雙手，熱切地想要抓住罐子。她的目光一直都沒有離開過它，她看著它朝著她飛來。

就在罐子碰到她的手時，她的後腦遭到一記重擊，讓她重重摔倒在地上。她發出一聲尖叫，眼睜睜地看著那個罐子越過她伸手可及的範圍。罐子撞到隔板，滾落到機上廚房的另一邊，最終在一輛推車底下停了下來。

比爾的手猛然撲向自己的嘴，撞在了他的面罩上，他完全忘記自己臉上戴著面罩了。

喬！

她的叫聲在她停止尖叫之後依然迴盪在他的腦海裡。那個聲音——一種單純出自於人性的恐懼、痛苦和憤怒所發出來的聲音——撕裂了他的良知。

是你，比爾。這都是你帶給她、帶給他們的。

那個畫面在他的腦子裡無法抹去。喬，一如她所承諾的，她準備好了。期待、準備、做好了防護——卻依然措手不及。

她完全沒有看到那個人向她走來，比爾來不及發出警告，艙門就已經重重關上了，門的另一邊爆出了瘋狂和混亂的聲音。

他轉頭看著班，只見班往前傾，望著窗外。他的副駕駛和他一樣，都在大口喘息。

「告訴我那是誰！」比爾大吼。

副駕駛什麼也沒說，山姆也同樣沉默。

✦

所有的事都在同一時間發生，不過卻以慢動作的方式呈現。

喬撇過頭，看著攻擊她的人衝向駕駛艙門。

他對著門又踢又抓，一再地用肩膀撞擊那扇堅不可摧的門，同時不停地在吼叫。他一切的努力都沒有意義。那扇門依然緊閉。駕駛艙並沒有被攻破。這讓喬感到一陣安慰。那名男子從門邊轉向她，一把揪住她的制服，將她從地上抓起來，讓她和他面對面。

「不！毒氣！」喬回頭對著她的第一位志願軍大叫，也就是坐在第一排的那名商務人士。正要趕過來幫她的那名商務人士直接跑進了機上廚房去找那個鐵罐。

大衛用雙手攫住喬的喉嚨，緊緊地掐著她。她錯判了他。她以為她說服了他，以為他是這個團隊的一員。她錯了。

喬的眼睛鼓出，但她依然看著那名商務人士慌張地在機上廚房裡到處亂轉，尋找著那個鐵罐。她試著要為他指出方向，但是，大衛一直猛烈地在晃動她的身體。喬可以感覺到自己因為缺乏氧氣而開始顫抖。不過，當她看著那名商務人士也開始顫抖時，她不禁懷疑這是否真的是毒氣造成的。

「我得進去那裡！」

當大衛對著喬的臉大叫時，白色的口沫從他的嘴裡噴出來，流到了他冒汗的下巴。他佈滿血絲的眼睛泛起淚水，灼燒的感覺讓他不停地眨著眼睛。喬看著他緩緩地被毒氣制伏，細小的水泡在他明顯凸起的血管旁邊冒出來。

「我不准這種事發生！」他對著她大吼。「我不准這種事發生！」

那名商務人士功敗垂成地回到座位上，戴上他的氧氣面罩，第二名身強體壯的乘客，也就是另一名年輕的商務人士，跳上前來和他換手。他一腳跪地，開始在錯誤的推車底下搜尋。

喬試著要指向那輛正確的推車，然而，星星開始在她的視野裡跳舞。她的腦袋似乎無法把訊息發送到她的手。她的視力進進出出，融化在了黑暗裡，然後又再度回來。駕駛艙門關上之後還不到十秒，但是，感覺卻已經過了十輩子了。

大衛在鬆開手時發出一聲吼叫。毒氣已經對他發生作用了。一個鈍物不知道從哪裡飛來，賞了他一個巴掌。喬從他的手掌下滑落，在她的身體撞到地面之前，有人抓住了她。大衛一把倒在了她的腳邊。

喬抬起頭，發現自己在喬斯普的懷裡。他的一隻手抓著一本捲起來的雜誌。他再度揮動那本雜誌，彷彿在使用警棍一般，而這一擊讓大衛失去了意識。

喬把自己從他的懷裡推開，他也許並沒有預期到她會有這樣的力氣，她走過企圖回到自己座位上吸氧的第二名商務人士身邊，然後蹣跚地走向最後一輛推車，鬆開腳煞車，將推車往前拉，再用力撞開推車上的第二道鎖。她失去平衡，往後倒在了隔板上。那輛推車又往後滑到原來的位置，那瓶毒氣也依然卡在推車底下。白色的毒氣彷彿鬼魂般地飄出。

喬斯普明白了，他拉開第二道鎖。隨後將他巨大的手覆蓋在她的手上，一起將推車拉出來，那個鐵罐也帶著一縷毒氣滾了出來。

喬斯普把罐子踢開，讓罐子遠離他們。那名前海軍陸戰隊員已經跪在機上廚房的走道盡頭等待了。她將那只罐子鏟進她的垃圾袋裡，再將垃圾袋綁緊，緊到喬暗自希望垃圾袋不要被扯破了才好。她一個轉身，將綁成一坨的垃圾袋丟進她妻子的懷裡，她妻子已經帶著下一個垃圾袋在等待了。她用力將袋子綁緊，另外再打了兩個結。

喬斯普把大衛拖過機上廚房，讓通往洗手間的通道保持淨空。喬跌跌撞撞地往前走，帶著那名醫護人員交給她的垃圾袋，同時指著她的座位。那名女子點點頭，蹣跚地往後退，她的前海軍陸戰隊妻子立刻將氧氣面罩拉向她。她的妻子協助她戴上面罩，再將面罩壓緊在她的臉上，兩人同時大口吸著乾淨的空氣。

喬斯普撞開洗手間的門，喬很快地將垃圾袋遞給他。他將垃圾袋丟進馬桶，在關門之前用力蓋上了馬桶蓋。喬將他推開，在洗手間前面跪了下來。然後將一條浸濕的頭等艙毯子塞進門底下的縫隙。這是他們的最後一道防線。

喬手腳跪地，沒有留意到她的氧氣瓶已經在她身上轉了半個圈，懸吊在了她的身前。她的面罩現在也覆蓋在她的左耳上，鬆緊帶直接橫切過她的臉。她以最快的速度在處理一切，不過，她的手卻彷彿釘在了地上。她甚至不確定自己有在動嗎？她真的無法辨別。她知道毒氣正在用骨瘦如柴的手指掐住她的大腦。碰的一聲，她撞在了駕駛艙門上。

喬斯普抓住她，將她扶正。然後再把她的面罩轉過來，緊緊地罩住她的口鼻。他用手示意她深呼吸。喬模仿著他的動作，冰涼的空氣彷彿一個巴掌似地刷過她的臉。

喬斯普的臉色蒙上了一層不自然的紅暈，他的眼睛也充滿血絲。喬深深吸了一口氣，隨即扯下她的面罩，將面罩緊壓在他的臉上，喬斯普在塑膠面罩下喘氣，盡可能地吸取更多的氧氣。淚水從他的眼角溢出。他對喬點了點頭。

他站起身，再將她拉起來，她抓著他的手臂，指了指座位。喬斯普點點頭，在把面罩還給喬之前，再度深深吸了一口氣。他把大衛從地上拖起來，彷彿拎布偶一般地將他丟在他的空位上。

喬一邊固定自己的面罩，一邊看著喬斯普。錯判別人的感覺竟然這麼好，這讓她湧起想哭的衝動。

喬四下張望，評估著眼前的狀況。第一名商務人士正在朝著一只垃圾袋嘔吐，嘔吐物已經蓋滿他襯衫的正面了。第二名商務人士看似也快要吐了，他全身發紅，滿頭大汗，抽搐地抓著椅子的扶手，就和坐在他後面那排的那名前海軍陸戰隊員一樣。她的醫護人員妻子凝視著她縮小的瞳孔，幫她量著脈搏。喬斯普坐在走道另一頭，他的呼吸看起來顯然很吃力，他正在檢查自己手上和手臂上的水泡和疹子。在他旁邊的大衛身體往前佝僂，依然沒有意識，不過，他的臉上已經罩著喬斯普幫他戴上的面罩了。

在客艙的分隔板後面，其餘的乘客都坐在各自的位子上，把面罩壓在自己的臉上。大部分的人伸長了脖子，企圖看清發生了什麼事。很多人身體往前傾，雙手合十，兩眼緊閉。他們緊握著彼此的手，淚水滑落他們的臉頰，後排有人發出了一道呻吟。

喬可以看到凱莉和超級老爹乖乖地綁著安全帶，坐在他們的空服椅上。他們從飛機的那一頭往前傾身，看著走道中央的她，渴望能幫上什麼忙。

喬舉起顫抖的手臂，對他們豎起了大拇指。

她的眼前閃爍著星星。一股麻痺的感覺在她的臉上擴散。她蠕動著鼻子和嘴唇，企圖要增加血液的循環。汗水滲出面罩，流到了她的下巴。這是汗水吧？萬一是口水呢？還是她正在口吐白沫？在觸摸不到自己的臉孔之下，她無法判斷自己逐漸痲痺到了什麼程度。

喬突然想到一個潛在的B計畫依然在飛機上。不過，在知道自己還活著、他們全都還活著的情況下，她讓自己稍微鬆了一口氣。

毒氣攻擊事件已經結束了。

此刻，時間是一個模糊的概念，因此，她不知道十二分鐘的氧氣供應被那場攻擊事件耗掉了多少時間。她很確定十二分鐘並沒有完全被消耗掉，不過也很接近了。任何他們來不及堵住的毒氣，應該會在面罩失去功能前消散，而不足以造成傷害。在那之後不久，他們就會降落，防化小組會在地面等待他們，醫療人員也會準備好接手。

一切都會沒事的。

喬點點頭。

一切都結束了。

26

嘉莉渾身都在發抖。

起初，她只是微微顫動，然而，在比爾丟出那個罐子之後，那股顫動就變得更動物性、更加地難以抑制。

當嘉莉的眼淚掉落在伊莉絲的臉上時，那孩子又再度開始哭泣。原本將頭埋在她腿上的史考特，在毒氣攻擊結束之後，也重新坐直。嘉莉卻將他再次壓倒。他的身體在她的重量下發抖，然後，他開始和他妹妹一起哭泣。嘉莉覺得自己幾乎無法呼吸。

山姆發出噓聲，試著要讓孩子們安靜下來，不過，那只是讓他們哭得更大聲，並且提高了這個密閉空間裡的混亂感。他們被逼過頭了。

嘉莉漫不經心地想讓史考特停止哭泣，但史考特抗卻拒地坐起身來。吵雜的哭泣聲突然停了下來，雖然為時甚短，卻足以讓每個人都聽到了他的聲音，「媽？」

史考特盯著他母親的大腿，那裡已經濕成了一片深黑色。他抬起頭，不明所以。媽媽們不應該會尿濕自己的褲子才對。

嘉莉感覺到他的同情和尷尬。她不忍再看下去，於是把頭轉開——直接迎向了山姆的目光。

「我需要去洗手間，」她說，她已經沒有力氣哀求了。「讓我保留那樣的尊嚴。」她壓低了聲音。「不要在我的孩子面前。拜託……」

孩子們的哭聲打斷了她企圖要說的話。山姆看著她潮濕的大腿，再看看從她鼻子裡流出來的鼻涕。她把手搭在他捲起的襯衫衣袖上，而他也沒有把手抽回來。她的聲音近乎變成了耳語。

「山姆，求求你。」

他揚起目光，和她的眼神相遇，不過，那只是一瞬間的交會，她立刻順從地垂下了視線。

「好吧。抱著你妹妹。」山姆對史考特說。史考特笨拙地接過妹妹。山姆四下張望著廂型車裡，發現角落有一條繩索。「過去那邊。這個，抓好。」

他把手機交給嘉莉，指示著把妹妹抱在腿上的史考特滑到金屬的車底板上。兩個孩子一起滑動到車子的另一頭，遠離了後車門。山姆把繩子綁在廂型車內部的一根金屬桿上，再將另一頭綁在史考特纖細的腰上。史考特費力地舉起伊莉絲，以免她被纏住。

山姆用力拉了幾次繩子。好把繩結拉得更緊。

「車子會被鎖上，所以，不要嘗試任何英雄的行為，」他把一根手指放在史考特面前，安靜地說。「如果你敢的話，我就會一槍打爛你媽媽的腦袋。」

那孩子的臉色瞬間發白。

在這一切進行的同時，嘉莉背對著他們，注視著鏡頭，企圖要想出應該如何告訴她的丈夫她不能大聲說出口的話。另一方面，比爾並沒有把注意力放在她身上，他只是看著她肩膀後面，看著那個男人把他的孩子綁起來。

一個記憶閃進她的腦子裡。

他們婚禮之前。那張沙發，她的舊聖經。她父親的筆跡。

所以……每個人都會死。而那並不公平？

是的。

「比爾，」當山姆把孩子綁好之後，她對著鏡頭說道。她的聲音卡在喉嚨，她的雙眼乾涸。「如果你問我是否願意嫁給你？現在？即便發生了這些事？我會說是的。是的。加上重重的下劃線。而且，每個字母都是大寫。」

比爾皺著眉，微微地把頭歪向一側。

就在她看著他試圖要把訊息拼湊在一起時，記憶在她的腦海裡浮現。他們並肩而坐地看著電影，她的手不經意地擦過他的手。她在派對的另一頭看到他正在注視她。第一次聽到他說她是他的女朋友。她對著自己微笑，對自己的決定感到很平靜，然而，螢幕另一邊的比爾卻滿臉蒼白。

她知道他明白了。

鏡頭在他抓著電腦兩邊時劇烈地晃動。

「嘉莉，我不能……我……可惡……」他結結巴巴地說，顯然企圖在想應該如何在不說出來的情況下，說出他需要說的話。他用手撫過頭髮，四下張望著駕駛艙內部，然後停下來直視著螢幕。他坐得筆直，揚起下巴，語氣堅定地開口。

「再嫁給我一次，嘉莉。我現在向你求婚，一如我當時那樣——你是否願意嫁給我？不過，不要光說是的。下劃線。大寫。先不要。再等一下。要有耐心。看看我是否能證明我值得你嫁給我。我向你保證，我會證明的。嘉莉，我向你保證。不要答應我的求婚，直到你相信我值得你嫁給我。」

嘉莉悲傷地笑了笑。「你一直都——」

「好了，我們走吧。」山姆說。

他把手機從她手裡拿走，放在廂型車的地板上。鏡頭靜止不動，向上對著天花板，畫面裡什麼也沒有。

比爾盯著螢幕，眼睛眨也不眨，螢幕上除了一片模糊的深灰色，什麼也沒有，史考特沉重的呼吸聲是讓他知道電話依然沒有掛斷的唯一指示。一聲鑰匙轉動鎖孔的聲音響起。

孩子們被鎖在車裡，他們被綁住了，獨自被留下來，嘉莉被一個瘋子抓走，消失在他的視線裡。而他——他們的父親、她的丈夫——遠在千哩之外，而且隨著每一分鐘的過去，他和他們的距離也越來越遠。

她打算要做某件事，比爾心想。

嘉莉打算要採取行動了。

27

提奧打開警燈和警笛，行駛在前往機場的塞普爾達大道上。雖然每一輛車都紛紛讓道，然而，洛杉磯國際機場附近擁擠的交通狀況，讓車子根本無法靈活操作。一天中沒有任何一刻是不塞車的；即便在最好的情況下，機場糟糕的地理位置和規劃也都令人沮喪。提奧焦躁地在方向盤上輕拍，試著控制住自己的塞車症候群。今天，情況比錯過航班還要嚴重得多。

他的手機開始響了。副局長劉。提奧拒絕接聽電話，螢幕很快就又回復一片漆黑。

時間一分一秒地過去。他計算著目的地還有多遠，企圖藉此分散自己的注意力，不過，在發現他甚至連世紀大道都還沒抵達時，他不禁沮喪地罵出了髒話。這條路線會讓他穿過跑道東端底下的隧道，然後再連接到帝國高速公路，之後，他需要沿著機場另一頭長驅直入，朝著主要的入口——

你這個白癡，他想像著這些路線，突然咒罵起自己。

在無視於前後左右的行車之下，提奧將車子緊急迴轉，輪胎立即發出了刺耳的摩擦聲。一輛迎面而來的車子閃過他，大聲地按著喇叭，第二輛車也緊急地躲開了第一輛車。

提奧踩著油門，他的SUV朝著機場的反方向往前疾衝，輪胎也發出刺耳的聲音回應著他。

他飛馳在路上，其他的車輛紛紛移往右邊的車道，以免擋住他的去路，然而，在不遠處的前方，他看到了一輛閃著警燈的黑色SUV正堵在對向的車流裡。

「你在開玩笑嗎，劉。」提奧自言自語地把車速降到限速之內，並且關掉他自己的警燈和警笛。

當他經過那輛車時，他很快地瞄了一眼，避免引起對方的注意——他看到他的兩名同事伸長著脖子，企圖要找出繞開前方車流的方法。他們一直都沒有留意到他。

他們是來支援他的嗎？或者，在執行任務的過程之中，在性命交關的緊急時刻，劉居然還願意浪費兩名她的探員前來把提奧拖回去？他對她的信任不足以讓他停下來去弄清楚。提奧加快了SUV的速度，將他們拋在了後面。

冰涼新鮮的空氣從開闊的海上吹來，和廂型車裡的悶熱形成兩極的對比。嘉莉望著漆黑的太平洋。海浪以一種冷漠的節奏，不停地拍打在岸上。明天，潮水會退去、再湧進，就像昨天一樣，而後天也依然會如此。在知道這個地球會持續轉動、在知道這個地球終究不在乎之後，她感到一股寬慰。

停車場遠處的沙灘上，一簇篝火朝著星星吐著橘色的火花，同時發出滿足的劈啪聲。一對情侶斜倚在那簇火焰後面的沙灘上，他們的腳撐在灰色的混凝土火坑上，嘉莉深深地吸了一口氣，將那股令人懷念的煙燻味吸入肺裡，不過卻立刻感到冰冷的槍口貼上了她的後頸。

「我沒有要喊叫，」她說。「我只是……在感受。」

「我們快點把這件事給解決了。」山姆說著，拉著她的手臂往另一個方向走。

他們一起走離廂型車，朝著停車場的另一邊而去。在那個角落裡，街燈的燈泡壞了。一堆沙子和沙子底下廢棄的建築設備，在月光下投射出令人毛骨悚然的影子。一隻海鷗停在另一盞街燈上，牠看著他們走過，頭也跟著他們從一邊擺向另一邊。嘉莉用那隻鳥的視角想像著他們兩人：兩個人，裹著炸藥，冷靜地走進黑暗裡。鹹鹹的海風將她的頭髮吹過臉龐，讓她忍不住顫抖。

「之前在屋子裡的時候，你說你原本有計畫，」她說。「但是，你父親死了。」

山姆點點頭。「班和我都準備好了。我們的文件和簽證都辦妥了。我們存錢存了十年。我們的班機也訂好了。然而，就在我們出發前四天，他死了。」

「所以，你就留下來，而班獨自一個人走了？」

山姆點點頭。沙子在他們的腳下發出清脆的聲音。他微微走在她的前方，他們之間的距離剛好讓她可以看到塞在他背後的那把槍，槍柄從他的褲腰露了出來。

「你恨他嗎？」

山姆轉過頭來。「班？」

「嗯。當他棄你而去的時候。」

他們幾乎走到了停車場的盡頭，來到那堆廢棄的石礫前面。

「沒有。從來沒有。是我讓他走的。他想要留下來，他覺得那不公平。事實上也確實不公平，」山姆聳聳肩。「我叫他離開，也讓他把我的錢一起帶走。那會讓他的生活好過一點。我告訴他，他應該先把握住機會，等我可以離開的時候，我就會去加入他。而十七年之後，我做到了。不過當時，我就是無法離開。」

「不過，你的家人呢。發生了什麼事？阿瑪德發生了什麼事？」

她說完這句話之後，那個么弟的名字、那個最深的傷口懸浮在空氣裡。她立刻就知道，這句話會帶來她預期的效果。她有心理準備了。

當他轉向她，在即將打中她之前停下手時，他脖子側面的脈搏明顯地在搏動。她畏縮了一下，企圖要逃跑，但他卻抓住了她的下巴底下，一把將她拉回來，他的手指掐住了她的脖子。他把她拉近，將她的頭轉向一側，嘴唇湊在她的耳朵上。他的呼吸在她的臉頰上留下了一片濕氣，當他的手指陷進她的皮膚時，她忍不住發出了叫聲。

「不要在這裡提起他的名字。」山姆在她的耳邊低聲地說。

不要抵抗。不要抵抗。不要抵抗。嘉莉絕望地想要抑制住自己的本能。她閉上眼睛，把注意力集中在不停拍打在岸邊的海浪聲上。

他緩緩地鬆開了手，直到完全放開她為止。她踉蹌地往後退，深深吸了好幾口氣。她彎下腰，雙手撐在膝蓋上，將目光挪開。

山姆朝著那堆石礫做了個手勢。

「快點。」

交通號誌燈轉為黃燈。提奧往前加速之後，才想到要看看左右兩邊。在他開到交叉路口之前，燈號就已經轉為紅燈，不過，他還是闖過去了。

在他左邊，一架飛機正在洛杉磯國際機場北邊的跑道做起飛前的滑行。提奧看了看自己的車速。時速七十五哩。路上的限速是三十五。看著飛機的輪子離開地面，提奧重重地踩下油門，時速表上的指針衝過了八十。

威斯徹斯特林蔭大道和機場平行。路上的交通流量不大，僅有的幾輛車在聽到警笛、看到警燈時，全都順從地減緩車速、靠向右線。提奧環視這個地區，渴望看到視覺上的提示來彌補他記憶上的遺漏。他上次走這條路已經是很多年以前的事了。這個地區現在看起來和他記憶中的模樣已經不同了。

小時候，每當他的家人要去海邊，就必然是到托斯海灘。托斯海灘在六〇年代曾經是衝浪聖地，不過，在蓋了礁石堤防來防止海灘侵蝕之後，曾經為這裡帶來人潮的海浪就消失無蹤了。現在，這裡只是一個當地人的海灘，風平浪靜，有著一條蜿蜒的腳踏車道，以及寥寥無幾的觀光客。

提奧氣餒地捶著儀表板，一陣激烈的疼痛席捲過他的傷臂。這股疼痛讓他感到高興。他活該，誰叫他如此愚蠢，竟然花了這麼多時間才想到。

托斯會連接到達克維勒。

眼前就是這條路的盡頭了，提奧又碰到另一個紅燈。他減緩速度，確認是否有來車，不過，他並沒有看到任何車輛。他重新加速，開始在紅燈之下右轉，並且在轉彎的時候抬頭瞄了一眼街名。博辛街。他覺得那條街也許——

在他看到那輛車之前，他已經聽到了煞車聲。

輪胎發出了刺耳的聲音，下一秒，那輛車就全速撞上了他的SUV，直接撞在了駕駛座後面的那扇門。那輛車失控地旋轉，直到它撞到另一個東西——某個巨大的、金屬的東西——那股撞擊的力道讓提奧的SUV旋轉到了反向車道。在一聲巨響之下，粉碎的玻璃彷彿下雨般地灑落在他身上，隨之而來的是一陣冰涼的空氣。

有一會兒的時間，他身邊的一切彷彿都靜止了。冰涼、安靜。提奧連動也沒有動一下。

他用沾血的手指解開他的安全帶，然後伸手去抓門把。門把沒有移動。車門卡住了。他猜，他的車被另一輛車的底盤卡住了。一陣煙從碎裂的窗戶滲進車內，讓提奧忍不住咳嗽。

他爬到後座，警覺到自己渾身都在痛——不過，他繼續往前爬。他試了試車後門，然而，它們也一樣卡住了。

破裂的玻璃讓車後窗看起來就像一張蜘蛛網。提奧爬過後座。在這裡，他可以在狹窄的後廂空間裡彎腰站起身。提奧用完好的那隻手臂保持自己的穩定，然後縮回左腿，用力踢向玻璃。在第三次的時候，車窗發出了粉碎的聲音，灑在了他的腿上。提奧從車後爬了出來，大口大口地呼吸著新鮮的空氣。

一個陌生人跑向他。「你沒事吧？你需要坐下來。救護車已經在過來的路上了。」

提奧聽到了他的話，不過，他看著現場，他的耳朵連一個字也沒有聽進去。三輛車。其中一輛側翻了。還有一輛摩托車。全都損壞了。破碎的玻璃和扭曲的金屬板四下散落。五、六個人倒在地上，呻吟著。旁觀者站在他們的車子旁邊，一副無助的模樣。

無助。

霍夫曼家。

他得繼續往前走。

提奧閃開了那名企圖要讓他坐下來的男子，轉而走向他自己翻倒的車。一對年輕夫妻蹲在地上和被卡在車裡的駕駛說話，那名駕駛依然被她的安全帶綁著。她仍然保有意識，不過，全身都覆滿了血。他們叫她不要動。

「她還好嗎？」提奧問。

他們點點頭。「我想是吧。」那名丈夫說。一陣警笛從遠處傳來。「撐著點，」那名丈夫對著駕駛說。「救援就快到了。他們會把你弄出來的，好嗎？」

警笛越來越大聲。那有可能是救護車——也可能是FBI。提奧需要趕快離開。在一片混亂中，他走向那輛側躺在地上的摩托車。車鑰匙還掛在發動器上。

在任何人來得及阻止他之前，提奧把摩托車扶正，跨坐了上去。他把車換到空檔，打開緊急開關，然後抓住離合器，按下啟動的按鈕。彷彿奇蹟一般地，引擎斷斷續續地發出了平穩而低沉的聲音。提奧鬆開離合器，稍微地催了點油門，摩托車立刻就動了起來。

自從大一那年用他室友的老摩托車學騎車之後，提奧就沒有再騎過摩托車了，不過，他很快就上手了。不出多久，提奧已經在風中瞇著眼睛，騎著那輛摩托車奔馳在街道上，當他在車輛之間閃躲時，陣陣的喇叭聲朝著他轟鳴響起。但提奧完全不加理睬。

不過，他的手臂就讓他很難不加理睬了。要騎摩托車就代表單手駕馭不是一個選項。當他把左臂從吊帶裡抽出來時，那股痛楚讓他差點就失去了對摩托車的控制。他用右手控制了油門和前輪的煞車，這讓他很慶幸受傷的不是那隻手臂。他的左手顫抖地輕握在車把上，費力地保持著穩定和平衡。晃動的前輪在行進中顯得岌岌可危。

提奧掃視著前方的街道，他確定下一個交叉路口就是他需要左轉的地方。他的前方有一輛車：那輛迷你廂型車正在等待一名慢跑者通過交叉路口，它才好轉彎。提奧稍微催了催油門，並且將車檔提高。當提奧切進那輛廂型車的內側時，廂型車正在左轉。廂型車猛然轉向右邊，讓輪胎發出了尖叫。那名慢跑者嚇得跳到路邊，勉強閃過了突然轉向的廂型車。摩托車搖晃了一會兒，才在提奧加速駛進住宅區時重新恢復了平衡。

這一帶和提奧記憶中一模一樣：蜿蜒起伏。他穿過迷宮般的街道往海岸前進，他知道他還需要左轉一次，然後再右轉，接著就會連接到一條便道。那條便道和海灘平行，路的盡頭就連接著達克維勒的停車場。

他只需要找到那條正確的街道。

提奧放慢速度，看著左右兩邊，然後闖過一個停車再開的號誌，開始爬上一個陡坡。他沒有時間小心翼翼地騎車——不過，他很清楚他現在既沒有安全帶，也沒有戴著安全帽。

他從山坡的另一邊往下騎，把注意力集中在前方的第二條街道。他以為就是那裡了，然而，當他騎過第一條街時，他的記憶庫攪動了一下。

第一條街。那才是他應該轉彎的地方。他剛剛錯過了那條街。

提奧猛然煞車，轉動著車把。後輪在摩托車原地旋轉的時候，在地上留下了一道半圓形的黑色胎痕。提奧加速地往回騎向正確的轉彎處，在此同時，一輛車子開上了他前方的坡頂。

在即將撞上摩托車之際，那輛車緊急煞車地轉彎到對面車道，提奧在車頭燈的照耀下瞇起了眼睛，將摩托車往右傾斜。那輛車衝到路邊，在一聲巨響之下撞上了一根消防栓。當摩托車搖搖欲墜地駛過馬路時，提奧放下腿，死命地想要保持平衡。他回頭看著消防栓的水柱在那輛撞爛的車身前噴向空中，至於那名駕駛，正忙著在那輛撞毀的車子裡和安全氣囊角力。

提奧繼續往前上路。

摩托車疾馳過一幢幢坐落在街邊的百萬豪宅。提奧知道，海洋就在另一邊。前方不遠處，海風將沙子吹過馬路，路上的一根燈柱上掛著一塊反光的藍色標示。上面寫著，**海灘**，外加一個箭頭。提奧立刻催促著油門。

他幾乎就要到了。只要抵達那條便道，等著他的就是一條筆直的道路。他可以在幾分鐘之內就趕到那家人所在之處。

如果他們在那裡的話。

當他想起從他離開FBI團隊之後所發生的一切，提奧心裡不禁升起一抹疑慮。萬一他錯了呢？萬一那家人不在那裡呢？提奧搖搖頭。不。他們必須在那裡。他們一定得在那裡。

那條街就在眼前了。提奧朝著轉彎處加速，不過卻立即緊急煞車。當摩托車停下來、差點撞上阻擋車輛進入那條便道的防護路障時，他的身體差點就飛過了車把。一根根高度及腰的金屬立柱緊密排列，讓摩托車無法從中間的縫隙通過。這是一條死路。

「不！」提奧的喊叫聲被他前方沖刷在沙灘上的海浪聲淹沒了。他站起身，雙腿跨在摩托車兩邊，氣喘吁吁的他顧不了身體的疼痛了。那棟房子稍早爆炸的畫面浮現在他的腦海裡，接著是霍夫曼一家的照片。

提奧在摩托車上坐下來，他將車把扭正，再度上路。

他在這個社區裡繞行，勘查著附近的地形，尋找著備案。從這裡步行到達克維勒還太遙遠。他需要讓摩托車繞到這些房子的後面，才能抵達那條便道。

前方有一輛堆土機停在一片建築工地的垃圾桶前面。一絲希望讓提奧立刻重新加速。當他來到工地時，他瞇起眼睛勘查著地形，然後發現混凝土的地基上豎立著一根根木頭和鋼鐵的支架。

不過，透過那片工地，他看到了更重要的畫面：海灘和那條便道。

提奧沒有多想，立刻就騎到路邊，把摩托車騎上工人用合板鋪在地基上的臨時斜坡。他小心翼翼地騎著摩托車，緩緩穿過那幢狹長的房子，並且為了避開從地上凸出來的金屬管而頻頻地左閃右閃。這些金屬管所在之處，不久之後就會變成廚房和洗手間了。在地基後面，多餘的管子就躺在金屬鷹架上面。提奧瞪大雙眼，打量著這片空地。

他盡可能地把頭壓低，從那些管子底下騎過。在他幾乎就要通過的時候，一個分神，他的腳踢到了鷹架的邊緣。摩托車劇烈地滾向一側，提奧被甩下車子，摔落在不遠處的沙堆上。鷹架和管子開始崩落，失控的金屬碰撞聲彷彿一場嚇人的合唱。提奧踉蹌地走回摩托車，將車子扶正，離開了工地。

當提奧把摩托車推向那條便道時，他的鞋子陷入了沙裡。「你敢。」提奧在聽到引擎開始發出劈啪聲響時說道。他跨騎到摩托車上，車子卻發出了呻吟，彷彿在抗議一般，提奧這才注意到前輪上插了一根釘子。他稍微催了一下油門，但摩托車卻只是緩慢地前進。

他握住兩邊的車把，發現他的雙臂已經開始在發抖，他的左手臂也完全痲痺了。他把這些全都掃出他的腦海。他身體上的創傷；他完蛋的職業生涯；他這一路上造成的那些破壞；在屋子爆炸之前，那名參選人對著他點點頭、信任他的畫面。提奧強迫自己把這些念頭全都從腦海裡踢除。他需要專注在那家人身上、需要專注思考他要怎麼做才能幫助到他們。只有這個才是他現在需要專注的。

摩托車的前輪已經完全扁了，金屬的輪輞刮過混凝土表面。在引擎破敗的聲響中，一縷白煙從引擎冒了出來，摩托車開始不規則地晃動。隨著一聲哀傷的嘆息，摩托車似乎自動熄火了，只能靠著殘餘的推動力往前滑行。

提奧挫敗地抬起頭，他看到不遠處有一棟建築物。那是類似市政維修站之類的地方——他知道，達克維勒海灘就在那棟建築物的後面。

提奧把摩托車扔在沙地上，拔出手槍，同時開始狂奔。隨著他越來越接近，那棟建築物的形狀也變得越來越明顯：面向大海的那一邊是堅實的牆壁，而背面則是用來停放市政維修車輛和其他設施的開放區域。那條便道繞過了建築物的背面。而建築物的後面，就是達克維勒第一座停車場的盡頭。

在建築物的掩護下，他把槍舉到防禦的位置，沿著建築物的後面往前走。除了少數幾輛卡車和車後裝了一具海灘耙子的大型拖拉機之外，那裡幾乎是空的。沒有燈光，也沒有人。

他放慢腳步，背抵著牆壁，緩緩靠近建築物的末端。他小心翼翼地從角落探出頭，掃視著眼前的空地，尋找是否有搬家公司的車輛，然而，映入眼簾的景象卻讓他呆住了。停車場的盡頭有一名女子，彎著腰，雙手支撐在膝蓋上，一名男子站在一旁密切地盯著她。即便從遠處看，提奧也可以看出他們兩人都穿著爆炸性的自殺背心。

提奧屏住呼吸地環視著停車場，瞄到了遠處的一輛廂型車。不過，嘉莉和那個嫌犯在做什麼？當她站起身時，那名男子朝著一堆看似廢棄的施工路障做了個手勢。她隨即走向那堆東西。

提奧繞過角落，躲在了一輛卡車後面。

嘉莉走向那堆石礫，試著要解開她牛仔褲上的扣子，然而，她被綁住的手怎麼樣都無法完成這個任務。她顫抖的手指無法在那種尷尬的角度下擰開鈕扣。她只能走回山姆面前。

「抱歉，能幫點忙嗎？」她溫順地問。

他看著她濕答答的褲子和褲子上的鈕扣，當他走過來幫忙時，看起來似乎有點焦躁和尷尬。

當他把手放在她的腰際附近時，她別開了視線。

他在扭動鈕扣時也和她一樣地笨手笨腳；那顆鈕扣似乎很頑固，而他的手也被其他東西佔滿了。他把引爆器放進口袋，抓住那顆金屬的小扣子，將它從鈕扣孔裡彈出來，就在此時，嘉莉用力將膝蓋踢向他的胯下。他瞪大了眼睛，發出一道呻吟，隨即痛苦地彎下了腰。嘉莉衝上前，從他的口袋抓出引爆器。然後往後跳開，閃到他抓不到的地方。

他們張大眼睛瞪著彼此，兩人都在重重地喘氣。嘉莉用被綁住的雙手將引爆器夾在手掌之間，她的手指緊緊地包覆住引爆器，一如山姆稍早掐住她的喉嚨一樣。他臉上的神情告訴了她，無論他有什麼計畫和詭計，無論他準備了多少備案，他都沒有預料到會發生這樣的事。

只要她按下按鈕，孩子們就安全了。飛機也可以降落。她會讓比爾得到寬恕。事情必須如此。這是唯一的解決辦法。

「阿瑪德發生了什麼事？」她問。

他微微地揚起眉毛，隨即露出慘敗的神情。彷彿讓別人進入他的記憶，遠比綁架她的家人和製造墜機事件還要困難。

「我在2019年的時候到了洛杉磯，」山姆的語氣既陰沉又忿恨。「那簡直就是天堂。陽光、海洋。一切是那麼他媽的乾淨。我做到了。我們一起做到了。終於。這一切。生活是……那麼地不同凡響。」

「一個月之後，你們的總統下令從敘利亞北部撤軍。那裡是我們庫德斯坦的一個小地方。撤軍無異於對土耳其亮了綠燈，讓他們可以攻打我們。他們在幾天之內就來追殺我們的同胞了。」他帶著一絲陰沉的笑容搖了搖頭。「再一次地遭到背叛。又一次地被拋棄。在我們犧牲了那麼多之後、在我們和你們一起對抗、為你們摧毀ISIS之後——我們失去了一萬一千名人民保護聯盟的戰士來為你們擊敗ISIS。一萬一千。而你們卻做出了那樣的決定。你們就那樣地背叛了我們。

「當班和我從新聞上看到我們的城鎮時，我們花了三天的時間才聯繫上家鄉的人。你知道我們家族死了多少人嗎？」

她沒有回答。

「全部，嘉莉。每一個人都死了。為了讓我們辨識屍體，我們都收到了照片。我對我母親最後的印象是她腫脹、腐敗的屍體。水泡覆蓋在她的嘴唇上。她的皮膚上佈滿燒傷的痕跡。阿瑪德，我最小的弟弟。橫躺在她身上。口吐白沫。化學武器造成了黃色的膿。我弟弟的最後一個動作是企圖要保護我母親。」

他噙著淚水，瞇起眼睛看著她。她握緊了抓著引爆器的手指。

「你知道撤軍的事嗎？」他問。「還有隨之而來的攻擊？」

她覺得自己的臉因為羞愧而漲紅。她搖了搖頭。

山姆點了幾次頭，交叉著雙臂。「我相信你當時應該很忙吧。也許工作的期限就要到了。史考特要練習棒球。我敢說還有朋友要到你家吃晚飯。或者，也許你在新聞上看到了這件事，不過，你懶得理睬。那只是某個貧窮的國家而已。只是一群窮人而已。那種攻擊剛好發生在那裡。事情就是如此。」

他的音量開始提高。

「我知道那就是你的反應，因為那是我親眼所見。我人在這裡。班也是。我們很安全。我們身處在一個不會發生那種攻擊的國家。我們看到你們依然享受著你們的健康奶昔，持續去上健身房。我們看著你們在自拍，去度假。我看到一個成年女子哭得歇斯底里，我是說，當她看到一隻狗被車子撞到的時候，她在草地上歇斯底里地滾來滾去。而我所能想像到的，只有她在看到我們村莊遭到滅絕時直接轉台的表情。厭倦。不屑一顧。我指的就是那份特權。」

他咆哮地說出那個字眼，他所說的真相讓嘉莉感到畏縮。那個引爆器就在他們之間。

「阿瑪德。我的小弟。我之所以從來沒有為我失去的那些年感到後悔，就是因為他。他是我生命中最大的驕傲。但是他被奪走了，從我的生命中被奪走了，因為這個國家把他、把我們的人民視為無物。無關緊要。只是一群可憐的人，一群他們可以對之為所欲為的人。」

一陣海浪捲起。又一陣。

「山姆，」嘉莉堅定的聲音裡充滿溫柔。「我了解你為什麼這麼做，但是，這並不能合理化你的行為。」

他沒有回應。只是對著她眨眼。

「你絕對有權生氣，山姆。換成是我，我也會。可是，你的罪惡感不能——」

「我的罪惡感？」他大聲吼道。「我的罪惡感？那你的罪惡感呢？你和你的無知，以及你的無所作為。這個國家和你們思考的方式——」

「可是，山姆！你當時也和我們一樣，都在這個國家！」

嘉莉立刻就發現了自己的錯誤。他每一分鐘都在為自己離他們而去、無法保護他們而感到自責，因為他也拋棄了他們，因為在他們痛苦的時候，他卻在過著舒適的生活。這些全都寫在他的臉上，倖存者的罪惡感對他帶來的重大打擊，全都暴露在了她的眼前。

他所能做的只是點頭。他的內心出現了某種改變。「你說得對，」他終於開口。「你是對的。但是，這有改變我的想法嗎？」他大笑地環顧四周，不懷好意地用力搖了搖頭。他指著那個引爆器。「你的小把戲很可愛。你的心理遊戲也是。不過，你忘了，我手中還握有籌碼。你的孩子還在我的手裡。」

嘉莉渾身發冷。

「那就代表著——我不需要你。」

山姆從他身後掏出那把槍，指著她的頭，他的速度快到她來不及反應。

她想都沒有想地翻開引爆器上方的塑膠安全保險，將拇指放在那個按鈕上。

一道槍聲響起。海鷗衝進了夜空。

山姆彎曲身體，鮮血從他左大腿的傷口噴出。他大叫一聲，跪倒在地，手中的槍也掉在了他身邊。

嘉莉立刻把槍踢開，只見那把槍滑過蓋滿沙子的柏油地面，滑出了山姆伸手可及的範圍。她轉過身，看到一名穿著防彈衣的年輕男子跌跌撞撞地衝下坡道，朝著他們跑來。

「FBI！」男子大聲喊道。

刺耳的輪胎聲劃破空氣。嘉莉猛然轉身，發現兩輛黑色的SUV加速駛進了停車場，朝著那輛搬家公司的廂型車而去。

山姆站起身，笨拙地跑向海灘，在揚起的沙塵裡，一道鮮血沿著他的足跡留在了沙灘上。

「我去追他，」那名FBI探員一邊跑向海灘，一邊大聲地對她說。「快走！」

嘉莉撕開背心上的魔鬼氈，拔腿奔向那輛廂型車。脫下背心之後，她暫停腳步，小心翼翼地把背心放在柏油地面上，再將引爆器放在旁邊。一群武裝的探員從SUV裡湧出，將那輛廂型車團團圍住，嘉莉朝著他們舉起雙手，顯示自己並沒有威脅。

「他需要幫助！」嘉莉大聲叫道。「另一個人。他們在海灘上。快點！」

28

螢幕另一邊傳來的遠處槍響懸盪在駕駛艙的空氣裡。比爾和班往前傾，一股絕望抓住了他們兩人。

「媽咪！」

嘶的一聲，比爾扯掉了他的氧氣面罩。從駕駛艙門底下滲入的毒氣幾乎不可能對他造成傷害——而且，在現在這種時候，他也不在乎了。比爾抓住電腦兩側。「小兄弟。沒事的。我在這裡。」他說。

小男孩吸著鼻子的聲音充斥在駕駛艙裡。「媽咪。媽咪。」

有東西撞上了廂型車。孩子們嚇得尖叫，兩名飛行員也跳了起來。

「史考特！媽咪在這裡，」嘉莉微弱的聲音傳來。「寶貝，媽咪在這裡。」

金屬撞擊的聲音從廂型車外傳來，每撞擊一下，螢幕就跟著抖動一下。嘉莉和史考特都在尖叫，直到廂型車的門突然被打開，黃色的光線掃進車廂裡。一道模糊的身影跳進車廂，踢走了手機，也擋住了鏡頭。

「沒事了，」嘉莉一遍又一遍地哭著說。「一切都會沒事的。」

那名嫌犯雖然拔腿先跑，不過，他受傷了，而提奧又是跑得比較快的那一個。

提奧把槍收進槍套。不管發生什麼事，他都不能在兩人雙雙移動之下開槍。那個人全身綁滿了炸藥。提奧沿著海灘追趕，一點一點地縮小他們之間的距離，直到他近到可以碰到對方為止。在最後的衝刺下，他撲向嫌犯的後背，嫌犯在他的重量壓制下摔倒，兩人一起滾到了地上。儘管兩人的身體都受了傷，他們依然扭打成一團，企圖要奪取控制權，白色的沙子捲入空中，黏在了他們的皮膚上。淌著鮮血的手腳顧不得疼痛地猛烈攻擊著對方。

那名嫌犯滾向提奧，準備揮出一拳，不過卻暴露出自己的腹部。提奧見機立刻用手肘撞向男子的腹部，這一撞剛好撞在了男子的肋骨底下。男子蜷曲著發出一陣呻吟。

透過眼角，提奧看到支援的探員正在從遠處跑向他們，他們頭盔上的頭燈在海灘上投下了晃動的光影。

提奧翻滾到側面，將那名嫌犯拖到自己身上，再用左腳纏住他的腰。他將自己的左腳伸到右膝底下，固定住嫌犯的身體，然後將雙臂交叉成數字8的形狀，圈住嫌犯的脖子。嫌犯在來得及意識到發生什麼事之前，已經被這一記裸絞夾頸的招數弄得動彈不得了。除了不停撲打提奧的手臂之外，他什麼動作也做不了。

提奧的吊腕一定在打鬥過程中的某個時候完全鬆脫了，但是，他並沒有注意到。他的手臂已經抽痛了一整天，不過，此刻，一股冰涼的痲痺感取代了那股劇痛，他猜自己應該是處在腎上腺素劇增的震驚狀態之下。

那些支援的探員越來越接近，在他們逼近的同時，提奧可以看到他們的槍都握在手裡。

「不要開槍！」提奧大聲喊道。

他在他們晃動的頭燈底下瞇起了眼睛。

在分神之下，提奧沒有注意到嫌犯的手抓向了沙子。男子將手中滿滿的沙子拋向提奧的臉，讓他什麼也看不到。提奧拚命地眨眼，雙臂在空中揮舞，試著要感覺嫌犯在哪裡。

「趴在地上。趴下來。」

其他探員的喊叫聲聽起來就在近處，他們幾乎已經到了。

「不要動！」就在提奧感覺他們已經來到身邊之際，一名探員對著其他人大喊。援軍已經抵達，嫌犯現在寡不敵眾了。然而，那名探員聲音中的慌張告訴了提奧，情況不妙。

提奧的眼睛分泌了大量的淚水，不過，他的視線逐漸聚焦了。提奧從腰際抽出襯衫，將眼睛擦拭乾淨。他的手掠過了腰際的槍套。

槍套裡是空的。

在視線恢復之下，提奧看到了自身的危險。

除了他以外的五名FBI探員，全都舉槍對著嫌犯。

那名嫌犯面對著他們，他手中握著提奧的槍，對準了那件自殺背心。

提奧的胃一沉。如果這傢伙按下扳機的話，他們每個人都死定了。

「把槍放下，我們不會在逮捕你的過程中，對你造成進一步的傷害。」提奧的聲音遠比他自己感覺到的還要堅定。

「進一步的傷害？」那名嫌犯重複著他的話，嘴角浮現隱隱的笑容。

「沒錯。」提奧說。「我向你保證。」

男子輕笑一聲，他瘋狂的笑容逐漸蕩漾開來，露出了沾血的牙齒。他的重心傾向右邊，以減輕左腿的負擔，也就是被提奧射傷的那條腿。他把頭轉向海洋，過了一會兒之後才抬頭望向星空，重重地吐出了一口氣。「你的保證……」他說。「你知道嗎，在我的家鄉，我們有句俗話。『沒有朋友，只有山巒。』你知道那是什麼意思嗎？」

「我不知道那是什麼意思，」提奧緩緩地說。「不過，你何不把槍放下來，我們再來聊聊那是什麼意思。」

那名男子大笑。然後低聲地說了幾句話。

「什麼？」提奧說。

男子的臉突然轉為憤怒，他開始吼叫。「我知道你們為什麼這麼做，但是，這無法讓你們的所作所為合理化！」他一遍又一遍地吶喊，直到他的聲音嘶啞。盈溢在他眼眶的淚水，開始沿著他的臉龐落下。

提奧沒有回應。沒有人做出任何反應。

那名嫌犯環視著眼前的探員，然後再低頭看著自己身上的那件背心以及他手中的槍。他似乎終於明白了自己在哪裡，發生了什麼事。一絲悔意掠過他的臉，不過，只是一下子而已，他的內心似乎立刻又轉變了，彷彿突然想起了什麼事一樣。他再次大笑，不過，不再是剛才那種瘋狂的笑容。那是 道柔和的、驚訝的噓聲。

「現在，只有我才能做出選擇。」

他緊蹙眉頭考量著眼前的情況。過了一會兒之後，他似乎覺得好笑地嘆了一口氣。他抬起頭，凝視著星星，小心翼翼地把槍管貼在他的下巴底下，扣下了扳機。

29

兩名飛行員可以在手機另一端聽到廂型車裡的混亂和騷動，不過，他們什麼也看不到，因為手機的鏡頭依然對著天花板。

「女士。你有受傷嗎？孩子們有受傷嗎？」一個聲音響起。鏡頭上方有個身影爬過去。

「我們沒事，」嘉莉說。「我們沒事。」

車外有人把手機拿起來，鏡頭隨之晃動，大量的光線湧入鏡頭。一名女子出現在畫面上，她嚴肅而勝利的笑容佔滿了整個螢幕。

「霍夫曼機長？我是FBI的蜜雪兒．劉。你的家人——」

一道微弱的槍聲響起，她突然停下來，比爾也畏縮了一下。

劉急著要弄清發生了什麼事，在她的移動下，鏡頭的角度也跟著往下垂落。接著是一片混亂、喧囂和靴子跑動的聲音。無線電沙沙的噪音伴隨著一陣上氣不接下氣的人聲傳來。「嫌犯死了，」一名男子在報告。「舉槍自殺。」

手機動了一下，那名女子歡欣的臉又回到了螢幕上。

「確定了！我們拿下他了，先生。結束了。」

她對著鏡頭興奮地喘息，隨即瞇起眼睛仔細地看著駕駛艙裡的景象，她的笑容消失了。

「那是槍嗎？」她問。

「切斷畫面，」班刺耳的聲音響起。「切斷畫面！」

比爾在闔上筆電時，聽到了嘉莉尖叫著他的名字，通話中斷了。

比爾沒敢移動。他可以感覺到那把槍就在他的頭旁邊。不過，他對那股威脅幾乎無感，反而覺得一股暖流在他的體內擴散。

他的家人安全了。

他慢慢地轉過頭，看著班。

班年輕的臉上毫無表情，完全沒有透露出他的情緒。他盯著闔上的筆電，淚水從那雙空洞的眼裡流下。他最好的朋友死了。在這個世界上，他已經無依無靠了。班彷彿從過去的自己走了出來，變成了某個全新的人。情況出現了重大的改變，這讓比爾擔心那有可能意味著什麼。

比爾不想先開口，而且，他需要謹慎面對。他的家人也許安全了，但是，那根槍管告訴他，這件事根本還沒有結束。比爾依然需要讓這架飛機安全落地。

班的視線依然停留在電腦上，不過，他終於開口說話。

「行動是會帶來後果的，比爾。我們告訴過你……」

他轉向他的座位右邊，聲音逐漸變小。比爾聽到拉鏈拉開的聲音。班在他的單肩包裡摸索了一會兒，然後轉過頭來再次看著機長。

比爾低頭看著班的手，他感到自己的鼻孔因為猛然吸了一口氣而擴張。那是另一個毒氣罐。

比爾說不出話來。最後，他終於擠出一個字。「不。」

班靠過來。那把槍碰到了比爾的頭。

「不？」班說。「我想，『不』已經不再是個選項了。」

「我不會再一次對他們施放毒氣。這不是我們原先說好的。」

「你把事情告訴客艙組員或當局，或者殺了我最好的朋友，那也都不是我們事先說好的。我們告訴過你：行動是會帶來後果的。現在，把這個拿去，為你的錯誤付出代價。」

比爾往後靠，拉開自己和毒氣罐以及那把槍的距離。他把雙手舉高。

「我絕對不會——」

班解開自己的安全帶。一腳跨過中控台，俯身看著機長，槍管在壓住比爾的額頭時晃動了一下。

比爾可以感覺到自己依然打開的雙臂開始在發抖。班佔有絕對的優勢。他有槍。而比爾必須活下去，因為班絕對會讓這架飛機墜毀。

「好吧，」比爾低聲地說。「好吧。」

他緩緩地移動，伸出手，接過那個毒氣罐。

班這才往後退去，那把槍也離開了比爾的額頭。

比爾突然坐直，從手腕處抓住那隻握槍的手。他用盡最大的力氣扭住那隻手，不過，坐姿卻讓他難以施力。班發出呻吟，他握住槍的手滑了一下，扣在扳機上的手指也跟著鬆開了——不過，他依然努力地把槍抓在手裡。

比爾的手指依然緊扣著班的手腕，他只能猛烈扭動自己的手腕。

班用握住毒氣罐的另一隻手重擊比爾的頭部。每一次的撞擊都讓毒氣罐裡的攪拌球跟著發出一聲清脆的聲響。一次又一次地，金屬相互碰撞和肌肉相互撞擊的聲音迴盪在駕駛艙裡。

比爾用力地扯動班的手腕，他感覺到班握著槍的手越來越鬆動。只要再一次——

班手中的金屬罐重重地落在比爾的太陽穴上。

比爾的視線在一陣痛楚之下變得模糊，不過，他依然緊緊地抓住班的手腕。

班朝著一模一樣的位置再度揮動毒氣罐。

這回，比爾的視線變得一片漆黑。在暈眩和失去方向感之下，本能讓他舉起雙手保護自己的頭部。比爾一鬆開手，班立刻踉蹌地往後退去。

比爾咒罵一聲，雙臂開始在身後揮動，企圖要抓住班。光影又重回到他的視野，不過，一切都只是一片模糊。

那顆攪拌球再度發出一聲叮噹響。比爾聽到毒氣罐被開啟的嘶嘶聲，駕駛艙門隨即被打開。在班的一聲咕噥下，那只毒氣罐呼嘯一聲地劃過空氣，從駕駛艙被丟進了客艙。

30

嘉莉看著劉一邊踱步，一邊對著廂型車內大聲地問著問題。

「你說副駕駛從頭到尾都參與其中，這是什麼意思？」她問。

羅素探員切斷史考特的繩子。小男孩立刻崩倒在嘉莉身上，展開雙臂抱住她，伊莉絲瞬間被夾在他們之間。他緊緊地摟住他母親，伊莉絲也跟著嗚咽。

「輕一點，」嘉莉說。「沒事了，寶貝。我們安全了。」

「我需要知道——」

「劉，」羅素輕聲地說。「給他們一點時間。」

「我們沒有時間了！」劉大聲地說。

「她說得對，」嘉莉說著，抱著伊莉絲笨拙地爬出廂型車。她轉過身，拉著史考特的手，讓他跳下車。「你需要知道什麼？」

「那個副駕駛——」

「他是山姆的朋友。」嘉莉指向海灘。在想清楚自己要說什麼之前，她考慮了一會兒。在一聲嘆息之後，她親吻了伊莉絲，然後把孩子遞向羅素。「可以嗎？我想他們今天看到的已經夠多了。」她蹲下來面對兒子。「我們現在很安全，寶貝。不過，媽咪還要做一些事，好幫助爹地。所以，我需要你和你妹妹待在一起，跟著那些探員一起離開，好嗎？」她吻了他的頭頂，看著他們走出聽得到對話的範圍之後才轉向劉。她擦了擦臉，頓時感到筋疲力竭。「他叫做班。他也是敘利亞人。或者庫德族人……」她對自己的不確定感到尷尬，聲音也因而變小。「而且他有槍。」

「那他為什麼不自己讓那架飛機撞毀就好？」劉問。

嘉莉搖搖頭。「因為那不是他們想做的事。他們要讓比爾做出選擇。選擇我們或者那架飛機。」

「而現在已經沒有選擇了？他還會要比爾撞毀那架飛機嗎？」

嘉莉看向海灘。她可以約略看出探員們正在把山姆的屍體圍起來、拍照、做記號、記錄，錄影。

「我不知道，」她說。「不過，我們剛剛殺了他唯一的家人。所以，我想什麼都有可能。」

當劉轉身把她的手機拿到耳邊時，嘉莉無法看到她的表情。嘉莉對於她正在說什麼感到很緊張。

那名持槍追趕山姆、讓嘉莉得以逃脫的年輕人走過來，朝著嘉莉伸出手。他自我介紹了一下，然後詢問嘉莉是否沒事。

嘉莉用雙手握住他的手。「只要飛機一降落，我就會沒事的。」正當她打算為他稍早所做的事表達謝意時，劉突然轉過身來。兩名FBI不發一語地看著彼此。

最後，劉先開了口。「不要說『我早就告訴過你了。』」語畢，她伸出她的手。

那名男子低頭看著她的手，過了一會兒才伸出自己的手。他們握了握手——不過兩人的神情依然冷漠、依然有所保留。

「提奧，」劉嘆了一口氣。「我們還沒結束。還有一個問題。」

嘉莉感到劉在解釋副駕駛也參與此事時，她的態度似乎有點遲疑。在知道那架飛機還沒有脫離險境之後，提奧露出了痛苦的神情。這名年輕的探員對於這個消息如此在乎，讓嘉莉覺得很困惑。他把雙手撐在膝蓋上，好一會兒才重新站直，把手伸進口袋。

「她不知道。」他一邊說，一邊十萬火急地在手機上輸入。

「誰不知道？」嘉莉問。

劉無視於嘉莉的問題，繼續問道，「你知道華盛頓的哪裡被列為特定目標嗎？」

嘉莉搖搖頭。「他們從來都沒有提到過。」

「那場毒氣攻擊呢？」提奧暫停輸入，問道，「發生了嗎？」

嘉莉垂下目光，點點頭。「鏡頭在駕駛艙裡，所以，我們看不到飛機上發生了什麼事。不過，我們有聽到。」

他兩眼茫然地盯著她，隨即很快地又轉向他的手機。「他們需要知道關於副駕駛的事情。」他自言自語地又開始瘋狂地打字。

「他在發簡訊給誰？」嘉莉開始有些不耐煩。

「機組成員，」劉說。「空服員。他的喬阿姨是其中之一。她傳了簡訊給提奧。所以FBI才會涉入這件事。」

嘉莉不敢相信地轉向提奧。「喬．瓦金斯？」

他抬起頭。

「你認識我阿姨？」

嘉莉簡直難以置信。她告訴他，比爾和喬已經一起飛了很多年，而她和喬也是朋友。在發現喬也在那個航班上之後，她心裡又升起了一股新的焦慮。「比爾將永遠沒有辦法面對他自己，」她說。「他對他自己的客艙施放了毒氣，他對喬施放了毒氣……」

「恕我直言，女士，」劉說。「我們不知道他是否只打算這麼做。」

嘉莉緩緩地側過頭，她瞇起了眼睛。

「你認為他會撞毀那架飛機。」

嘉莉的這句話不是一個問題，也不是一個聲明，而是一份指控。劉抬起頭看著她。

「有一把槍正指著他的頭，我不認為我們可以——」

「也有一把槍曾經指著我的頭，」嘉莉說。「我很清楚比爾會怎麼做。」

「你不知道——」

「我很清楚我丈夫原本會做的選擇，也很清楚他將會做出的選擇，」嘉莉因為憤怒而渾身發抖。「你不了解我丈夫。我了解。他會讓那架飛機降落的。」

劉看著嘉莉思索著，然後朝提奧撇了個頭，說道，「帶她離開這裡吧。」

提奧用手臂擁住嘉莉的肩膀，帶著她離開。當他們走開的時候，就在他們幾乎走出了聽力範圍之際，嘉莉聽到劉對著另一名探員說，「幫我聯繫戰情室。我要建議採取第二方案。」

嘉莉在提奧來得及抓住她之前倏地轉身。

「第二方案是什麼？」她問。

劉拒絕和她對視。沒有任何一名探員看著她。

嘉莉立刻轉向提奧。「告訴我。第二方案是什麼？」

提奧迎向她的目光，不過並沒有說話。她可以看到他頸側的肌肉在抽動。

嘉莉是資深民航機長的妻子，她的丈夫曾經在九月十一日那天飛過。她明白當前的局勢；她知道軍方應該會有什麼反應。

她知道。不過，她想要聽到他們確認。

提奧的視線轉向劉，他的眼神裡充滿了遭到背叛的感覺。

嘉莉明白了。

「你們不能擊落那架飛機。」她的音量隨著每一個字提高。

「女士，你得讓專業人士來處理這件事。女士——」劉示意其他探員拉住她。

「你們得要給他一個機會！」嘉莉尖叫著說，她現在已經變得歇斯底里了。兩名探員得用力才能把她拉走。「你不了解他！他會讓飛機降落的！我用我孩子的性命發誓，他會找出辦法的！」

31

喬站在飛機前方，監視著客艙。

第一排的那名商務人士，也就是第一個去追毒氣罐的那個人，正在來回調整他的面罩。他把鬆緊帶拉緊，又調整了面罩杯口，然後再從臉上整個摘下來。他重新戴上面罩，深深吸了一口氣，隨即警覺地瞪大眼睛。

喬的脈搏加速。那十二分鐘已經用罄了。

她可以感覺到她自己的面罩裡空氣依然在流動，那帶給了她一絲絲的罪惡感。她提醒自己，這是最簡單的規定。先把你的口罩戴上，然後你才能幫助別人。這是她每天在做安全示範時都要說的話。她甚至還清楚地告訴老爹和凱莉：你們兩個熟悉這架飛機，你們知道緊急情況時該做什麼。因此，乘客需要你們活著。喬知道，如果她死了的話，就幫助不了任何人了，不過，她無法不對自己擁有乘客所沒有的工具感到慚愧。

「我的面罩壞了，」那名商務人士說，他很明顯地感到了恐慌。「它沒有辦法提供任何氧氣。」

「先生，」喬謹慎地開口。「我想——」

她沒有聽到駕駛艙門在她背後打開的聲音。她只看到一個銀色的罐子飛過她的頭頂，朝著主要的客艙而去，這讓她知道第二波的攻擊開始了。喬立刻轉身，然而，艙門已經用力地關上了。

她轉身重新面對客艙，看著那只罐子落地時在空中留下了一朵蕈狀的白煙，然後沿著走道滾向客艙後面。毒氣罐已經滾過了隔板，幾乎快到了機翼的位置。

喬呆在原地。她應該去追嗎？還是應該留守在她的防禦位置，以防還有另一個毒氣罐出現？可是，如果她——

當自動收縮的空服椅彈撞在牆壁上時，一聲巨大的撞擊聲從飛機後面一路迴盪到前面。一秒之後，只見老爹在走道上朝著那只罐子飛奔而去。

一名靠走道座位的女子解開她的安全帶，迅速地擠到窗戶邊，讓她隔壁的乘客無法動彈。其他排的乘客也有樣學樣。有人往那只罐子踢了一腳，老爹的頭跟著上下晃動，企圖鎖定罐子的去向。乘客們在毒氣罐滾向他們的腳邊時互相推擠，片刻之後，罐子又被某個乘客丟離他的那排座位，轉而飛向空中。每個人都爭相躲開毒氣罐，或者讓罐子遠離他們自己，然而，在整個過程當中，一股白色的毒氣默默地從罐子裡飄出，瀰漫在沒有備用氧氣的密閉客艙裡。

喬的心臟加速到疼了起來。她的注意力在老爹和駕駛艙門之間來回，絕望地想要上前幫忙。

留在原地，保護前面的乘客，她這麼告訴自己。*讓他們處理後面就好。他們可以的。*可是，想要幫忙的衝動排山倒海地向她襲來。

她往後瞄了一眼，看到毒氣罐掉落在老爹前面的走道中間。他咕噥一聲地撲上前，四肢張開地飛騰在空中，隨即重重一聲地摔落在地上，將罐子壓在了他的身體底下。老爹把自己捲成一團，雙臂抱住小腿。那股白色的煙霧不見了——毒氣罐被困在了他怪異的胎兒姿勢裡。

他不再移動，只是大聲地喊著什麼，不出多久，一坨紅布就被扔往他的方向，喬覺得那看起來像是一件運動衫。

老爹把那件運動衫攤開在他旁邊的地上，然後才伸出雙腿，以他最快的速度滾到運動衫上面。喬想要歡呼。她明白了。那個毒氣罐現在被固定在他的身體和那件運動衫之間了。老爹笨拙地把氧氣瓶橫背在背上，雙手鑽到他的身體底下，抓住運動衫，裹住了那個罐子。喬可以看到他在整個處理的過程中，都試圖要把全身的重量壓在地板上。*那就對了，寶貝，*她驕傲地想著。*悶死它。*

他的表現很出色，不過，他的動作開始變得緩慢，看起來也變得不協調。喬壓抑著想要跑向他的衝動。她知道那是毒氣引起的。他需要協助。她可以聽到凱莉在後段的機上廚房裡乒乒乓乓地開關著置物櫃。喬知道她在找垃圾袋，希望凱莉可以快一點。

那個毒氣罐現在被運動衫緊緊裹住了，同時被老爹抓在胸口。他掙扎著起身，一名男子從他對面的座位站起來，一把撐在他的手臂底下。另一邊的一名女子雖然不由自主地一直在咳嗽，不過，也和男子一樣攙扶著老爹。整個客艙裡充滿了尖叫和咳嗽聲。

可惡，凱莉，快點。老爹需要——

喬的胃攪動了一下，她想起來了。

因為收拾乘客的殘羹剩飯，他們已經耗掉了很多垃圾袋。而僅剩的幾個也已經被喬拿走，因應第一次的攻擊所需。後段的機上廚房已經沒有任何垃圾袋了。喬和她的志願軍把所有的垃圾袋都拿到前面了。

「喬斯普，」喬大聲叫著，同時指向吊在他面前那個椅背口袋上的垃圾袋。「把那個拿到——」

凱莉從後段的機上廚房衝出來，一邊跑向走道上的老爹，一邊朝著他伸出手。老爹動了一下，喬可以看到凱莉手上拿著的是一只咖啡壺。那個塑膠容器有一個寬口——不過，最重要的是，它的密封度很好。喬不知道那個毒氣罐是否小到可以被裝進咖啡壺裡，如果可以的話，那就太完美了。

老爹拿起那件被捲起來的運動衫，當他就要展開那件衣服的時候，他突然停了下來，環顧著乘客。喬看到有的乘客透過他們的襯衫在呼吸，有的則用自己的雙手掩住嘴巴，不由自主地在咳嗽。他們已經沒有乾淨的氧氣了。

老爹從凱莉手中搶過那只容器，隨即從她身邊擠過，奔向飛機後面的洗手間，那坨運動衫被他夾在手臂底下，彷彿一顆足球一樣。

凱莉在他身後喊著什麼，似乎明白他接下來要做什麼。

他靠到一邊。凱莉迅速地越過他，用力打開洗手間的門。等到老爹鑽進洗手間，她立即用力地把門在他身後關上。

喬不停地在駕駛艙門和後段的機上廚房之間轉換視線。凱莉站在洗手間外面，等待著，連飛機前面都可以看到她在明顯地喘氣。凱莉轉向前方，看到正在注視她的喬，隨即從牆上抓起對講機。喬在對講機綠色的通話燈亮起之前，就先拿起了話筒。凱莉的聲音提高了八度，聽起來十分恐慌。

「我們沒有任何的——」

「我知道，」喬試著讓自己聽起來夠冷靜。「你們做得很棒。你需要什麼？」

「我不知道。我不知道。我們不需要什麼。我想——」

洗手間的門突然打開，老爹跌跌撞撞地倒退出洗手間。他被自己絆倒，撞在了客艙的分隔板上，然後又摔倒在地。他朝著洗手間的門踢了一腳，門砰的一聲關上，把那只咖啡壺和毒氣罐都關在了裡面。凱莉放開對講機，跑向他，在他身邊跪下來。她立刻又往後退，雙手扶著她的面罩，一邊掙扎著起身，一邊跑向機上廚房的另一頭。透過凱莉懸吊在半空中的話筒，喬可以聽到一個置物櫃被打開又關上的聲音。

喬把對講機的話筒壓緊在耳邊，目光來回游移在機艙後面和前面之間。深怕會發生另一波的攻擊。她擔心萬一真的還有攻擊的話，他們已經沒有工具可以抵抗了。

凱莉拿著一個大水瓶又出現了。喬繼續把對講機壓在耳朵上，幾乎聽不到正在發生什麼事。凱莉在老爹旁邊蹲了下來。

「深吸一口氣，然後憋住，」喬聽到凱莉在說。「再把你的頭往後仰，睜開你的眼睛。」

老爹按照他收到的指示做。凱莉隨即拉下他的面罩，把水倒在他的整張臉上。他渾身都緊繃了起來。當凱莉重新把面罩戴回他的臉上時，喬可以看到老爹在新鮮空氣下的反應。她知道他鬆了一口氣，不過，從他所發出的聲音來判斷，她只能想像他現在有多麼疼痛。他受到毒氣的強烈攻擊，她知道他需要接受醫療照護。喬不知道他們是否應該要把她的一名志願軍換到老爹的空服椅上，讓他可以坐在乘客座等待降落和撤離。他是否已經無法完成他的職責了？他是否已經喪失了行為能力？她為她的朋友祈禱，希望他沒事，希望他可以撐到他們降落。

老爹看著凱莉，費力地吸了一口氣。喬等待著。終於聽到他沙啞又虛弱的聲音響起。

「我們到了嗎？」

32

「解除自動駕駛。」班說。

比爾看著前方，他的身體壓在安全帶上。他把手伸向頭頂上方的儀表板，按下標示著「AP1」的按鈕，按鈕上的綠燈隨即亮起。三聲叮咚響迴盪在駕駛艙裡。自動駕駛已經被解除了。比爾握住他左手邊的操縱桿，飛機已經在他的全面控制下了。

他的視線雖然已經恢復了，不過，他依然感到頭昏眼花，加上不斷在他腦子裡響起的聲音，讓他更加難以專注。

那是客艙受到第二波攻擊時的聲音。

第一次攻擊發生的時候，客艙組員已經有了心理準備。雖然客艙裡發出的聲音很嚇人，但是，那些聲音都還算冷靜、都還有所控制；那是在艱困、不過卻有所準備的戰鬥下所發出的聲音。

第二次攻擊就不同了。那是一場顯而易見的苦難。

可惡，比爾。你是一名飛行員。關掉那些雜音。隔絕那些情緒。可惡。

將情感和理性區分開來，是在危機中依然保持控制的唯一方法。先用邏輯和理性來處理問題——至於你的感覺如何，可以留到稍後再說。這是飛行員從訓練的第一天開始就已經深植的心態。

然而，全世界所有的訓練都無法將來自第二次攻擊的聲音從他的腦海裡完全排除。除了那些聲音之外，還有另一個聲音在提醒他一個他不想思及的可能性。

今天，你將會失敗。那個聲音這麼說。你的家人、喬、機組成員、乘客。你已經辜負了他們，而你將會繼續辜負他們。

比爾一次又一次地緊握、放鬆自己的拳頭。

隔絕情緒，比爾。

慢慢地，他的肩膀垂了下來。他開始用鼻子呼吸，而不再透過嘴巴。他腦子裡的雜音安靜了下來，直到他的耳邊只剩下引擎的嗡嗡聲。

他們依然在他們原本的航道上，飛越紐澤西的郊區，從西南方向紐約接近。紐澤西郊區的住家擁有可以俯瞰城市的視野。在很多年以前，這裡的優越位置讓人們可以在早晨湛藍的天空底下，從他們的後院，眺望灰煙從市區的天際線裊裊上升。遠處，在他們的正前方，曼哈頓島正在夜裡閃爍。

班等了這麼久，才下令比爾下一步要做什麼，這種作法確實很殘忍。華盛頓感覺已經很遙遠了，因為現在，他們原始的目的地就在眼前。

「朝目標手動飛行。」班說。

比爾皺起眉頭。「從導航上來說，怎麼——」

他突然住口。

不。

不，不，不……

比爾咒罵著自己。他怎麼會這麼愚蠢？這麼盲目？

「我們並沒有要轉向到華盛頓特區，對嗎？」

班的臉沒有透露出任何情緒。

「當然了。」比爾大聲地說出來。「你怎麼會告訴我真正的目標？你認為我會告訴地面人員。你怎麼會給他們五個小時的時間去準備？」比爾搖搖頭，凝視著他前方窗外的紐約市。那片潛在的目標似乎正在嘲笑他的短視。

「夠了，班。真正的目標是什麼？」

帝國大廈閃爍著藍色和白色的燈光，這個地標就矗立在中城區的中心位置。在他們底下的紐約市南端，有著島上最高的建築：世貿中心一號大樓。自由塔。

「不要告訴我就是那裡。」比爾說。

他的副駕駛搖了搖頭。

班直視著窗外。一抹笑容爬上他的臉龐。他朝著前方點了點頭。

比爾沿著他的視線望去。窗外，在曼哈頓島上。經過世貿中心一號大樓，在帝國大廈的後方，他看到了位於布朗克斯的那一簇明亮的燈火。

班開始低聲地唱起歌。

「帶我去看棒球賽……」❼

❼ 帶我去看棒球賽（Take me out to the ball game）是美國大聯盟球賽第七局中場休息時，全場上萬名觀眾會一起合唱的一首「棒球國歌」，多年下來，這已經變成了大聯盟的傳統。

33

提奧和嘉莉站在停車場另一頭，其他探員並未對他們多加留意。兩人都在焦慮地踱步，企圖要想出應該怎麼辦。

根據提奧耳機裡的對話，華盛頓特區已經在準備執行第二方案了。FBI發表了正式的公開聲明，媒體也播放了遊客和政府官員緊急尋求掩護的畫面。白宮的燈光全都熄滅了，這讓專家不由得推測總統已經被帶到了地堡。在華盛頓特區的另一頭，配戴著戰術裝備的武裝士兵不停地進出五角大廈。聽著這些不斷接收進來的報告讓人感到不知所措。這原本是他們的危機，但是，現在卻已經傳遍了全國。這已經完全變成了另一件事了。

劉和洛杉磯團隊一直都在將他們所知道的每一件事通報給東岸的有關單位，不過，他們現在已經沒有什麼可以提供的了。關於那兩名嫌犯，他們已經把他們所擁有的資訊都提供給了當局，並且正在儘快地調查他們的背景。調查的結果在這個時候很可能不具實際的意義，不過，在獲知班也涉及此事之後，他們不敢冒任何的風險。任何潛在的線索都不能放過——那也包括比爾的情資。提奧知道，嘉莉聽不到他耳機裡正在討論的事情，不過，那依然讓他感到不安。對他而言，她完全是一名陌生人，但是，不知道為什麼，霍夫曼一家對他來說，感覺已經像是家人了。聽到FBI說她丈夫是個潛在的威脅，感覺上就像遭到了背叛。

提奧在第一時間已經傳簡訊給喬，讓她知道關於班的事。然而，喬並沒有回覆。提奧和嘉莉低頭看著他的手機，等待著。

「這上面顯示『已發送』。」嘉莉說。

「是啊，但是她有看到嗎？」

嘉莉沒有回答。

提奧看著他的手機，祈禱那三個小黑點會突然冒出來，因為那就代表喬正在輸入訊息。他試著要擋住悲觀的想法，但是，它們卻默默地聚集在了一起。沒有人知道那是什麼毒氣。他們不知道飛機上到底發生了什麼事。他們只知道，喬一直沒有收到簡訊，因為……

提奧把手機遞給嘉莉，甩了甩自己的手。

「她只是在忙而已，」嘉莉以一種試圖讓他們彼此都感到安心的方式說道。「她收到了簡訊。她沒事。她只是無法回覆。我們還有收到來自比爾的消息嗎？」

提奧搖搖頭。自從比爾傳送出他家人所在的位置之後，就再也沒有用摩斯密碼溝通過了。這無助於判斷他是否尚未屈服於恐怖分子。

「他也很忙吧，」嘉莉說。「飛行，導航，通話。」

提奧歪著頭。「什麼？」

「飛行，導航，通話。那是飛行員的……座右銘？我不知道你們是怎麼說的。這是他們的優先順序。飛行——駕駛飛機。導航——知道你要去哪裡。通話——和你需要對話的人說你需要做的事。要做到這三件事通常不是問題。然而，在緊急情況下？」嘉莉聳聳肩。「他們只能做他們能做的。我想，此刻，通話對比爾和喬來說是一種奢侈。」

提奧想起了「哈德遜河上的奇蹟」[8]。他記得曾經在網路上找過飛航管制中心和駕駛艙之間的對話錄音，因為他一直對薩利機長在那個事件過程中鮮少開口感到困惑。那整段航行只維持了三或四分鐘。那名航管員一直在提供飛行員各種選擇——但是，薩利幾乎都沒有回應。即便有回應，也都十分簡短而直接。「做不到。」最後，他終於說，「我們即將降落在哈德遜河裡。」飛行，導航，通話。他現在明白了。

比爾並沒有妥協。他只是沒空。

[8] 2009年1月15日，全美航空1549號航班在起飛後遭到加拿大黑雁鳥擊，導致雙邊引擎爆炸，失去動能，機長薩利判定無法返航，決定迫降在哈德遜河上，機上155人全數生還，該事件也被稱為「哈德遜河上的奇蹟」（Miracle on the Hudson）。

「你知道你是對的。是嗎？」提奧說。

她抬起頭。

「你需要告訴他們。」提奧接著說。

「他們不會聽我說的。」

「可是，你是對的。」

嘉莉告誡性地看了他一眼。「從什麼時候開始，你是對的就代表別人會聽你的？你應該比大部分的人都了解這一點。」

提奧搖搖頭。「可是，你是對的。喬也是對的。但是，沒有人會及時聽你們兩人的話。」

提奧沮喪地揉揉自己的臉，他的目光落在嘉莉手裡的手機上。

稍早，他曾經在這支手機上，看著他的喬阿姨在全世界都看到的那段影片中發表談話。

「嘉莉，」提奧緩緩地說，一個念頭在他的腦子裡已然成形。「我們得走了。」

當飛機開始搖晃時，喬跨開雙腿以保持平衡，同時抓住客艙分隔板的兩邊。她不願意離開她在駕駛艙門口的位置。沒有任何跡象顯示第三次攻擊將會發生，不過，第二次攻擊發生的時候也同樣沒有跡象。

她身後的客艙安靜地令人不安。她很快地回頭瞄了一眼，查看乘客的狀況，不過，這個細微的動作卻讓她的脖子感到了一陣突如其來的疼痛。她覺得似乎有什麼東西在她的腿上，因而低頭往下看。只見她的絲襪已經腐蝕了，她的皮膚在燒燬的絲襪底下越來越疼痛。

但她不予理會。

老爹從洗手間出來，正在把手擦乾。他的袖子捲起，深灰色的制服袖口已經濕了。喬默默地猜想，他剛才一定是試圖要用清水沖洗掉他皮膚上的毒素。凱莉花了十分鐘的時間把瓶裝水分發給乘客，指導他們用水清洗眼睛、雙手和他們的臉。任何被毒氣接觸過的部位。她告訴他們用自己的襯衫掩住口鼻，任何可以過濾空氣的東西都可以，即便只是過濾一點點。喬不知道乘客是否被毒氣擊敗了，或者他們只是沒有任何力量可以反抗了——不過，沒有人抗拒，沒有人要求解釋，也沒有人要求她做任何事。

天哪，她為他們感到驕傲。機會讓這些陌生人聚在了一起，而他們的反應是如此的出色。機組成員也是。喬無法想像自己還能搭配到哪些比凱莉和超級老爹更棒的空服員。他們還沒有落地，但是，由於他們採取的行動，此刻，一百四十四個人坐在他們的座位上，也許受了傷、也許還在掙扎——但是，他們都還活著。

他們在這個計畫中所扮演的角色至此結束。現在，一切都看比爾的了。

比爾。

他們的機長。家人遭到劫持的那個人。喬只知道，嘉莉和孩子們已經死了。在飛機往下降的時候，喬的胃也同時在往下沉。

隨著飛機往下傾斜的角度加劇，她的世界也跟著左右搖晃。她腹部的肌肉緊繃，企圖要保持平衡。她蹲下來，透過右邊艙門上的舷窗看出去。當飛機越來越接近地面、速度越來越快的時候，地面上的燈光也越來越亮、越來越模糊。她盡可能地把坐下來的時間往後拖延。不過，是時候在她的空服椅上坐下來，繫緊安全帶了。誠如她告訴過凱莉和老爹的話——乘客需要她活著。

她繫緊安全帶，那個氧氣瓶抵在她的背上，她往前傾，再度看向窗外。喬飛到甘迺迪國際機場的次數已經數不清了。她很熟悉飛機降落的過程。

她知道，他們正在偏離甘迺迪國際機場。

比爾。

他之前對她說了什麼？我向你保證，我不會讓這架飛機墜毀的。不過，要怎麼做到，我還沒想出辦法。他的聲明浮現在喬的腦子裡，彷彿他就在她耳邊低語一樣。他曾經向她保證，他不會撞毀這架飛機。但是，代價是什麼？她為她的朋友、為他背負的重擔，以及他必須做出的選擇感到心痛。

她的後腦撞到頭枕，她的雙腳也跟著騰空。她試著要讓自己看起來很自信，彷彿飛機的震動也是計畫的一部分。然而，飛機在這個高度下的飛行速度以及偏離航道的瘋狂下沉，在在都告訴她事有蹊蹺。

「比爾？」她小聲地自言自語，她臉上的面罩讓乘客無法看到她的嘴唇在蠕動。客艙內黯淡的燈光掩飾住她的眼淚。事實越來越明顯了——出事了。她的聲音在第二次輕聲呼喚的時候破裂了：「機長？」

他需要幫助嗎？她想要做點什麼，她想要起身去改變飛機的飛行狀況，她想要控制住結果。

正當她企圖解開她的安全帶時——解開後要做什麼，她完全沒有概念——她碰到了口袋裡的手機。她發現，打從第一次攻擊開始，她就沒有再檢查過手機了。

在飛機強烈的震動下，手機發亮的電子螢幕也跟著搖晃，她努力地把手機握穩，試著要閱讀上面的訊息。

嘉莉和孩子們安全了。壞人死了。

喬雙腳踢在了面前的分隔板上。在安全帶的束縛下，在雙手握緊手機之下，這是她的身體唯一能做到的反應。喬從來都沒有感受過這麼單純的情緒，那股解脫的勝利感在她讀完這則簡訊之後流竄過她的全身。她臉上的笑容已經橫跨到了面罩的兩側，她瞇起眼睛，繼續往下讀著提奧的下一則簡訊。

副駕駛參與了這個計畫。他有一把槍。比爾可能需要幫助。

人類的心理並不適合在這麼短暫的時間內，承受如此峰迴路轉的情緒起伏。這個消息彷彿電擊般地通過她的身體。她的手機從指縫中滑落，掉到了機上廚房的地板上。

那個備用計畫是班。這段時間以來，他們一直在尋找的那個威脅……

……就在他們之中。

她張著嘴，對著壓克力的分隔板發呆。在他們所有的準備過程中，她一直沒有想到副駕駛。她從來沒有思考過比爾要如何攻擊客艙——在另一名飛行員就坐在他旁邊的情況下。空服員本身已經有太多的事情要處理。因此，駕駛艙門另一邊發生的每一件事，她就只是交給了比爾。然而現在，喬覺得自己就像個蠢蛋，這麼明顯的事情，她居然一直都沒有想到。

在飛機的震動下，她試著要把一切拼湊起來，試著要弄清楚他們現在面對的是什麼。她木然地解開安全帶，伸出手去撿拾掉落在地上的手機。氧氣瓶從她的背上滑到她的身體前面，改變了她的重心。她抵靠在分隔板上，拾起手機，然後重新站起身。她的手在強烈地顫抖。

她正在失去控制。

喬停下一切動作。閉上眼睛。深深吸了一口氣。

小姐，這件事還沒結束。現在，坐穩了，套上你的馬刺。

當她把對講機從機座上取下時，客艙裡響起了一聲叮咚的聲音。

「老爹。到這裡來。我們有新的麻煩了。」

34

嘉莉加快腳步地穿越停車場。史考特跟在她身後幾步之處，試著要追上她。

「媽，」小男孩說。「我們要去哪裡？」

嘉莉回過頭。羅素正漫不經心地往回走向其他的探員。當她從他手上帶回自己的孩子時，他似乎並不擔心；他只是把伊莉絲遞給她，然後捏了捏史考特的肩膀，告訴他他是個勇敢的年輕人。然後，他就轉身走開了，就這樣。

「我們要幫忙爹地。」嘉莉說。

史考特回頭看著那些FBI探員，困惑地說，「他們不是正在幫忙嗎？」

嘉莉遲疑了一下。「呃，是啊，寶貝。他們是在幫忙。我們也要試試其他的辦法。」

他們朝著停車場另一頭停了幾排休旅車的地方走去。提奧要她把孩子帶到那裡和他碰面。她並沒有問他碰面之後要做什麼。她幾乎不認識提奧，不過，若說她今天把他們的性命都託付給了他也並不為過。

在他們走近那些休旅車的時候，嘉莉的心跳加速。有幾輛車亮著燈，車主坐在折疊式的椅子上，在他們臨時搭建的前廊上享受著習習的海風。當嘉莉就要走到最後一排休旅車之際，有人喊了她的名字。她倏地轉向左邊，朝著聲音的來源望去。

就在提奧示意他們走過去的時候，他的手機響了。

「鮑德溫探員。」他接起電話，聽了一會兒，隨即四下張望著停車場。然後，他開始揮動手臂。「我看到你了。我們在前面，在休旅車這邊。我正在揮手。」

嘉莉轉身，只見一輛廂型車朝著他們開過來。車頂裝了幾根天線和一個很大的小耳朵。當車子更靠近他們時，她可以看出車身上漆著紅色的CNB識別標誌。廂型車在他們身邊停下來，側門一滑開，凡妮莎·裴瑞茲立刻就跳下車。嘉莉曾經在晚間新聞裡看過這名年輕女子。她給了這家人一個溫暖、安慰的笑容，然後在看到渾身是血、傷痕累累的提奧時瞪大了眼睛。

「發生了什——」

「稍後再說，」提奧打斷她。他從嘉莉手中接過伊莉絲，讓她和史考特先爬上廂型車，他自己和伊莉絲以及那名記者也隨後跟上。車門一關上，廂型車立刻就開動了。

「我們要去哪裡？」嘉莉在廂型車猛然轉彎時抱緊了自己。

提奧停了一下才簡短地說，「回家。」

「海岸416，請回應。」達斯提坐在椅子上前後搖晃地說。

身為塔台的資深航管員——同時也是一個處變不驚的人——他顯然是處理416航班的最佳人選。不過，看著那個信標在他眼前的雷達上移動，卻聽不到他耳機裡有任何反應，達斯提感到自己的胸口正在不安地擠壓。他猜想這大概就是人們經常說的「焦慮」的感覺。

他不喜歡這種感覺。

所有飛向甘迺迪國際機場、拉瓜迪亞機場、紐華克自由國際機場、雷根華盛頓國家機場、華盛頓杜勒斯國際機場和巴爾的摩華盛頓瑟古德馬歇爾國際機場的航班全都被要求改飛到其他機場，他們對所有進場的航班關閉了空域，除了一架：416航班。

一般而言，到了晚上這個時間點，跑道上會擠滿飛往歐洲的紅眼航班、來自西岸的直飛航班，以及來自東岸主要城市的通勤航班。每年有超過六千萬名旅客從紐約甘迺迪國際機場進出。不過，今晚，這個機場看起來就像一個冷清的地方性機場。

塔台裡面則是另一個故事。緊急小組閃爍著的紅藍燈光從地面上投映在塔台裡，讓那股狂亂的氛圍更加明顯，不過，塔台內的專業人士並未因此而失去專注。

「海岸416，請回應。」達斯提再說了一遍。

什麼回應也沒有。

他看了看時鐘。已經十一分鐘沒有回應了。

他靠回椅背，望著坐在房間對面另一個工作台的那名軍官。他制服上的金屬在燈光下閃閃發亮。他戴著看起來很正式的厚重耳機，那種耳機比塔台裡的任何設備都更勝一籌。那名軍官一手壓住一隻耳朵，另一手握著一支手持麥克風，他正在傳送摩斯密碼。軍方的密碼操作員同樣也部署在了華盛頓特區的塔台，以防萬一，雖然，416航班至今尚未和任何人聯絡。

當那名軍官的眼神和達斯提相遇時，他搖了搖頭。他瞄了一眼時鐘，在一張紙上寫了幾個字，然後舉起來：「18」。

達斯提咒罵了一聲，一隻手搓著冒著鬍渣的臉。已經快二十分鐘都毫無音訊了。他朝後面的房間看了一眼，在那裡面，神情嚴肅、穿著制服的人數似乎每一分鐘都在增加。

達斯提知道416航班的狀況不妙。

他看著掛在塔台另一邊牆壁上的那三幅巨大的電視螢幕。在正常的狀況下，那些螢幕上出現的會是天氣雷達和航班資訊，然而，今晚，螢幕上播放的卻是不同電視台的新聞。而唯一被報導的新聞就是正在發生的這場危機。有些電視台播放著基本的素材和資訊：航班路徑的動畫圖示、出發和到達的時間、飛機的規格和飛航標準流程。其他的螢幕則播放著喬稍早在飛機上錄下的影片，她已經從一名匿名的空服員竄升為家喻戶曉的人物了。還有一張霍夫曼一家人的照片不停地在循環播放：父親、母親、兒子和女兒在落日海灘上的全家福。此外，還有來自華盛頓特區的現場直播，撤離的車輛擠滿了進出城的道路，以至於當地的交通已經呈現停滯狀態。

在塔台的另一邊，達斯提可以看到喬治正在他的辦公室裡。這名塔台經理站在他的辦公桌後面，雙手握拳地在和負責這個事件的軍方指揮官蘇利文中將爭執。喬治的航管員從來沒有見過他們的老闆發脾氣或者大聲說話，因此，每個人都紛紛把目光挪開，試著不要去聽辦公室裡的對話。因為，那彷彿就像在背叛他們非常尊敬的老闆。然而，聽到那些對話終究是無可避免的，達斯提和他的同事們很快就明白，喬治在這場爭辯中輸了。

「你打算要擊落那架飛機，對嗎？」

「這不關你的事，」蘇利文說。「緊急計畫並不——」

喬治的拳頭重重地落在他的桌上。所有的航管員都畏縮了一下。「你打算要擊落一架載滿無辜平民的商用客機——」

「夠了，派特森先生！」不習慣被人違抗命令的蘇利文怒斥。「我在此要求你和你的部屬開始執行標準作業程序，就這樣。其他的事，你一概沒有獲得授權，也管不了。」

喬治沒有回應。

「你明白了嗎？」蘇利文咆哮道。

「很清楚了，」喬治回答。「你的人需要什麼都可以任意使用。」

辦公室的門打開。塔台裡的航管員都企圖要讓自己看起來很忙碌。

「達斯提，」喬治冷靜地說，他的臉色因為擔憂而發紅。三名穿著制服的軍官也跟在他後面出來。「我需要你教這些人一些基本的操作。」

塔台裡一片安靜。

「我現在有點忙，沒空訓練新人。」達斯提的目光在他老闆和那幾個人之間來回游移。

「我同意。不過，你還是得教他們。」喬治說完戴上他的耳機，從一張桌上抓起一副望遠鏡，扔給其中一名軍官。

塔台裡沒有人吭聲。雖然每個人都知道，在這種情況下，軍方的第二方案是什麼。然而，實際面對這種情況依然讓他們說不出話來。

達斯提搖搖頭，對著坐在他隔壁的人嘀咕道，「現在請病假太晚了嗎？」他示意那些軍官走過來，不過，卻突然轉而指向牆上的電視。每個人都跟著轉過頭。

原本正在播放現場新聞素材的CNB，已經將畫面切換到一名獨自坐在播報室裡的主播。他的視線在鏡頭和他的筆記之間來回移動。他臉上的表情說明了一切：在史無前例的這個時刻，他有獨家的最新消息。塔台裡有人把電視的靜音關掉。

「——在我們說話的同時，比爾．霍夫曼機長，也就是遭到劫機的海岸航空416航班的飛行員，他的妻子正和我們洛杉磯現場的記者在一起，他們告訴我，霍夫曼太太有一個重要的訊息要告訴全美民眾和總統。只要他們通知我們準備好了，我們就會為您轉播。CNB並不知道……」

達斯提看向喬治和那幾名軍官，不過，他們都全神貫注在面前的螢幕上。他轉過身，面對雷達。對達斯提而言，情況尚未明朗。「海岸416，請回應。」他對著他的麥克風再一次說道，只差沒有補上一句：求求你了。

廂型車突然停下，讓嘉莉的身體往後撞在了座椅上。攝影師滑開車子的側門，很快地跳下車。凡妮莎跟著下車，史考特也跟在她身後。嘉莉下車之後，轉身從提奧手中抱過伊莉絲。攝影機已經在拍攝凡妮莎了，只見她一邊往後倒退著走，一邊對著手裡的麥克風在說話。

「我現在在霍夫曼家的遺址，」凡妮莎說著，指向她身後的一堆石礫。「和我在一起的還有霍夫曼太太——嘉莉——和她的兩個孩子。我很激動地向各位報告，這家人現在安全了，而且沒有受傷。不過，416航班上的情況依然很危險，而霍夫曼太太有一個重要的訊息要和每一位正在收看的觀眾分享。特別是美國總統。」凡妮莎深吸了一口氣，對著那家人做了一個手勢，不過，她的手卻突然停了下來。攝影師回過頭，見到那家人的狀態，他立刻將鏡頭以及全世界的目光都轉向他們。

嘉莉張開口，動也不動地站著，她眼中的家，或者曾經是她家的地方，讓她彷彿生了根一樣地固定在地上，無法動彈。她緩緩地踏出腳步，走向爆炸後還剩下的——什麼也沒有剩下了。他們的房子什麼也沒有剩下。她聽到史考特在啜泣，立刻牽起了那孩子的手。

凡妮莎拉起那條黃色的警示帶，讓那家人從底下鑽過。凡妮莎並沒有說話，嘉莉知道，每一個在家裡看電視的人，此刻也和這名記者一樣沉默。他們都看過了這幢房子，他們都知道發生了什麼事。然而，這卻是他們一家人第一次回到家，親眼看到這一切。嘉莉望著他們後院的那棵橡樹，想起她今早才站在廚房的水槽前面，看著那棵樹的葉子在微風中飛舞。那棵樹現在變成了燒焦的碎片，而廚房也不見了。她搖搖頭，接受著這個事實，不過卻什麼也沒有說。

「霍夫曼太太，」凡妮莎輕聲地說。「你還好嗎？」她遞出麥克風。

嘉莉讓伊莉絲靠在自己另一邊的髖部上，然後重新牽起史考特的手。她轉向記者，在她開口時，她的雙眼充滿了決心。「只要飛機一落地，我們就會沒事的。」

凡妮莎帶著一絲微笑地說，「女士，你需要我們知道什麼？」

嘉莉點點頭，把史考特拉到身前，一隻手落在兒子的肩膀上，然後深深吸了一口氣。

「總統先生，」她鼓起勇氣地說。「我知道，你此刻正在戰情室裡，決定應該怎麼做。我知道，你正在聽取所有即時的資訊。我知道，你知道我的孩子和我被人用槍指著，帶離了我們家。你也知道，我們被綁住、嘴巴被堵住。我身上綑綁了炸藥。我們——」看著那堆還在冒煙的瓦礫，她的聲音破裂了。「我們的家被毀了。我知道，你知道FBI救了我們。你知道，我們現在平安了。我知道，你也被告知我丈夫的副駕駛有一把槍，而且，從頭到尾，他都參與了這個計畫。」

嘉莉不知道，官方目前已經告訴了大眾哪些事情，不過，從那名記者的神情來看，那顯然是新的資訊。

「我知道，現在該怎麼做的決定完全取決於你一個人。那不是一個容易做的決定。我知道，美國不會和恐怖分子協商。」嘉莉用一隻手臂摟著史考特的雙肩，她的聲音再度撕裂了。「而且，我知道，你可能選擇要擊落那架飛機。」

史考特抬頭看著他的母親。她把他摟得更緊了。

「總統先生。在你做出那個決定之前，在你擊落一架坐滿無辜的美國人的商業航班之前，我需要告訴你我所知道的資訊。那是FBI不會告訴你的，也不會被列在你的簡報當中。」

嘉莉在一顆淚水滑下臉頰時暫停了一下。她的嘴角露出一絲笑容。

「我知道什麼能拯救那架飛機。我知道那些無辜的乘客可以活下來的最好機會是什麼。我知道要怎麼讓他們今晚都回到他們家人的身邊。」另一顆淚水滑落下來。「但是，那不會是一個容易的選擇——那是一個困難的選擇。因為，那需要你對事實不加理會——並且相信真相。因為，真相是：416航班最好的機會已經在飛機上了。」

嘉莉咬著下唇，將視線從鏡頭挪開，試著想出她要如何清楚地表達她想要說的話。

「當我的家人被綁架，比爾被要求在我們或者那架飛機之間做出選擇的時候，你知道他說了什麼嗎？當我們的孩子被槍指著頭，當他知道我們的房子被炸毀的時候——你知道他說了什麼嗎？」她微笑地聳聳肩。「他說不。他沒有做出選擇。他沒有投降，因為他也知道，我們不會和恐怖分子協商。」

她撫過她的頭髮。「你瞧，這就是那些人錯估的事。他們錯估了責任。比爾——我的丈夫，霍夫曼機長——是一個有責任感的人。這點，我完全了解。總統先生，你自己身為一個有責任感的人，我相信你也了解這點。我非常感激FBI及時找到了我們。因為，我了解我丈夫。我也知道，我用我的生命發誓——今天，我真的可以這麼說——我丈夫不會為了救我們而撞毀那架飛機。而現在呢？現在，他的家人已經平安了，而且他也知道了？」她發出一聲輕笑，然後挺直背脊繼續往下說。「我丈夫不可能想不出辦法讓那架飛機安全降落。」

她調整了一下伊莉絲的位置，再將自己的手堅定地放在史考特的肩膀上。

「總統先生。為了我孩子的父親，以及此刻飛機上所有乘客的父母兒女，我請求你做出勇敢的決定，給那架飛機和機上的乘客一個機會。如果你做了懦弱的選擇、簡單的選擇，而擊落了那架飛機——我們很清楚將會發生什麼事。然而，我在此要求你要勇敢，要有信心。我要求你選擇相信一個好人，一個有責任心的人。我知道，總統先生，你的信心會有回報的。」

塔台裡驚人的安靜，低聲的討論很快地開始填滿原本安靜的空間。空氣裡充滿了希望，達斯提在他旁邊那名航管員的背上重重地拍了一掌。

「如果我站起來為她鼓掌的話，會不會很奇怪？」

那名航管員無視於他的問題，她的神情扭曲，充滿了警戒。她指著達斯提的雷達。

「媽的——」達斯提咕噥地說。「喬治？416開始偏離航道了。」

「安靜！」那名摩斯密碼員喊了一聲。整個塔台的人全都轉向突如其來的吼聲。每個人都看著他神情專注地在聽著他的耳機。驀然之間，他恍然大悟地鬆開了緊蹙的眉頭，同時也張大了嘴。

「不是華盛頓。目標是洋基體育場。」

35

比爾面前的雷達顯示，有幾個「X」標記出現在他們後方。四架F-16現在就在416航班的攻擊距離內。

比爾沮喪地揉著臉。他早就知道，當他們發現班也參與這個事件時，就一定會走到這一步。那就是他為什麼沒有用摩斯密碼告訴他們的原因。現在，他要處理的威脅變成了兩個。

「這不公平。」比爾說。

班沒有看著他，只是說道，「什麼，比爾？什麼不公平？」

飛機在一陣逆向的氣流中震盪，當飛機左傾時，地面上閃爍的燈光出現在比爾這一側的窗外。今晚雖然萬里晴空，不過，風勢卻很兇猛，讓飛機不停地在空中上下震動。

「海岸416，請回應。」

來自同一名航管員重複的要求在他們的耳機裡再度響起，不過，兩名飛行員都沒有回應。從第一次攻擊發生之後，他們就不再回應了，而在接下來的航程中，他們也不會回應。現在只剩下他們兩人了。

「這不公平……」比爾試著要理清思緒。「我在這裡。你也在這裡。我有我的生活，你也有你的。似乎沒有人在乎你的同胞，這點並不公平。這是不對的。我很抱歉。」

班沒有回應。

比爾直接轉頭面對著他的副駕駛。「我向你保證，班。我會用我的餘生來把錯誤的事情導向正確。我沒辦法改變你生命中已經發生的事，你也一樣。但是，如果我們撞毀這架飛機的話，是絕對不會有什麼好事發生的。你了解這個國家。你知道我們會做什麼來回應。你知道痛苦的會是誰。」

班看著窗外不語。

「可是，如果我們不撞毀的話，」比爾繼續說道，「我們就可以一起合作。我會教育我自己。我會學習我早就應該要知道的事情。這樣一來，也許我們可以一起做點什麼。」

那把槍就在他們之間。兩人誰也沒有說話。班轉過身，目光在機長臉上搜尋。比爾注視著他，熱切地希望自己的誠意能被感受到、能夠受到信任。

「班，一切都還來得及。」

班嘴裡銜著郵件，一邊轉動鑰匙，一邊將門把朝著自己的方向拉。當他踏進公寓裡，將行李箱放在身後時，鎖和門同時都發出了吱吱的聲響。他打開廚房的電燈，迎接他回家的是滿滿一水槽的髒碗盤。他把郵件扔在廚房餐桌上那碗吃剩一半的麥片旁邊。

他嘆了一口氣。四天的行程讓他感到疲憊，他的生活也同樣讓他筋疲力竭。

「我以為我不在的時候，你會打電話給管理員，讓他們來修門，」他把他的帽子放在流理台上，再把外套掛在一張椅背上，然後大聲地說。「這地方看起來亂得可以，老兄。」

他從冰箱裡拿出一罐啤酒，坐在桌邊，翻閱著那些郵件。扔掉垃圾郵件之後，他把剩餘的郵件放到報紙旁邊。

報紙。

他歪著頭。他和山姆並沒有訂報。

他拾起報紙，發現下面還有一份不同日期的報紙。在那下面，還有另一份。每一份報紙都幾乎被翻爛了，而且還做了紅色的記號。每一則做了記號的報導都和撤軍有關。

他發現自從他進門之後，山姆一句話都沒有說過。班轉過身。山姆的臥室亮著燈，房門也半開著。

「山姆？」

沒有回應。

「薩曼。」他穿過客廳，叫得更大聲了。他敲敲門，在沒有人回應之下把門推開。

鮮血浸濕了床單，讓床單幾乎變成了黑色。如果不是山姆前臂上流下來的血跡，班也許不會知道自己看到的是什麼。

「喔，我的天！」班大叫一聲衝向他的朋友，但隨即又往後轉了一百八十度。「該死！」他尖叫著衝過廚房。他抓起他的手機，立刻撥打到911，然後才又咒罵著跑回臥室。

儘管山姆的呼吸很淺，皮膚也變成了灰色，但是，他的眼睛依然很清澈，也很聚焦。班俯視著他，對著手機大吼。

「快點！」他大叫著掛斷電話，緊抓著電話的手指都發白了。

他抓起床單裹在山姆雙手的手腕上，企圖幫他止血。兩個朋友看著彼此，試著要理解對方正在想什麼。

山姆的聲音既虛弱又緩慢。「記得我們那次在海灘附近那個地方喝酒的事嗎？有戶外露台的那個地方。還有毯子可以在夜裡變冷的時候保暖？我們吃了生蠔。你試著要勾搭酒吧裡坐在你旁邊的那個女孩。結果，她的男友就出現了。」

班微弱地笑笑，點了點頭。

「就是那個時候。就是那個時候。我們的村子就是在那個時候遭到攻擊的。」

班閉上了眼睛。

「我們把他們拋棄在那裡。」

淚水從班緊閉的眼角流下來，掉落在山姆的胸口。

「我再也受不了了，」山姆小聲地說。「我受不了這一切。」

他發出痛苦的呻吟。班只能把他的手腕握得更緊。

「為什麼？」山姆說。「你為什麼要阻止我？」

班繃緊下巴，他的呼吸因為慚愧和憤怒而變得沉重。這是他第一次明白了山姆已經做出的決定。

「因為你要把我獨自留在這裡，這讓我感到很生氣。我們會一起面對的。」

「班，讓我們做個選擇，」比爾說。「我們一起。就是現在。讓我們選擇幫助你的同胞，不要傷害他們。我們可以做得到的。」

比爾無法判斷班是否認真在考慮他的話，不過，眼前的這個年輕人顯然迷失了。他原本一定沒有預期到會引來同理心的反應。比爾意識到他正在拉近自己和班的距離，正在試圖讓班和他站在同一邊，站在一個他們可以一起讓這架飛機安全降落的立場。

「海岸416，我是代表美國總統的空軍中將蘇利文。」

那道氣勢兇猛的聲音在駕駛艙裡突然響起，讓兩名飛行員都嚇了一跳。「請注意，我們知道副駕駛班．米洛是個威脅。如果你們不立刻回應的話，我們就準備授權對你們的飛機進行攻擊。這是給你們的警告。」

班轉頭看著天空，揚起緊繃的下巴。

「這件事從來都非關墜機，比爾。也從來都不是針對你或這些乘客，或者你的家人。它甚至也和選擇無關。」他搖搖頭。「它是為了喚醒人們。做一件夠戲劇性的事來引起人們的注意。一件他們無法忽視的事。這並不是針對任何人。」

他帶著冷酷而陰沉的眼神轉向比爾。

「原本是那樣的。現在呢？我要你燒成灰燼。」

36

當超級老爹走進頭等艙的時候，喬倒抽了一口氣。

「我知道。這會留下很大的一片傷痕。」老爹說。

他氧氣面罩之外的臉部都紅腫了，並且覆蓋著水泡。他雙手的手掌包裹著從急救箱裡拿來的紗布，他的眼白也泛紅了。

像其他空服員一樣戴著一個備用氧氣瓶的喬斯普站在喬的旁邊。超級老爹忍不住上下打量著他。

「他和我們是一國的。」喬說。

老爹回頭看著依然毫無意識癱在座位上的大衛。「是啊，」他說。「可是，他為什麼在這裡？」

「因為他要幫我擋住門。」喬說。

「什麼？」

「我們知道內奸是誰了。是班。而且他有一把槍。」

老爹對著她眨眨眼睛。

他們兩人的成年生活幾乎都在飛行，他們彼此都知道，他們唯一、也是永遠可以指望的一件事就是，他們的機組成員一定會罩著他們。機組成員就是他們的家人。而家人是不會主動背叛他們的。

超級老爹抓住分隔板的兩邊讓自己保持穩定。他的目光在地板上打轉，彷彿答案就攤在他的眼前。

「老爹，我們沒有時間——」

他彎下腰，飆喊了一串髒話。當他再度站起身的時候，那雙血紅的眼睛鎖定了喬。

「我沒事，」超級老爹用喬從來沒有聽過的低沉語調說道。「計畫是什麼？」

她很快地把計畫直截了當地告訴他。老爹要坐在喬的空服椅上，只要飛機一落地，他就從飛機前端引導乘客撤離。喬斯普負責擋住駕駛艙門，而喬會藉由輸入密碼的方式進入駕駛艙。

老爹瞪著她。「然後呢？班有槍！喬，我們從來沒有討論使用密碼鎖這個選項。因為那不是一個選項。你知道他們可以控制——」

「我知道！」喬握拳的雙手垂在身體兩側。「可是，我得要試試。我得要進去。去幫助比爾，或者阻止班，或者……」喬用力拍著她的空服椅。「可惡，老爹，坐下來。」

老爹拿起對講機，打到客艙後面，同時為自己繫上安全帶。當他對凱莉解釋情況時，喬關上機上廚房裡的一輛推車，並且把推車的輪子鎖好。她手裡多了一根紅色的硬塑膠管，管子尾端還有一個球狀的東西。

老爹揚起眉毛，用手蓋著對講機的話筒。「班有一把槍，而你的武器是一根冰鎚？」

「難道你有彎刀可以給我嗎？」

喬斯普站在喬旁邊，他在沉默中費力地呼吸。他們兩人都在第一次的毒氣攻擊中首當其衝地受到了傷害，雖然，他們看起來完全沒有老爹嚴重，不過，毒氣的作用已經展開了。

喬把一隻手放在他的二頭肌上。「古路里先生，是時候了。站在這裡背對著我，面對乘客。任何想要越過你的人，你都可以採取必要的方式阻止他們。在這個客艙裡，我們唯一可以相信的人就是空服員。」語畢，她捏了捏他的手臂。

喬斯普點點頭，擺出他的架式。他交叉雙臂，跨開雙腿，挺直了他的背脊。他就像一座山一樣，堅不可摧。喬站在不可動搖的喬斯普和駕駛艙門之間，心裡升起一股幽閉恐懼症。

她深深吸了一口氣，把注意力集中在洗手間左邊那個垂直的數字顯示器上面。她閉上眼睛，想像著即將發生的事。

她會輸入六個數字的密碼——然後等待。駕駛艙裡的警報會響起，警告飛行員有人企圖強行闖入。飛行員將會有四十五秒的時間，來阻止這種透過輸入密碼闖入駕駛艙的企圖。如果他們成功阻止的話，艙門就會鎖住，直到飛機抵達目的地才會開啟。如果他們沒能阻止闖入者的企圖，數字顯示器上的綠燈就會亮起，那麼，喬就有五秒鐘的時間可以把門打開。五秒鐘後，門就會再度鎖上。

三名空服員一直都沒有將使用密碼鎖當做一個選項。主要是因為他們不知道班就是那個威脅，不過，也因為飛行員可以很輕易地就阻撓他們這麼做，如果飛行員想的話。這種方法存在的目的，是為了預防兩名飛行員同時都喪失了行為能力，例如，兩人都失去了意識，雖然，這種情況幾乎不可能發生。因此，透過密碼輸入而闖進駕駛艙的機會幾乎等於零。

現在，那卻是他們唯一的選項了。

喬睜開眼睛，把手伸向鍵盤，不過卻沒能按下那些密碼。她的手指在那些數字上猶豫不決。在駕駛艙門的另一邊是一片背叛和暴力。班有一把槍。沒有人知道那裡面已經發生了什麼事。她也無法知道自己將會面臨到什麼。而她即將要在一根冰鎚的武裝之下，盲目地闖進去。

「喬？」

她低頭看向坐在她旁邊那張空服椅上的超級老爹。

「害怕是沒有關係的。」

她點點頭，開始輸入密碼。

37

一道擊球的聲音響起。

界外球。

中外野手巴比・艾德森從他的準備位置上跳起來，嘴裡的口香糖吹出了一個泡泡。他焦躁地走了幾步，然後踢起一小塊草皮。

保持專注，巴比。這只是另一場比賽而已。只要再一個人出局。

不是的。這是世界棒球錦標賽的第七場。洋基隊領先，2-1。九局上半。道奇有跑者在一、三壘。而他們的第四棒正在本壘板上的打擊區。兩人出局。球數是兩好兩壞。洋基隊和世界冠軍的距離只剩下一個好球了，那是巴比漫長的棒球生涯中唯一還沒有得到的榮耀。

投手對捕手的暗號搖了搖頭。不過對下一個則點點頭。

巴比眼角瞥見的動靜讓他分了神。

專注，巴比。

另一邊出現了更多動靜。發生了什麼事。他望向左外野的看台。

球迷正在離場。他轉向右外野，看到了同樣的景象。他們不只是在離開，而是在逃跑，他們在爭相爬上通往主要走廊的樓梯。他看向上方的觀眾席，看著成排的球迷蜂擁而下，消失在體育場的室內。原本的歡呼聲很快就被憤怒的咆哮和恐懼的尖叫所取代。

巴比看著其他同樣困惑的外野手，心裡升起了一股恐慌。右外野手指著自己的前方，開始跑過去。看著兩隊所有的球員都往投手丘聚集，巴比也跟著跑了過去。

球場內的喇叭傳出一陣事先錄好的廣播。

「各位女士、各位先生，請保持冷靜。為了你們的安全，我們正在疏散洋基體育場。現在，請找到最靠近你們的出口和第二出口，然後從走道往上或者往下走向出口。一旦走出去之後，就請離開體育場。出口匝道和樓梯安全出口會引導你們離開體育場。手扶梯和電梯不能使用……」

巴比轉向場內的超大螢幕，然後，以倒退的方式，小跑向投手丘。螢幕上正在播放體育場疏散計畫的影片，幾隻代表工作人員的卡通人物正在引導和協助球迷。

當他到達投手丘時，剛好聽到本壘裁判的最後幾句話。聽起來，他們好像應該要從球員休息室離開球場，前往球隊巴士所在之處。

巴比轉向道奇隊的游擊手。「發生了什麼事？」他小聲地問。

「那架飛機？我猜，體育場是它的目標。」

巴比瞪大了眼睛。他們都知道416航班的事。球員休息室裡的器材人員已經告訴了教練，而教練也告訴了球員，在整場比賽中，他們一直都有收到最新的消息。在一個社群媒體的世界裡，這麼大的新聞不會不受人矚目，即便你正在打世界盃。

他們四周的球迷正在爭先恐後地疏散。觀眾們爬過椅子、跳過欄杆，每一區觀眾席的走道上都擠滿了長龍。一堆人堵在出口，原本寬敞的通道變成了混亂的人性展示區。巴比只能想像，體育場外的場面會有多糟。

一名穿著道奇隊服裝的男子跑上走道，一路上不停地把其他人推開。他前面有一名女子緊摟著她正在哭泣的孩子，然而，男子依然毫不遲疑地就把母子兩人都推開。就在母子雙雙跌倒在地時，另一名男子揪住那名球迷的連帽衫衣領，一拳就往他的臉揮去。第三名男子衝上前來，將那對母子攙扶了起來。

巴比一邊看著人性最醜陋和最美好的畫面，一邊摘下他的手套，夾在手臂下。他調整著帽子，環顧著看台，恐懼和慌張的明顯氛圍也開始侵蝕他——在此之際，他注意到了一對老夫婦。

他們從走道上下來，往球場靠近。就在距離主隊場邊的球員座席上方五排座位之處，他們停下了腳步，當他妻子的腳跨過廢棄的杯子和紙屑時，他看著她的腳，確認她的步履安穩無虞。他們在原地坐下，望著四周，從他們的新座位上將眼前不可思議的景象盡覽眼底。這個座位顯然比他們原先的座位升等了好幾級。老先生一手擁著他的老伴，老太太則笑著往嘴裡扔了一顆爆米花。她戴了一頂洋基隊的帽子，那頂帽子也許比兩隊任何一名球員的年紀都還要大，甚至比半數的球隊管理人員都還要老。老先生帶著他的手套，手套的皮革都已經老舊到磨損了。

「好吧，我們走。」裁判拍著手說道。

「等等！」巴比大喊。每個人都轉頭看著他。身為隊長，他的話具有相當的分量。「我們有多少時間？」

那名裁判不明所以地看著他。「五分鐘？十分鐘？」

巴比搖搖頭。「你很清楚那根本來不及撤離。」

裁判看著他，眨了眨眼。

「拜託，」巴比說。「九局上半，世界盃第七場比賽？在洋基體育場？恐怖分子襲擊？那並非巧合。那是一個訊息。」他環顧著四周喧鬧的場面。「你是在告訴我，你希望這種混亂的場面是我們給出的回應嗎？」

球員們看著彼此，再看看體育場。巴比露出笑容。

「我不知道你們怎麼想，不過，我向來都寧可揮棒落空，也不願意被三振出局。」

38

一陣刺耳的警報聲劃破駕駛艙裡的寂靜，讓兩名飛行員都畏縮了一下。他們緊緊盯著對方，瞬間就明白了這個鮮少聽到的警報聲代表什麼意思。

兩人立刻解開安全帶，橫衝過駕駛艙。

阻止密碼鎖啟動的切換鍵就在他們的座位下方，也就是在比爾安全帶的右邊，當班伸出左手去按那個切換鍵時，兩人在中控台上撞在了一起。這是唯一能夠阻止利用密碼鎖來開啟駕駛艙門的方式。如果他成功撥下切換鍵的話，一根電子控制的橫桿就會滑到駕駛艙門頂部、中間和底部的三個彈簧鎖後面。

比爾感覺到飛機往右傾斜。他很快地按下標示著AP1的按鈕，隨即而來的三聲叮咚響，宣告著飛機回到了自動駕駛狀態。比爾一手試著奪下班手中的槍，一手試著要阻擋班靠近那個切換鍵。比爾利用自己身高的優勢，企圖用身體壓制班，不過，班還是比較年輕強壯。

比爾放棄搶奪那把槍的企圖，轉而把目標放在班的脖子上。他小心翼翼地避免碰觸的任何按鈕，因此，他將一隻腳踩在中控台的邊緣，撐起身體，加重了往下施壓在班喉嚨上的力道。班微微地彎身，挪動雙腳以承受加諸在自己身上的重量。比爾感覺到自己的背刷過他身體上方的控制板按鈕，因而立刻俯身，此時，班的臉色已經泛起了一層淡淡的紫色。

他們有四十五秒的時間可以阻止艙門被打開。比爾不確定時間過去了多久，但他知道他必須在那扇門打開之前佔上風。

班的臉色已經微微泛藍，他的雙眼也蒙上一層淚水。當班的力氣減弱時，比爾可以看到那把槍從他的手指滑落了。然而，班還是對比爾的太陽穴施加了致命的一擊，比爾的腳隨即從中控台上滑了下來。他鬆開手，摔倒在中控台底下。

班喘著氣，往後靠在前儀表板上。比爾謹慎地爬起身，他知道每個按鈕和操控桿只要被誤觸，就可能引發新的危機。比爾知道班也明白這點。這也是他之所以一直沒有開槍的原因。萬一子彈沒有瞄準目標，就可能會摧毀航空電子設備。甚至可能穿過機體，造成機艙失壓。比爾知道班想要讓這架飛機墜毀——但是是在他的控制之下。

當班恢復到可以再度移動時，他挪向那個切換鍵，在此同時，比爾爬到自己的座位上，一手握住他僅剩的武器。他緊緊握住飛行過程中一直都躺在他腿上的那支筆，然後猛然轉身，由下往上地揮出了他的手臂。

班的眼睛鼓起，隨即輕輕地眨了幾下，他將手伸向刺在他喉嚨上的那支筆。鮮血從他的脖子湧出，把他的白襯衫染成了棕紅色。他恍惚地張望著駕駛艙內，最後，他的注意力落在了自己另一隻手上的那把槍。班把槍指向比爾，就在眼前一黑的那一刻，他按下了扳機。

✦

那聲槍響讓超級老爹閃躲了一下，也讓喬緊緊抓住了自己的氧氣面罩。喬斯普很快地回頭看了一眼，然後又重新面對客艙，雙眼警覺地左右掃描。空服員們都沒有再聽到任何動靜。駕駛艙裡沒有再傳來任何聲音。

喬調整著氧氣瓶的帶子，讓自己站在駕駛艙門的正中間。她的心臟在胸口狂跳，彷彿一隻籠子裡的野獸。左腳在前，右手抓著那根冰鎚，她把自己大部分的重量都放在後腿上，身體輕輕地上下彈動，等著在綠燈亮起、艙門解鎖的時候往前撲。如果燈會亮起、門鎖會打開的話。

「他們有多少時間可以控制切換鍵？」老爹問。「三十秒？」

「四十五。」

「天哪。」他小聲地在自己的面罩底下說道。

有個動靜抓住了喬的目光，讓她低頭往下看。

一道細細的血跡從駕駛艙門底下流了出來。

「我們有誰在上面？」

一名指揮官把一張紙條滑到蘇利文中將面前。達斯提往後退開，把自己的耳機扔在桌上。他走到塔台另一頭，站在喬治和其他航管員旁邊，看著他們的塔台變成了一個指揮中心。

「小叮噹、紅木、桃子，還有彈簧刀。」

蘇利文眯著眼睛注視著雷達，按下一顆按鈕。

「小叮噹，去看一下駕駛艙的動靜。」

「是的，長官。」一聲回答迴盪在塔台裡。

一陣劇痛延燒過比爾的手臂。那顆子彈直接穿過了他的右肩，射進了他的後背。他扶住儀表板，在他的身體進入休克的第一階段時，他的視線正在逐漸減弱。

班的身體倒在中控台上。比爾咬著牙，往前傾身，試圖要把班從控制台上推開。他的腦子開始模糊，一陣頭重腳輕的感覺讓他連最基本的動作都無法做到。他坐下來，唯恐自己就要暈倒了。比爾抓住自己受傷的肩膀，當他縮回手時，卻發現手上沾滿了血。

他需要讓自己止血。他需要讓這架飛機降落。他還有很多很多事情需要做。可是，他的身體卻背叛了他。

當那陣頭暈終於壓垮他的時候，他往前一癱，雙腳滑落在地面上。在他失去意識的剎那，他的眼角餘光瞥見了最後一個影像，一架戰鬥機正在和他的飛機並排前進。

「呃，長官？」

整個塔台都在等著小叮噹的回報。

「駕駛艙裡看起來沒人。我沒有看到有人在裡面。」

綠燈在鍵盤上亮起。駕駛艙門的鎖解開了。

喬用力推開門，讓那扇牢固的金屬門緊緊地貼在磁鐵上，保持著打開的狀態。她做好心理準備，睜大眼睛，等待著。

什麼也沒有發生。

她小心翼翼地踏進駕駛艙，立刻就看到了她左邊窗外的動靜。她反射性地舉起手中的冰鎚，只見一架戰鬥機的機頭往後退出了他們的視線範圍。

該死。

喬低下頭，審視著現場。

班的臉孔朝前，癱倒在中控台上，鮮血從他的身體底下源源流出。那把槍躺在地上，就在他差一點就可以摸到之處。喬立刻把槍踢開。

她把手撐在他的肩膀和腰線下方，將他推開，於是，他的身體縮成一團倒在了他的座位底下。喬把他翻過身，讓他仰躺在地，隨即屏住氣息舉起那根冰錐，不過卻也立刻知道自己是多此一舉。他身上沾滿血跡，鮮血從插在他脖子上的一個東西一直擴散到他的皮帶。她俯身查看，不過卻無法從一片血肉模糊中看出那是什麼。

她放下冰錐，轉向左邊的座位。

比爾縮成一球，動也不動地躺在他的椅子下方。喬很快地跨過控制台，一隻膝蓋壓在椅子上，朝著她的機長爬過去。

她喊著他的名字，試著要把他翻過身來。她可以看到地上有一灘血——不過，她同時也看到他的背在呼吸下起伏。她更加大聲地叫著他的名字，努力地想要讓他撐住。在不停地呼喚之下，她搖晃著他的身體，然而，他並沒有反應。她身體的角度讓她無法拍打他，因此，她捏了捏他的手臂——重重地。他冒出一聲微弱的呻吟。在她再次大聲的呼喚下，他顫動地睜開眼睛，對她的聲音做出了反應。當比爾逐漸恢復意識時，喬調整好自己的位置，開始奮力地將他拉起身。他的體型足足比她大了兩倍，然而，腎上腺素幫了她一把，讓她拖動了他。在絕大部分的支撐力量都來自於喬的情況下，比爾終於回到了他自己的座位上。

「我們還沒結束呢，」她命令道。「告訴我怎麼做。」

小叮噹減緩了速度，那架民航機還在繼續往前飛行。

她耳機裡的聲音說道，「各單位就射擊位置。隨時準備聽令。」

「收到。」小叮噹說。

飛機艙門上的舷窗太小，讓她無法看到任何東西。不過，跟在那架飛機的後方飛行，她可以從乘客的窗戶看到飛機裡面。她的喉頭突然哽住了。

透過客艙裡的紫色燈光，小叮噹可以看到乘客戴著他們的氧氣面罩貼在窗戶上看著她。一名坐在飛機前端的男子將他滑落在黃色氧氣面罩上的眼鏡推回鼻樑。幾排座位之後，一名老婦人把手貼在窗上，手掌裡緊握著一張皺成一團的衛生紙。在她後面的那排座位上，小叮噹只能看到一個氧氣面罩的頂部，那是一個正在座位上伸長脖子，企圖要看向窗外的小孩。

平民在戰爭中所受到的影響是最令人難以面對的。戰區應該是軍人所在的地方，而非平民百姓。她經常在夜裡滿頭大汗地醒來，某個小女孩或者某個老人的眼睛總是在她的夢裡揮之不去。

但是，這可不是一個戰區。這只是一架載滿無辜百姓的飛機，他們正企圖要飛到他們的目的地。她不是一個應該要出現在這裡的人。在她的職業生涯裡，這是她第一次感到了猶豫。

當戰鬥機劃過飛機最後一排座位時，她看到了貼在窗戶上的一張紙，紙上潦草地寫了幾個大字。

「救救我們。」

39

提奧遠離廂型車，低頭看著他的手機。他讓嘉莉過來找他。

那家人和攝影團隊全都擠在新聞車旁，盯著車裡的新聞報導。幾名鄰居曾經出來過，還提供了水和點心給他們，不過，沒有人有胃口。因此，他們全都站在車邊，無助地看著東岸正在發生的事。

嘉莉跟著提奧離開了廂型車。他壓低了聲音。

「416開始偏離航道了。」

嘉莉茫然地注視著他。「你怎麼──」

「羅素傳送簡訊給我，告訴我最新的狀況。華盛頓是個圈套。真正的目標是洋基體育場。」

嘉莉轉過頭，眼神空泛，彷彿聽不懂他所說的每一個字。提奧的手機突然震動了。

他一連看了兩次簡訊，才在嘆息聲中閉上眼睛。他不想告訴她簡訊上說了什麼，他也無法忍受看著嘉莉等他告訴她的模樣。

「提奧，拜託你，」過了一會兒之後，他聽到她對他說。「情況不可能更糟了，不是嗎？」

他閉著眼睛告訴她，一架F-16企圖要窺探駕駛艙裡的狀況——然而，駕駛艙裡空無一人。根據那架戰鬥機的飛行員表示，沒有人在開那架飛機。

嘉莉什麼也沒說。提奧聽到她開始哭泣。

「媽？」史考特叫著。提奧睜開眼睛，看到那個小男孩走過來，懷裡抱著他的妹妹。

那兩個孩子的畫面幾乎摧毀了提奧。嘉莉背對著孩子，在轉身之前，她匆忙地擦了擦自己的眼睛。她帶著一抹看似痛苦的笑容，撥開蓋住小男孩眼睛的頭髮，然後將嬰兒從他的懷裡抱起。她牽著兒子的手，一起走回了新聞車。

雷達上的信標距離機場越來越遠，轉而朝著布朗克斯而去。企圖和駕駛艙聯繫的聲音偶爾響起，成為了塔台裡唯一的聲音。不過，聯繫的內容已經變得機械化，完全不帶著希望——沒有人期待416航班的回覆。

蘇利文中將按下一個按鈕，清楚明白地開口。

「長官？我們快沒有時間了。我們需要一個決定，總統先生。」

燈光似乎更明亮了。草地也更綠。空氣更冰冷。噪音更清晰。對巴比而言，洋基體育場的一切感覺都被放大了。

他和場上的其他球員彎身做好準備，一手用力擊打著他們的手套。當打擊手用球棒敲擊著左右兩只鞋子的內側時，他們則把口水吐在球場上。在走進打擊區之前，打擊手重重地吐出了一口氣，然後在就位之後踩踏著雙腳，試著找出最穩定的姿勢。

投球——快速球，外角。

打擊手用力揮棒，猛烈的力道讓他連膝蓋都下沉了，不過卻發現自己打了個界外球。巴比知道打擊手有多麼想要贏得這場比賽，因為，他知道他自己有多麼想贏。這已經不只是世界錦標賽了。這是完全不同的另一件事。打擊手走出打擊區，拉起球衣，露出一邊的肩膀，接著又把他的頭盔摘下來好幾次。

整個球場裡，球迷依舊在逃離，相互推擠著想要更接近出口。家長把他們的孩子抱在胸前。情侶則緊緊握著彼此的手。出口依然擠滿了人，樓梯也是。

一聲尖叫在他左邊的看台上響起。巴比望過去，發現一名女子摔下了樓梯，她墜落的速度在自由落體下加快。眼見她越來越接近底部的欄杆，巴比不禁屏住了呼吸，一場棒球賽突然之間變成了全世界最不重要的事情，不過，他看到一名魁梧的男子做好了準備，在最後一刻抓住了她，讓她免於繼續往下掉落在一百呎下的看台。

在體育場下層的看台上，穿著道奇隊藍色球衣和洋基隊條紋制服的觀眾擠滿了本壘板和跑壘線附近的座位。當球員回到他們在球場上的位置時，許多球迷也跟著回到了座位。這既沒有經過討論，也沒有做過計畫。純粹是一種集體共識。

球迷在每一次投球時都發出了尖叫和嘲笑，他們取笑著彼此，並且把他們的帽子由內向外翻，以示他們對球隊的支持。一個大個子從被棄置的飲食攤走下來，懷裡抱著六罐偷來的啤酒。他的同伴對他發出英雄式的歡呼，他們隨即在他們的座位區裡分享這些戰利品，一陣凌亂的喝采聲隨之響起。

電子計分板上的一小塊面積依然保留著比賽的計分，至於螢幕的其他部分則播放著他們這個新烏托邦外面的情況。嘉莉·霍夫曼正在祈求總統、救援隊簇擁在甘迺迪國際機場跑道的兩側、記者們指著夜空、乘客們戴著氧氣面罩，還有一架體育場內的攝影機捕捉到了世界大賽第七場比賽中僅剩的幾張幸運球迷的臉孔。

球棒發出一道擊球的聲響，球飛向了中間偏左的方向。

外野手們緊跟著球跑，當左外野手在中外野不停地往後退時，巴比揮手示意他閃開，他的眼睛一直沒有離開過那顆球。當他來到外野牆前面時，巴比往上一躍，企圖要做到不可能的事。

他回到地面上，一臉驚奇地緩緩將手套伸向空中。手套裡的手因為被球擊中還在隱隱刺痛。

三人出局。比賽結束。洋基隊贏得了世界錦標賽。

沒有人動。球員沒有，球迷也沒有。他們只是注視著中野。

緊接著，隨著勝利的號角響起，場內的喇叭傳出一陣鼓聲。

開始散播消息……[9]

巴比背靠著牆而站，那顆球還在他的手套裡。站在一壘和二壘之間跑道上的那名打擊手失望地看著外野。巴比回視著他。過了一會兒，那名打擊手轉過身，開始走向贏得比賽的投手。他是全場中唯一在動的物體。除了法蘭克．辛納屈的聲音，沒有人開口說一個字。

那名打擊手在投手丘上停下腳步，站在投手面前。他往前靠，抓住投手的雙肩，用力給出一個擁抱，把投手的手套都撞掉了。投手也緊抓著那名打擊手的背，抓到連手指都發白了。

當巴比和其他的外野手跑來的時候，兩隊的球員座席都空了。他們在投手丘和那兩名球員會合，彼此互相擁抱。大部分的球員都哭了。他們舉起球帽，向全場的球迷鞠躬。

在法蘭克．辛納屈吟唱著洋基隊——也是紐約市——的標誌主題曲時，場內的每個人，包括

---

[9] 紐約．紐約（New York, New York）的歌詞。由法蘭克．辛納屈所演唱的紐約．紐約已經被當成紐約市的代表歌曲，在許多紐約的社交場合都可以聽到這首歌，例如成年禮、婚禮等。許多以紐約為根據地的運動隊伍都選用這首歌做為隊歌，其中最著名的就是洋基隊。洋基隊在每場主場的比賽結束後播放這首歌曲已經有三十六年的歷史。

球員和球迷，彼此攜手扶持，平和地接受了他們選擇留下來的決定。

駕駛艙內，喬試著不要透過擋風玻璃去看他們前方越來越接近的建築物。一切都在震動和顫抖。

比爾承受著極大的痛苦往前靠，用沾滿鮮血的手抓住側桿。

他深深吸了一口氣，按下了側桿下方的扣板。

✦

無線電通訊線路的嗡嗡聲在整座塔台裡回響。那不是飛機通訊典型的干擾聲，而是來自於先進科技均勻的嗡鳴聲。每個人都可以聽得到塔台和白宮與總統之間的通訊內容。在等待著416航班的判決之際，沒有人移動，也沒有人說話。

總統清了清喉嚨。他已經做出了決定。

法蘭克・辛納屈的最後一個音符在空氣裡縈繞了一秒鐘才完全消散。每個人都抬頭望著天空，看著，等待著，祈禱著。

遠處的一陣轟隆聲越來越大。

球員和球迷在恐懼之下變換著身體的重心——不過，沒有人走開。

無庸置疑地，那是飛機逼近的聲音。

「好，」總統開始說道，「我決定——」

一陣靜電聲讓總統的指示停了下來。有人費力地吸了一口氣，跟著傳來一道微弱的聲音。

「我是機長霍夫曼。飛機現在由我控制。」

40

當飛機劃過洋基體育場上方時，每個人的頭都倏地往上看。所有人都蹲了下來。飛機的起落架就在他們頭頂上方，機翼在飛機掠過時左右瘋狂地震動。一直到機尾離開了體育場的盡頭，他們才意識到沒有墜機。

球場裡爆出一陣比滿座時還要大聲的歡騰。四架F-16緊接著出現，尾隨那架飛機劃過天空，轟隆的聲響讓整個體育場都受到了撼動。

他們安全了。

「我重複一次！不要攻擊！只要護航就好！」蘇利文中將對著麥克風大吼。「各就各位，不過，我們要給這架飛機一個機會。」

沒有時間慶祝了。航管人員還有工作要做。

「從我的位子上滾開，」達斯提說著迅速地戴上耳機，差點就把耳機折斷了。「海岸416！歡迎回來！你已經被允許降落了。」

CNB攝影團隊抱成一團，鄰居也在擊掌，互相拍著彼此的背。鬆了一口氣的感覺讓嘉莉的膝蓋發軟，不過，在她跌倒在地之前，提奧已經將她扶住了。她笑中帶淚地看著史考特，小男孩已經高興地跳上跳下了。

「爸爸！」他大叫了一聲，幼小的聲音淹沒在了混亂的人群裡。

✦

比爾用盡自己最大的力氣將側桿往後拉。飛機幾乎轉為垂直，漆黑的天空填滿了窗戶。喬往後倒，跌撞在打開的駕駛艙門上。飛行方向劇烈的改變讓客艙裡的乘客發出了尖叫。喬振作起來，扯掉自己的氧氣面罩，將面罩和氧氣瓶扔在了班的身體上。

她對著艙門外大喊，「老爹！讓喬斯普回到他的座位上！還有，坐穩了！」

她轉向比爾，搜尋著他的傷口。他的整隻手臂感覺上都濕了。終於，她找到了源頭：右肩胛。喬張望著駕駛艙內，隨即把比爾的制服外套從衣架上拉下來。她把外套滾成一團扎實的球，壓在那個傷口上，再用自己的另一隻手頂在他的肩膀後面來製造壓力。比爾痛苦地叫出聲來。他的手在側桿上猛拉了一下，讓飛機突然往右傾斜。

「我知道，寶貝，不過，有我在，」喬說。「告訴我要做什麼。」

比爾的聲音聽起來十分虛弱。「我需要你當我的左右手。」

塔台裡，每個人都盯著雷達上的信標。它轉移了方向，然後又轉了一次，它將自己轉向東方，直到確定無誤為止。海岸416在飛往甘迺迪國際機場的途中。鬆了一口氣的感覺流過達斯提全身，喬治也拍了拍他的背。他們旁邊的航管員在一聲嘆息下，直接癱在了椅子上。

塔台外面，緊急小組在閃爍的燈光下，開始進入緊急應對位置。

「海岸航班，你已經被允許在31R跑道降落，」達斯提對著麥克風說。「繼續保持直線降落。」他鬆開手指，轉而對喬治說，「他們可以降落在31R跑道，不過，他們正朝著22L跑道在飛行。要更改跑道嗎？」

喬治考慮了一下。「不要好了。31R跑道已經設定在了原本的飛行計畫裡。我們盡量讓一切對他們來說都保持單純。不過，反正他們想怎麼做就怎麼做吧。」

比爾指示喬如何使用駕駛艙內的另一張輔助座椅。她把椅子滑出來，直到聽到鎖門卡住的聲音響起。她盡可能地拉長了安全帶，然後將安全帶繫好，滑坐到椅子的最前端。現在，她就坐在飛行員座位的後面，可以清楚地透過窗戶看到皇后區的正中央。她拾起被血浸濕的制服外套，重新在比爾的肩膀上施壓。她很擔心比爾會暈厥過去。

「好了，」她說。「要先做什麼？」

「速度，」比爾朝著儀表板點點頭。「我們得降速。那個上面有寫『MACH』的把手。逆時鐘轉動它，直到你看到1-3-0為止。」

喬往前傾，在儀表板上搜尋著。

「這個嗎？」

比爾表情痛苦地點點頭。

她轉動旋鈕，看著數字往下降。然後在1-3-0的時候停了下來。

「現在拉起來。」

喬拉起那個把手。立刻就感覺到飛行速度變慢了。「然後呢？」

比爾看著導航的顯示屏，然後再看向窗外。

「起落架。在右邊。看到那個推桿了嗎？不是，再往下。在好幾個顯示屏的下面。」他試著要指給她看，然而，他的右臂完全派不上用場。「不。不是——對了！就是那個。把它往下拉。」

飛機開始震動。在他們底下，起落架緩緩地降到了它的位置。

一千。

機械式的巨大聲音嚇得喬跳了起來。她從來沒有在駕駛艙內聽過飛行高度的提示，過去，她只從駕駛艙門的另一邊聽到過模糊的聲音而已。

「好，在起落架上面——」比爾突然往前倒下。

「不要！」喬尖叫著把他拉回來。她用力甩了他一個巴掌，力氣大到她深怕自己可能會把他打暈。「保持清醒，比爾。」

他挺起身，困惑地環顧駕駛艙內部。他搖搖頭，睜開眼睛，然後又閉上。他看起來就像他的聲音一樣越來越虛弱。

「自動煞車。在起落架上面——就是那裡。按一下它下面那個標示著『MED』的按鈕。」

喬按下按鈕，隨著那個彈簧式的按鈕回彈起來，按紐下方顯示出藍色的兩個字「開啟」。

比爾看著導航顯示屏，然後再度看向窗外。喬順著他的視線看過去。

甘迺迪國際機場跑道上的燈光正在閃爍，歡迎他們回家。

他們看到跑道了。

當降落中的飛機出現在視線範圍之內，朝著跑道顛簸前進時，塔台裡爆出了一陣歡呼。

隨著每一秒鐘的過去，那架飛機的燈光越來越明亮。預計到達時間：一分鐘。每個手中有望遠鏡的人都試著要看清楚飛機的狀況。起落架已經放下來了，輪胎也在機體下方就位了。

飛機突然猛烈地右傾，隨即又自動調整為大幅左傾。雖然今晚的風勢很強，但是，達斯提知道那不是飛機如此不穩定的原因。

他看著雷達，確認飛機的速度。一百四十五節。很快。以那種大小和重量的飛機來說，這樣的航速對目前的高度來說實在太快了。雖然不是快到無可救藥，但是，他們需要更長的跑道才能安全降落。

「哇，」達斯提咕噥著。「襟翼，襟翼，襟翼。」

機翼後緣的金屬活動翼面在他的要求之下打開，彷彿聽到了他的催促一樣。襟翼造成的阻力讓飛機慢了下來，他們現在已經和跑道保持平行了。甘迺迪國際機場並不難降落，不過，跑道之外並沒有太多的開放空間。要從機場的西邊降落到31R跑道，意味著跑道盡頭將會連接到其他飛機的機庫、飯店和道路。

如果他們需要更長的跑道，那他們就得提前著陸。

喬跟隨著比爾的指示，看著主要航行顯示屏上的虛擬地平線，眼睛連眨都不敢眨一下。她可以看到側桿在他的手底下晃動，飛機的位置在顯示屏上也隨之變化。

五百。

她瞄了一眼速度表。「要再度打開襟翼嗎？」

比爾點點頭，喬立刻把襟翼的操縱桿往下拉。操縱桿喀噠一聲地卡入下一個檔位。

「現在，」比爾說。「看到中間那兩根大操縱桿了嗎？就在那些有白色標誌的舵輪中間。」

「這些嗎？」喬的手盤旋在那兩根操縱桿上方。

比爾點點頭。「那是油門桿。把你的手放在上面，直到我下令的時候再動。等到我們落地時——時候到了我會告訴你——你就要把它們往後拉。往你的方向拉。一開始先慢一點。當我告訴你的時候，你就要一路把它們拉到底。」

「拉到底。好的。」

飛機的機頭往下沉。他們的下降方式與一般飛機降落時，起落架先行著陸的穩定方式大相逕庭。每一次不穩定的擺動都讓塔台裡的航管員屏住了呼吸。

那架飛機還有大約十五秒就著陸了。在這個節骨眼上，透過望遠鏡，他們可以看到駕駛艙內。

比爾、喬，還有一個空著的副駕駛座。

著陸前十秒。

塔台裡沒有人呼吸，也沒有人在動。沒有人想要成為高爾夫球桿打到洞口邊緣的理由，或者籃球從籃框彈出來的理由，又或者全壘打撞到電線杆而出界的理由。

著陸前五秒。

一百。

喬看著跑道開端的燈光。兩排密集的紅黃進場燈。接著是一道綠色的精確進場指示燈。然後是一條長長的白線：著陸區。著陸區的正中間是一條單一的中央線。

五十。

四十。

喬和比爾看著地平線儀。當地平線傾斜時，他就修正。它再度傾斜。他卻修正過度了。他努力地在讓自己的手保持穩定。

三十。

二十。

就是這樣了。喬想要閉上眼睛，不過，她抗拒著這股衝動。

減速。減速。減速。

一道聲音冷靜地警告著他們，地面已經逼近了。

在最後的那一秒鐘，她聽到比爾低聲地自言自語。

「飛機上的一百四十九條靈魂。」

41

後輪撞擊在跑道上，飛機的機頭在機身往後震動時翹高了起來。機尾撞擊在地面上。喬可以感覺到自動煞車系統在飛機試圖減速時啟動了。

「就是現在！」比爾喊道。喬立刻把油門桿往後拉。

飛機急抽了一下，機頭隨即猛烈地往前撲倒。起落架因為撞到地面而崩塌，火花和煙霧也從飛機底下噴出。飛機在混凝土地面上摩擦，沿著跑道往前飛馳。

喬看著比爾極盡所能地把腳踏板踩到底，不過，此刻的他是如此虛弱，她無法想像這樣踩能有多少效果。他把腳從右邊換到左邊，使勁地操控著方向舵，企圖讓飛機保持在跑道上。

她可以看到窗外的白煙和火花。飛機已經失控了。

跑道的盡頭就在他們面前，那一排紅燈在宣告著：停止。

喬不知道他們能否停得下來。

所有擠在CNB廂型車旁邊的人都摀住了自己張大的嘴，他們無法相信自己正在目睹的事情。那架飛機的速度太快，實在太快了。它絕對不可能及時停下來。

突然之間，一聲劈啪響。飛機的機頭往下栽，機尾則直指天空。時間靜止了，飛機也是。一個暫停。那架飛機以一種奇怪的倒立姿勢站立在那裡，剎那之間動也不動。在一聲巨大的嘎吱聲下，它倒了下來，機腹著地。

沒有人動。

一會兒之後，一團碎片和煙霧才逐漸消散。一架受損的商務客機。滿目瘡痍地停在了跑道盡頭的最尾端。

不過，依然完整。

所有看著螢幕的人同一時間都出現了反應。鄰居、媒體工作人員；全都歡呼著相互擊掌或擁抱。凡妮莎掩著臉，單腳跪在了人行道上，攝影師則在她身後拍拍她的背。

嘉莉和提奧並沒有反應。兩人並肩而站，目光一直沒有離開過那架飛機。直到他們看到比爾和喬之前，他們無法讓自己好好喘息。

接下來的幾秒鐘裡，一切都靜止不動。然後，在一陣機械式的抽動下，前門突然鬆開，往外推出。一道黃色的滑梯從開口噴出，笨拙地展開，直到它觸地為止。後面的出口也跟著打開，跟著是機翼的出口。乘客出現在出口，踏出機艙門，跳下了滑梯。每個滑梯底下都有兩名乘客留下來，幫助其他乘客爬出滑梯。還有一個人則負責指揮其他乘客應該往哪裡跑。

超級老爹站在前門，六個多小時以前，所有的乘客才在這個國家的另一端從這扇門登上飛機。在乘客跳出機艙之際，老爹側身揮舞著手臂，對飛機外面的人大聲喊著幾乎聽不到的指令。他那隻裹著紗布的手緊抓著機身內牆上的一根把手，好讓他自己能夠穩穩地站在機艙門口。

凱莉站在後面的出口，她的臉因為大聲喊叫而漲紅。一名男子猶豫不決地站在逃生滑梯頂端，看著另一名受傷的乘客稍早在黃色滑梯上所留下的鮮紅血跡。凱莉一手放在他的下背，推了他一把。男子安全地滾落到地面，當他被人扶起來的時候，他的雙腿還在顫抖。

救護車停在了飛機底下，閃爍的藍紅燈光淹沒了混亂的現場。消防員圍繞著飛機，在相互的喊叫聲中揮舞著手臂，決定應該要採取什麼行動。緊接著到達現場的防化小組，穿著全副武裝的保護設施從醫務車上跳下來。在夜色之下，他們白色的服裝閃耀地彷彿一雙剛從鞋盒裡拿出來的網球鞋一樣。要不了多久，他們身上就會沾滿這場戰鬥的記號：煙、灰塵、汗水、血跡。

乘客跳下機艙的速度減緩了。撤離行動幾乎就要結束了，一如它展開的速度一樣快——這可以做為未來緊急事件中的模範程序。幾名零星的乘客從後面的滑梯滑下來，不過，已經沒有人出現在前面的出口了。

突然之間，一名巨大的男子出現在飛機前端，另一名男子彷彿抹布般地掛在他一邊的肩上。那名高大的男子把那個人從他的肩膀上滑下來，隨便地將他擺在滑梯頂部。然後毫不客氣地用一隻腳將他推下滑梯，底下的醫護人員接住了那名臉色發紅的胖子。他們檢查了他的傷勢，隨即召來擔架，讓防化小組把他帶走。

那名高大的男子消失在了飛機裡，然後，彷彿抱著一個小嬰兒一般地抱著一名老人又出現在機艙口。老人望向飛機底下，再抬頭看著他的救援者，隨即鬆了一口氣。那名高大的男子小心翼翼地在滑梯邊緣坐下，確定老人的腳和頭都與滑梯保持了安全的距離。飛機裡一定有人說了什麼，因為男子回過了頭。男子沒有說話，只是微微頷首，露出一抹笑容。他慢慢地蠕動到滑梯邊緣，扶住坐在他腿上的老人，雙雙滑了下來。在滑梯底部，男子幫忙老人站起來，並且在老人試圖保持平衡的時候，握住了他佈滿皺紋的雙手。

現在，撤離的乘客已經完全離開了飛機，不過，機組成員依然還在飛機上。偶爾，從敞開的機艙門，可以瞥見空服員在機艙裡移動的身影。透過一扇扇小窗，可以看到他們迅速地在走道上巡視，確保沒有乘客被留在飛機上。

在確定所有乘客都已經離開之後，他們跑向機頭。老爹消失在了駕駛艙裡。凱莉則在機上廚房等待。她探頭探腦地企圖要看清楚駕駛艙裡的情況。過了一會兒之後，她突然警覺地跑向前，隨即很快地又往後退，讓出空間來。

超級老爹再度出現在機艙前面。他倒退著走出來，彎著腰，動作緩慢而笨拙。他正在抬著某個沉重的東西。他往後退向駕駛艙的出口，在凱莉閃向右邊時，他則轉向了左邊。老爹抱著一雙腿，費盡全力地在拖著一具動也不動的身體。

當那個身體逐漸被拖出來時，凱莉擁向前，抓住了一個東西。那是一隻手臂，鬆軟無力地往下垂。她試著要抓穩一點，轉而把手撐到肩膀下方，喬也出現了，只見她從後面抱住那個身體，她細小的雙臂幾乎無法繞過比爾的胸口。

提奧掩住自己的嘴，嘉莉則把史考特的頭轉開，讓他無法看到電視上的畫面。伊莉絲在凱莉的髖部上嗚咽了起來，凱莉只好更加使力地晃動她。

三名空服員努力地要把一個體型高大的男人從滿是障礙的小房間裡撤出，即便在正常的情況下，那樣的一個房間也很難用這種方式進出。不過，他們做到了，在最後一次的拖動下，他們終於把那個人弄出了駕駛艙，放在地上，然後，三個人全都跪倒在地。

他們一刻都沒有停下，立刻又開始討論，並且在不斷地點頭和比手畫腳之下，達成了一個行動的計畫。超級老爹站起身，從出口看著滑梯和底下的現場應急人員。他朝著他們喊了一聲，大動作地比畫著手勢，緊急救援人員回應著他，然後大聲地將他的要求傳達下去。

超級老爹和凱莉扶著比爾的兩側，喬則拉起自己的裙子，跨坐在他的背後，讓自己的胸口撐在他癱軟無力的身體底下，之後，三個人緩緩地移動，準備讓比爾和喬一起滑落。當他們困難地移向出口時，攝影機的視線終於暢通無阻，全世界都在屏息中看到了那名飛行員白色襯衫的正面已經被鮮血染紅了。

嘉莉把頭轉向提奧的肩膀。

「不要看，」他在她耳邊說。「我先看，然後再告訴你，你是不是應該要看。」

她點點頭，躲在他身後，過了一會兒才轉過身。

一張輪床已經被推到了滑梯底下，穿著防化裝束的醫療人員也隨侍在側。其他的應急人員站在滑梯兩端，準備在兩人滑到底下時接住他們。超級老爹提高嗓門喊著，他的嘴唇毫無疑問地在倒數，飛行員和空服員在老爹數到「三」的時候沉重地滑了下來。他們在滑梯底部被接住，彷彿遊樂場裡的小孩一樣。那名飛行員被抬到一張輪床上推走了，醫療人員陪在輪床邊小跑步地跟著離開。

喬在應急人員的攙扶下站起身，不過，當他們試圖要將她帶走時，她推開了他們。她轉身回到滑梯旁邊，在凱莉踉蹌地要爬起身時扶了她一把。她們面對面而站，等待著老爹滑下來，然後在他滑到底部時協助他站起來。

三個圍成一圈，喬對另外兩人說了什麼，只見兩人頻頻點頭。喬緩緩地搖搖頭，然後轉身，朝著飛機做了一個手勢，除了空服員之外，沒有人聽得到她在說什麼。老爹補充了幾句話，讓另外兩名空服員輕笑出來，喬往前跨出一步，抱住開始哭泣的凱莉。喬輕輕地揉著她的背，目光望向正在處理比爾的醫護人員。她無助地看著他們，臉龐因為淚水而閃閃發亮。老爹轉過身，仰頭看著飛機，用綁著繃帶的手掌掩住了口。

他們就那樣在那裡站了一會兒，讓剛才發生的一切沉澱下來。最後，他們終於一起轉身，開始蹣跚地走向等待著他們的醫護人員。

在這個國家的另一頭，人們聚集在一個圍著犯罪現場黃色警示帶的城郊住宅區裡，他們也同樣在讓這一刻沉澱下來。

結束了。

一個微弱而充滿感情的聲音響起。這樣一對天真的眼睛出現在如此恐怖的情境之中，感覺是如此地不合適，如此違和。

嘉莉低頭看著兒子，然後在他面前蹲下來。她的眼睛紅腫，試著要擠出一絲笑容的企圖讓人對她感到同情。

「嗯，寶貝？」

「爸爸還好嗎？」

42

一陣斷斷續續的嗶嗶聲在病床兩側的機器響起。消毒劑嗆人的味道彌漫在房間裡，喬屁股底下的那張椅子硬到讓人感覺如坐針氈。病房外的走廊上，一名醫生被呼叫器急召到醫院的另一邊。

「我一次都沒有想到他們，比爾。」喬小聲地說。

比爾的胸口微微地在起伏。他動也不動的身體上蓋滿各種管子和繃帶，灰色和紫色的大片瘀青在那些管子和繃帶底下清晰可見。他閉著眼睛，右眼腫脹發黑。貼在他肩膀上的那一大坨紗布白得刺眼，和紗布底下縫合槍傷所留下的縫線形成了對比。

「他們說，」她一邊說，一邊回憶著飛機上最恐怖的時刻。「你的一生都浮現在你眼前。我曾經讀過很多瀕臨死亡經驗的故事，或者人們死了又復活的故事。他們都說了同樣的事情。」她嚥了嚥口水。「他們說，在他們臨死之前，他們想到了他們的家人。他們的孩子、他們的配偶，那是他們唯一能想到的。」

喬走到窗邊，凝視著窗外的藍天。她背對著病床，眼淚簌簌地掉落下來。她沒有擦拭淚水，只是任憑它們流到她的脖子上。她的聲音破裂了。

「即便那個時候也沒有。我丈夫、我兒子、我父母、我妹妹、提奧、我的朋友……全都沒有。我是個什麼樣的女人啊？什麼樣的妻子，什麼樣的母親？」

一台機器嗶了一下，另一台也跟著嗶嗶地回應。喬垂下頭。身體因為啜泣而顫抖。

「謝謝你。」一個微弱的聲音響起。

喬倏地轉身。

「謝謝你對我那麼有信心。」

一股突如其來的輕鬆填滿她的胸口，她終於卸下從飛機上一路背負至今的罪惡感。她走上前，拾起他的手，兩人都哭了。

喬擦擦自己的臉頰，然後抽了一張紙巾，溫柔地拭去比爾臉上的淚水。「你應該在睡覺的。」

比爾左邊的臉頰浮上一絲微微的笑意。「抱歉讓你失望了。嘉莉呢？」

「和提奧以及孩子們去餐廳買優格冰淇淋了。」

「我聽說他升職了。」

喬驕傲地笑笑。「確實如此。他也被留職停薪了一個月。不過，在那之後就會升職了。」

「也算是一點慰藉。」

「算是眾多慰藉中的其中一項吧。」喬對著房間另一頭的桌子做了一個滑稽的手勢。只見那張桌上躺著一大束紅色和紫色的鮮花。

「海岸航空也很盡力了，」比爾說。「我更感激他們給了我四個月的帶薪休假。」

「你我都是。歐馬力老闆在慰問卡上簽名了嗎？」

比爾的臉色一沉。「在監獄裡很難做到吧。」

有人輕敲了一下房門，然後緩緩地把門打開。超級老爹把頭探進來，一看到比爾已經醒了，立刻用力推開了門。

「哈利路亞！他復活了！」說著，他把一瓶香檳舉過頭頂。凱莉跟在他身後走進病房，手裡捧了一小束鮮花，鮮花上還綁了一顆色彩鮮豔的氣球。

在飛機奇蹟式落地之後，醫護人員和醫院的工作人員立刻幫機組成員和乘客都施打了解毒劑的點滴，也進行了局部的治療。老爹的臉幾乎已經恢復了正常顏色，在摘下那副過大的太陽眼鏡之後，喬可以看到他的眼白又是白色的了。

喬不確定自己曾經看過比爾笑得如此燦爛。他試著要忍住淚水，不過只是白費力氣。凱莉立刻就失守了，那顆氣球在她的啜泣下不停地晃動。喬笑著將她摟進懷裡。老爹則忙著在開香檳，他的鼻孔因為強忍著哭泣的衝動而不停地一張一合。

他們感到悲傷、困惑和憤怒。然而，喬知道，他們只是剛剛開始處理他們所遭逢的創傷。不過，他們也充滿喜悅。能夠相聚在一起，和唯一能夠理解身為機組成員背負著什麼重擔的人共事，讓他們充滿喜悅。能夠和真正了解你，也了解你經歷過什麼事的人相處在一起，宛如家人一般，也讓他們充滿喜悅。

軟木塞啪的一聲衝出瓶口。凱莉從自己的背包裡掏出塑膠杯。老爹一杯一杯地為眾人倒酒。站在比爾的病床邊，海岸航空416航班倖存的機組成員舉起了酒杯。

「敬戰鬥的傷痕。」喬說。

他們笑了。他們喝著香檳，拭去了他們的眼淚。

比爾、班和山姆圍坐在一張圓桌。每個人面前都有一只空茶杯，還有一個茶壺擺在桌子的正中央。他們輪流拿起茶壺，幫另一個人把杯子倒滿，每一次，茶壺裡倒出來的東西都不一樣。山姆的是一杯紅茶，班是咖啡加奶和糖。比爾也是咖啡——黑咖啡——一如他向來喝的那樣。他們吹著自己杯子上的熱氣，直到杯裡的液體涼到可以入口。他們沉默地坐著，只是彼此相互對視。等待著。最後，他們終於開始喝。就在他們喝著茶和咖啡的時候，三個人的臉上緩緩地露出了微笑。彷彿具有感染力一般地，微笑很快就被笑聲所取代。三個男人笑得如此激動，以至於他們都哭了，直到他們開始捶打桌子，笑到往後仰頭，比爾才從夢中醒來。

他渾身汗濕，胸口不斷地起伏。他對著天花板上的風扇看了好一陣子，等待著脈搏變緩，等待著腎上腺素自然消退。

他把腳跨到床邊，小心翼翼地不要吵醒嘉莉，這個動作給他的肩膀帶來了一陣痛楚，經過三個月之後，這個部位依然在神經持續地自我調整之下感到一種若有似無的軟弱。他知道，要完全恢復正常需要更久的時間。沒有醫生會為他的現況「已經適合工作」而背書。不過，他會好轉的，而且，他終將痊癒。

他安靜地走過他們的租屋，去查看史考特和伊莉絲，他發現他們都已經睡著了，無憂無慮地，而且最棒的就是：他們都是孩子。嘉莉和他曾經對他們的復原力感到不可思議，特別是史考特。他們知道，這件事將會跟隨著史考特一輩子，不過，到目前為止，這件事帶來的影響似乎還在可控範圍之內。大部分的時候，他還是只想著要玩。

比爾打開樓下辦公室裡的桌燈，移動著電腦的滑鼠。螢幕亮起，他的瀏覽器上出現了十來個打開的網頁。比爾從螢幕旁邊的那疊書上拿起一本，打開到他上一次停下來的地方，只見頁面上塗滿了螢光筆的筆跡和紅色的圓圈。

一個小時過去了。他放下手中的筆，揉揉眼睛。

「我真希望我進來的時候，能發現你正在和另一個女人發簡訊聊天。」

嘉莉穿著她那件過大的T恤，腳上套著白色的直筒襪靠在門框上。

比爾往後坐，那張辦公椅也跟著往後傾斜。「那種事發生的機率遠低於我作噩夢的機率。」

嘉莉露出一絲笑意。

「又是那個茶壺的夢？」

比爾點點頭。

她穿過房間，爬到他的腿上，在他搖晃著兩人的時候，把頭靠在他的肩膀上。她看著那本寫滿潦草字跡的筆記本，看著那堆貼滿便利貼的書。然後指著其中一本。

「你讀到她談論薩達姆．海珊做了什麼事的那部分了嗎？」

比爾嘆了一口氣，用手撫過自己的頭髮，想起了書中描述的暴行。十八萬人遭到毒氣殺害，就是被使用在飛機上的那種毒氣。那一帶的庫德斯坦村落幾乎都遭到了摧毀。「而雷根總統什麼也沒做。」

嘉莉凝視著那本書的封面。「我們倆也一樣。在讀這本書之前，我甚至不知道有這件事情的發生。十八萬人，比爾。」她搖了搖頭。「我想到了我們正在經歷的事。要處理這份痛苦和憤怒是如此地困難。要處理這份創傷有多麼困難。然而，想想這件事：那架飛機上的每一個人都活著走下了飛機。」

比爾看著書桌上那堆書旁邊的一對銀色翅膀，班．米洛這個名字以大寫的方式刻在了海岸航空的標誌底下。

「不是每一個人。」比爾說。

嘉莉用手抱住他的脖子。她的呼吸在他的皮膚上留下了一層濕氣。

「我希望他還在這裡。」比爾說。

「我知道。」

「我覺得自己好像企圖要導正什麼我不知道要如何導正的東西。」

嘉莉笑著坐起身。「比爾。你在伊利諾州的鄉下長大，現在，你住在洛杉磯，你有乳糖不耐症，你每隔兩個週六就把車開去一家高級洗車場，而你現在告訴我說，你認為你將會想出一個要如何導正這一切的答案？」她指向那堆研究資料。

比爾提醒她自己對班做過的承諾。

「你沒有承諾過他說，你會導正這個情況。他一定會當面笑你的。你承諾的是，你會盡你所能地幫忙。而那就是我們正在做的事。我們要繼續學習，繼續傾聽，當我們認為我們已經知道得夠多的時候——我們所知道的永遠都不夠多——我們就會去找那些真正知道要如何導正這種情況的人。我們也會盡我們所能地幫忙他們。」

比爾驚訝地看著她。她說得沒錯。他是多麼幸運，能夠擁有這個能言善道、善解人意、有直覺能力的女神，做為他生命裡的羅盤。他不確定自己是否值得擁有她。

「你恨他們嗎？」他問。

她的笑容消失了，她的目光在那一刻去向了某個地方。比爾想起自己從醫院回到家的那天晚上，他們一起躺在床上，她在他的懷裡泣訴著她和孩子們發生過什麼事。山姆幫他兒子擤鼻涕的畫面在他的腦海裡揮之不去。嘉莉幫那個恐怖分子捲起衣袖的畫面也是。

「我恨他們的作為，」她想了一會兒之後說道，「但是，我並不恨他們。你呢？」

「我還沒決定。」他說。

他拾起她的手，溫柔地親吻她的每一根指尖，最後才將嘴唇落在她的掌心上，把頭埋在她的手裡。很長一段時間，他都沒有動。最後，他終於放下她的手，說道，「對不起，嘉莉。」

她皺起眉頭。「為什麼？」

「因為我是這樣的一個人。如果我沒有接下那趟航程。如果我待在家——」

「當我選擇和你共度一生的時候，我就很清楚地知道我會有什麼樣的生活。而那是我做過最好的決定。」

慚愧讓他的臉皺成了一團。「你現在怎麼能說得出這種話？」

她笑了笑。「就是現在才更要說。」

她依偎在他身上，將雙腿抱在自己胸前，他經常看到史考特也用同樣的姿勢坐在嘉莉腿上。

比爾搖晃著她，就像她搖晃著他們的兒子那樣。

「你覺得我們終將會沒事嗎？」他問。

當他把她緊擁在懷裡時，她把頭埋入他的胸口。「我們已經沒事了。」

感謝

在我試著要尋找這本書的代理時，我向四十一名代理發出了意願的諮詢函。他們全都拒絕了。事實證明，一個沒有平台、沒有出版過書的空服員很難推銷得出去。誰知道呢？

我的第四十二封諮詢函發給了肖恩・薩雷諾。

當我把我的資料寄給他的時候，我很確信兩件事。第一，肖恩會是這個故事的理想之選，而我也期望如此。第二，他根本不會多看這個故事一眼。我記得我寄了故事的前二十五頁給他，並且附上了一張寫有附註的黃色便箋。我不知道自己為什麼那麼做。畢竟，在前四十一次裡，我都沒有那麼做。而且，我也不太記得我在那張便箋上寫了什麼——不過，我著實記得我是一邊笑、一邊寫下那張便箋的。那份訊息大膽而自信地推銷了我自己和這個故事。

在被拒絕了四十一次之後，相信我，我的真實感受和你想像的並不一樣。

也許是那張便箋。也許是我上輩子做對了某件事。也許是外星人的影響。聽著，我不知道。我已經不再去想是什麼迫使肖恩給了我一個機會。

我只知道，因為他給的這個機會，我整個人生都變得更好了。

肖恩不只是個代理商。他也是一位說故事和雕琢故事的大師。一位宮城先生——就像導師和老師一樣。一個堅定不移的支持者和一名忠誠的朋友。每一天，肖恩不只幫我發掘這個故事最好的版本，也發掘我自己最好的版本。這本小說和創作過程中的學習經歷，是一段最棒的旅程，肖恩。謝謝你，謝謝你，謝謝你。

深深地感謝The Story Factory的整個團隊，特別是傑克森・基勒、萊恩・柯曼和黛博拉・藍道爾堅持不懈的努力。當我想到TSF所代理的其他作者時，我覺得自己還需要謙遜地學習——不過，受到他們的歡迎和支持是一種意外的榮幸。阿德萊恩・麥肯齊和唐・溫斯洛：當我覺得思緒被堵住時，你們深具洞察力的建議為我指出了出口。史提芬・漢米爾頓：特別感謝你慷慨地付出了你的時間和努力。因為你的提醒，這本書才能變得更好，也因為你的鼓勵，新手作者才能變得更冷靜。你的體貼和好意對我而言至關重要。

這是我進入出版世界的第一次冒險，Avid Reader Press的團隊嫻熟、嚴謹又可愛，能夠擁有他們幫助我走過這趟旅程，是如此地令人欣慰。我無法想像這本書還能在哪裡找到一個更好的家。凱洛琳・凱莉、梅瑞迪斯・維拉里洛、喬登・拉德曼、班・羅南、羅琳・韋恩、茱莉安娜・郝伯納、艾咪・奎伊、艾利・勞倫斯、摩根・霍特、阿曼達・木哈蘭德、伊莉莎白・哈巴德、潔西卡・琴、魯斯・李－梅、布麗姬・布雷克、凱特・藍伯恩、艾莉森・佛納、希妮・紐曼、保羅・歐哈羅蘭、柯蒂亞・梁，還有琳達・薩維其：我看到了你們所有的付出，也感謝你們將這個創意變成了事實。同時也要感謝我優秀的編輯暨出版人：喬菲・費拉里－阿德爾，你的觀察力和無限的熱情在每一頁都留下了痕跡。和你一起工作十足是一份欣喜。謝謝你。

加入Simon & Schuster的作者群是一項很大的榮耀，對此，我要感謝莉茲・裴洛、蓋瑞・烏達、寶拉・阿曼多拉、溫蒂・蓄尼恩、崔西・尼爾森、科林・希爾德、克里希・菲斯塔、司圖・史密斯、塔瑞莎・布魯曼、雷斯利・柯林斯、李奧拉・伯恩斯坦、菲莉絲・賈維特、蕾貝卡・卡普蘭、亞當・魯斯伯格、艾琳・克拉蒂、克里斯・林區、湯姆・史班、約翰・費里斯、凱倫・芬克，以及山姆・柯恩，感謝他們對這本書的支持。你們將這些不可思議的作品分享給了這個世界，而我很榮幸能成為這其中的一小部分。同時，我也要特別感謝強納森・卡普在關鍵時刻的鼓勵，在我未來的生涯裡，這些話我將永誌不忘。

獨立書商是一股特別的神奇力量，我的原稿能夠擁有四名最好的獨立書商做為早期的讀者，這讓我備感幸運。辛蒂・達克、凱爾・哈古、莎拉・「佛祖」・布朗，以及卡蜜拉・奧爾。你們的反饋就像黃金一樣地令我珍惜。我還要感謝我的文學大本營——亞利桑那的Changing Hands Bookstore——我的員工識別證依然是我最驕傲的財產之一。

我對航空界人士的天職所懷抱的敬意，是這本書的基石。對於每天把數百萬人安全地送達他們目的地的飛行員和空服人員，我深感敬畏與感激，我能夠在過去十年中成為你們當中的一員，也讓我感到喜悅和榮幸。不容懷疑的是：我不是一名飛行員，而且這是一本虛構的小說。我的目標是讓本書的正確性高到足以令人信服，但不要精確到讓它像是一本訓練手冊。我很感激所有和我一起飛行過的飛行員，感謝他們聽取我永無止境的問題，並且耐心地幫助我了解飛行的藝術，特別是我那些「隨時可以回答問題的飛行員」朋友們，馬克・布雷格、法布里斯・波賽、布萊恩・派特森，以及傑米・羅素。我來自一個飛行家庭——我母親和姊姊都還是空服員——不過，我對這個行業的喜愛，是在我加入我的第一家航空公司時才開始確立的，也就是維珍美國航空。我還要感謝機組成員、地勤人員、主管人員，以及Triple Nickel的那些人（甚至包括你，CSS）：我對我們所建立的一切感到驕傲，我每一天都在想念它。416航班的機組成員靈感來自於這麼多年來和我一起飛過的許多聰明、勇敢、風趣、機智的團隊成員，我也希望你們在這些角色最好的一面裡看到你們自己。你們永遠都是我的魔法精靈。

艾蜜莉和多米尼克・狄波尼斯、莎拉・布蘭斯坦、大衛和蘇珊・薛佛（他們來自於慷慨的薛佛地產管理公司）、艾洛克・派特爾、傑克・傑米克、喬恩・凱伯、貝絲・杭特、凱莉・柯林斯，以及凡妮莎・布蘭立特：請準備好接受我親自登門表達我的感激之意。小心點，我已經警告你們了。

我的「家人」值得受到的稱讚，遠多過於我所能給他們的，所以，我就長話短說。我的父母，肯恩和迪尼絲。我的姊姊和她的丈夫，凱琳和馬帝。還有兩隻鼬鼠，格蘭特和戴維斯。謝謝你們讓我保持努力不懈。沒有你們無條件的愛，我什麼也不是。

最後，有三個人值得我特別提出來。

當我告訴希娜・蓋斯帕說，我正在寫一本書的時候，她的反應是那麼地支持，以至於你會以為這本書已經完成了、出版了，而且已經名列在你所能想像得到的所有的暢銷書排行榜上。如果每個人都擁有一個對你深信不疑的朋友，就像希娜對我一樣，這個世界將會有更多夢想被充分實現。

從高中時期開始，我就一直很重視布萊恩・薛佛的意見。把我的初稿交給他讓我感到很害怕，因為我知道，他一定會對我說真話。我已經做好了最壞的準備。（相信我，那份初稿真的很粗糙。）然而，他竟然給了我十二頁的注意事項，並且和我討論，彷彿我真的是一名作家一樣。我不相信自己寫了一本書，直到布萊恩告訴我，我確實寫了一本書，他當時以及一直以來對我的尊重和慷慨，我也畢生感激。

我去Changing Hands應徵工作，是因為我母親的建議。我和維珍美國航空面試，是因為我母親認為我很適合。我不斷地修改這本書的草稿，是因為我母親拒絕讓我安於任何不是我最想要的東西。在我的一生中，我母親一直都知道我最需要的是什麼，即便在我自己都看不清楚的時候。特別是在我看不見的時候。她總是會告訴我，「你母親永遠是對的。」而我每次都會翻白眼……

不過，我們彼此都知道，我同意她的說法。

這本書，所有的這一切，都是因為你，媽媽。

Storytella 193

索命航班

Falling

索命航班/T.J.紐曼作；李麗珉譯. -- 初版. -- 臺北市：
春天出版國際文化有限公司, 2024.05
面 ； 公分. -- (Storytella ； 193)
譯自：Falling
ISBN 978-957-741-812-8(平裝)

874.57 113001327

ISBN 978-957-741-812-8
Printed in Taiwan

作　者　T·J·紐曼
譯　者　李麗珉
總編輯　莊宜勳
主　編　鍾靈

出版者　春天出版國際文化有限公司
地　址　台北市大安區忠孝東路四段303號4樓之1
電　話　02-7733-4070
傳　真　02-7733-4069
E－mail　bookspring@bookspring.com.tw
網　址　http://www.bookspring.com.tw
部落格　http://blog.pixnet.net/bookspring
郵政帳號　19705538
戶　名　春天出版國際文化有限公司
法律顧問　蕭顯忠律師事務所
出版日期　二〇二四年五月初版

定　價　460元

總經銷　楨德圖書事業有限公司
地　址　新北市新店區中興路二段196號8樓
電　話　02-8919-3186
傳　真　02-8914-5524
香港總代理　一代匯集
地　址　九龍旺角塘尾道64號 龍駒企業大廈10 B&D室
電　話　852-2783-8102
傳　真　852-2396-0050